LA CLÉ D'OBSIDIENNE

Tome 1 – Fleur fantôme

Cindy Van Wilder Zanetti

LA CLÉ D'OBSIDIENNE

Tome 1 – Fleur fantôme

Chatterley

92, avenue de France
75013 Paris – France
Courriel : contact@editionschatterley.fr

Dépôt légal : avril 2024
Imprimé en République Tchèque

Couverture et pages de garde : Germain Barthélémy
Mise en pages : Nord Compo

Avertissement

Ce livre contient des scènes pouvant heurter la sensibilité d'un certain lectorat. Merci de bien vouloir prendre en considération les différents *trigger warnings* réunis dans la liste ci-dessous :

- Meurtre et mise à mort.
- Scènes à caractère sexuel explicites.
- Agression sexuelle/tentative de viol.
- Cruauté envers les animaux.

Prologue

Vallée de Coulia
An 31 du règne d'Apatli

Emon observa le ciel nocturne. En dépit des nuages noirs qui s'amoncelaient à l'horizon dès le crépuscule, il fut récompensé de sa patience quand il aperçut le bref éclat de la première étoile clignotant au loin. Cependant, ce dernier fut rapidement occulté par une nuée ténébreuse, qui recouvrit avec une avidité jalouse la voûte céleste. Le Grand Prêtre de Coulia soupira face à ce spectacle navrant puis, s'emparant de son bâton et de sa lanterne, il sortit du logis qu'il occupait depuis de nombreuses années.

Entamer la montée vers sa destination était hasardeux à la lumière du jour. À la tombée de la nuit, sans autre lumière pour s'éclairer que celle de sa lanterne – une antiquité de fabrication mézétaine, sur laquelle il veillait jalousement –, l'ascension devenait extrêmement périlleuse. Le Grand Prêtre servant le Flamboyant – ainsi que l'on nommait le dieu soleil de l'empire de Pahel – faillit se tordre plus d'une fois la cheville en raison des racines traîtresses sur son passage. Autour de lui, à mesure qu'il quittait les abords des villages dormant paisiblement au sein de la vallée, il pouvait entendre les mille et un bruits de la symphonie nocturne : les cris des prédateurs, les plaintes des proies. L'éternelle musique qui rythmait la loi de la jungle : tuer ou être tué.

Même s'il savait y échapper, cela n'empêcha pas Emon d'agripper plus fermement son bâton. On ne savait jamais quel prédateur pouvait surgir sur son chemin.

Il atteignait presque son but quand son pied gauche rencontra un obstacle inattendu. Emon n'eut pas le temps de se rattraper : il chuta de tout son long, s'étalant lourdement sur le sol herbeux. Il ne put s'empêcher de pousser un cri, maudissant l'instant d'après son imprudence. Mais il était trop tard. Oh, si ses fidèles avaient pu le voir en cet instant : vêtu comme un mendiant, bien loin des vêtements d'apparat qu'il recouvrait à chaque cérémonie honorant le Flamboyant, et le visage couvert de terre par-dessus le marché ! Il poussa un soupir avant de se relever sur un coude. Il n'y voyait goutte. Dans la chute, il avait laissé tomber sa lanterne et la flamme de celle-ci s'était éteinte.

— Pourvu qu'elle ne soit pas endommagée ! grommela-t-il à mi-voix.

Il se redressa péniblement, tâtonnant dans le noir à la recherche de son bâton, qu'il finit par retrouver après de longs instants. La douleur pulsait dans sa cheville, mais celle-ci ne paraissait pas cassée. Une simple foulure sans doute…

— Le Flamboyant en soit…

Un grondement rauque l'interrompit. Emon releva la tête. Le son menaçant semblait provenir de toutes les directions.

— Carme ? lança-t-il, tout bas.

Le grondement s'arrêta.

Avant de reprendre, plus proche.

Emon sentit des frissons cascader dans son dos. *Inutile de s'affoler*, essaya-t-il de se raisonner, *ce ne peut être qu'elle et…*

Le craquement d'une branche sur sa gauche lui fit vivement tourner la tête.

N'y tenant plus, Emon tendit la main gauche, se concentra. L'instant d'après, une flamme jaillit de sa paume. Le feu continua de brûler, à quelques millimètres de sa peau nue, sans qu'il ressente autre chose qu'une douce chaleur. Après tant d'années passées au service du Flamboyant, Emon la remarquait à peine.

Ce qui occupa toute son attention, en revanche, ce fut l'immense jaguar qui se tenait juste devant lui, à quelques pas. L'animal, assis la gueule entrouverte, arborait des canines aussi longues que son petit doigt. Ses prunelles brillaient d'un éclat vert-jaune à la lueur du feu.

Emon l'examina avec attention.

— Carme ? répéta-t-il.

Aucune réaction de la part du fauve, sinon un feulement qui découvrit ses crocs. Même assise, la bête se révélait énorme – une masse de muscles saillant sous la fourrure couleur nuit, aux rosettes à peine perceptibles, une tête massive qui ne ferait qu'une bouchée de…

— CARME !

Le cri fit sursauter Emon. Il leva le bras plus haut, cherchant à distinguer qui venait de parler. Un filament d'ombre, soudain, s'enroula autour de son poignet gauche. Les ténèbres venaient de prendre forme, pieuvre gigantesque, et il en était la proie toute rêvée. Emon vit avec une horreur croissante les tentacules obscurs se coller à lui, grimper le long de ses jambes, envelopper sa taille à une vitesse effarante. Quand l'un d'eux se dressa face à la flamme qui brûlait toujours, sereine, dans la paume de sa main, il cria.

L'attaque cessa aussi rapidement qu'elle était survenue. Puis :

— Emon ?

Il soupira de soulagement.

— Zina ! Zina, c'est moi…

Les ténèbres se dissipèrent si vite qu'Emon aurait pu s'imaginer avoir rêvé. Mais ce n'était là qu'une illusion. Au même titre que l'apparente fragilité de la jeune femme d'une vingtaine d'années qui s'avança à sa rencontre, apparaissant dans le halo de lumière autour de lui. Elle arbora un sourire hésitant, encore incrédule.

— *Tío ?*

Il hocha la tête. Le visage de Zina se fendit d'un grand sourire et elle se jeta à son cou. Emon se retint *in extremis* au tronc d'un franpanier tout proche afin de ne pas tomber.

Une voix rauque s'éleva soudain :

— Modère ton enthousiasme, ma nièce. Sinon, ce cher Emon en sera quitte pour une seconde chute.

Zina se dégagea aussitôt, le scrutant avec inquiétude.

— Tu es blessé ?

— Non, s'empressa-t-il de la rassurer. J'ai juste perdu l'équilibre, comme ta tante vient de le dire…

Il prit le soin de rallumer sa lanterne grâce à la flamme qui brûlait toujours dans sa paume, avant de foudroyer du regard la femme qui se tenait devant lui, pile à l'endroit où il avait aperçu le jaguar. Sa colère fondit cependant aussitôt à la vue du regard impavide de Carme. Ce qui ne l'empêcha pas de grogner :

— Tu as le sens de l'accueil, Carme…

Elle haussa les épaules.

— À quoi t'attendais-tu ? Tu t'amènes ici en pleine nuit, sur le territoire de deux *Ixquen*, sans même nous avoir prévenues…

— Excuse-moi d'avoir pensé que vous apporter cette nouvelle était plus important que toute autre considération.

Il sortit d'une des poches secrètes que recelait sa longue tunique le courrier qu'il avait reçu cet après-midi.

Zina émit un hoquet en voyant le rouleau de papier. Emon comprit sans peine pourquoi : le sceau impérial y était encore attaché. Le visage de la jeune femme se décomposa sous ses yeux.

— Quelle terrible sentence nous as-tu encore apportée ? gronda Carme, qui semblait à deux doigts de reprendre sa forme animale.

Des mots qui ramenèrent Emon deux ans en arrière. Quand il avait dû faire le même voyage, le cœur brisé, d'un pas lourd, sachant d'avance que, lorsqu'il aurait accompli sa mission, il aurait saccagé la vie des deux femmes qui se tenaient devant lui.

Ce jour-là, il aurait donné cher pour ne pas être le porteur de mauvaises nouvelles.

Pour ne pas être celui qui allait leur annoncer la mort de Nawi.

Mais son statut de Grand Prêtre autant que l'affection qu'il leur portait lui avaient interdit de se dérober.

Emon ravala sa salive.

— Ce n'est rien de mauvais. Enfin, du moins, pas pour vous.

Zina ferma les paupières et Emon crut voir une larme glisser sur sa joue. Il se détourna, par pudeur.

— Alors, qu'est-ce ? insista Carme.

— Le dernier fils vivant de l'empereur, celui qui était retenu captif par les Mézétains…

— Nurbek ? demanda Carme, les sourcils froncés.

Emon hocha la tête.

— Son cadavre a été retrouvé sur une plage, non loin d'Urua.

— On est sûr que c'est lui ? lança Zina.

Ses yeux, hésitant entre le vert et le gris, si semblables à ceux de sa mère, ne quittaient pas Emon du regard. Le Grand Prêtre hocha la tête.

— Ils ont retrouvé le collier impérial autour de son cou. Jamais Nurbek ne s'en serait séparé.

— Parce qu'il n'y avait pas d'autre moyen de l'identifier ? questionna Carme.

— Non. Son cadavre a séjourné trop longtemps dans l'eau de mer, les Mézétains ont dû le jeter d'un de leurs bateaux, à l'approche des Récifs, et espérer que les courants nous l'amènent.

Les Récifs, ainsi que le Rempart à la frontière terrestre qui séparait l'empire de Pahel de l'ennemi mézétain, empêchaient ce dernier d'envahir leurs voisins. Une protection aussi inespérée que redoutable, qui avait vu le jour dix ans auparavant, quand le Flamboyant avait répondu à la prière d'Apatli, désespéré suite à la disparition de son héritier, enlevé par les Mézétains : en une seule nuit, sur terre comme en mer, s'étaient érigées des défenses si formidables que les Mézétains se cassaient les dents dessus depuis des années, en dépit de toutes leurs forces armées et de leurs mages.

Les Récifs se dressaient à bonne distance des côtes paheli.

Quant au Rempart, immense barrière d'épines bien trop gigantesque pour être l'œuvre de la nature, il avait surgi le long de la frontière terrestre qui séparait les deux empires.

Malheureusement, même un dieu ne pouvait empêcher la cruauté humaine : Nurbek en avait payé le prix.

— Donc, l'empire se retrouve sans héritier légitime…, réfléchit Carme à voix haute. Et c'est pour cette raison que tu te hasardes ici en pleine nuit ?

Emon ressentit alors une vague d'émotion douce-amère. Un instant, il éprouva la tentation de s'éloigner, de ne pas détruire encore davantage la vie des deux femmes qui se tenaient devant lui. Il la refoula vite cependant – car elles ne lui pardonneraient jamais s'il ne leur communiquait pas l'opportunité en or qui s'offrait à elles.

— En partie, admit-il.

— Attends, *tío* ! l'interrompit Zina, avec cette fougue qui ne l'avait jamais quittée depuis l'enfance. Pourquoi n'entrerais-tu pas un instant chez nous ? Pourquoi continuer à dialoguer ici ?

Le regard de Carme se voila d'un chagrin indicible quand elle entendit ces mots. Une émotion qu'elle dissipa en un clin d'œil, mais Emon l'avait notée. Il eut un sourire doux à l'adresse de celle qu'il considérait encore comme sa belle-sœur, en dépit de la mort de Lakti et des années écoulées depuis, avant de s'adresser à Zina :

— Même si j'adorerais prendre un peu de repos sous votre toit, il vaut mieux pour nous trois que je vous dise sans tarder ce que contient cette missive.

Il prit une profonde inspiration.

— L'empereur va déclarer l'Ayotl. Ollantay est trop vieille pour enfanter et Apatli ne va pas courir le risque d'épouser une de ses nombreuses concubines. S'il voulait le faire, avec sa légion d'enfants bâtards, il ne manquerait pas de se retrouver avec une cour profondément divisée entre toutes les factions rivales. Il ne lui reste qu'une seule solution pour avoir un nouvel héritier : l'Ayotl.

Il se racla la gorge avant de poursuivre :

— Trois épreuves sacrées, sous le regard du Flamboyant, pour huit candidates venues de chaque province de l'empire. Celle qui les remportera montera sur le trône sans que personne n'ose contester le résultat.

— Parce que tu crois que ça m'intéresse ? s'écria Zina. Après ce qu'Apatli a fait à ma sœur ?

Elle haletait littéralement de rage, et les Ombres s'éveillèrent dans son sillage. Une magie d'*Ixquen*, qui fit frissonner Emon en dépit des circonstances.

— Réfléchis, Zina…

— Cela pourrait t'offrir une opportunité en or pour approcher l'empereur, sa cour et apprendre enfin la vérité au sujet de Nawi, l'interrompit Carme. C'est bien ça que tu as en tête, prêtre ?

Une lueur de surprise autant que d'incrédulité s'alluma dans les prunelles de Zina, qui reporta toute son attention sur sa tante. Les deux femmes se sondèrent d'un regard, sans qu'il y ait besoin de mots entre elles. Les Ombres se recroquevillèrent, sans pour autant disparaître, entourant la jeune femme tel un halo obscur, à la lueur de la lanterne d'Emon.

Zina se retourna vers lui après un long instant, son regard aussi affûté que celui d'un prédateur.

— Comment donc pourrais-je être choisie par l'Ayotl alors que je suis née sous le signe de L'Obscur ?

Emon décocha un sourire à celle qu'il avait toujours considérée comme sa nièce.

— Parce que je vais tout faire pour soumettre ta candidature et l'appuyer, Zina. Avec mon soutien, tu seras certaine d'être sélectionnée comme la candidate officielle de Coulia. Comme Carme vient de le dire, nous avons besoin de réponses sur ce qu'il s'est passé.

Les prunelles de Zina furent envahies par la tristesse.

— Tu vas te mettre en danger, ce faisant, prêtre, chuchota Carme. Fausser les règles de sélection de l'Ayotl pour une *Ixquen* risque de te coûter cher si le clergé du Flamboyant l'apprend.

— Ce n'est pas moi qui cours le plus grand danger dans cette histoire, rétorqua Emon.

Il s'adressa à Zina :

— Tu sais ce qui attend les candidates de l'Ayotl qui perdent lors d'une épreuve ?

Loin de prendre peur, elle lui décocha un sourire carnassier. Les Ombres se propagèrent autour d'elle, couronne de filaments prêts à saisir l'ennemi. À l'engloutir dans leur étreinte.

— Non, chuchota-t-elle. Je n'ai pas besoin de le savoir : je vais gagner ce tournoi.

Chapitre 1

Place centrale de Chilris, capitale de l'empire
An 32 du règne d'Apatli

— Majesté, je…

— Silence !

L'ordre claque tel un coup de fouet, déchirant le silence lourd qui s'est abattu sur Chilris. Je tressaille, comme s'il s'adressait à moi directement. Comme si j'étais cette femme sur l'estrade, point d'attention de tous à cet instant.

Ollantay.

Cette reine consort hier encore admirée et respectée, et qui n'est aujourd'hui plus rien. La raison même pour laquelle cette cérémonie, au pied du temple pyramide le plus imposant de Chilris, est organisée.

Je serre les poings alors que Carme, à mes côtés, me décoche un regard inquiet. Un regard se voulant aussi un avertissement.

Ne rien laisser paraître, ne pas se trahir.

Les yeux et les oreilles espions sont partout ici, dans la capitale de l'empire. Nous ne sommes définitivement plus dans notre vallée sereine de Coulia.

Je hoche discrètement la tête et reprends contenance. Dos droit, expression sereine. Toute mon attention dirigée devant moi. Focalisée sur ce qui apparaît de plus en plus pitoyable. De plus en plus révoltant aussi.

Le vent monte en puissance, nous fouettant le visage des relents saumâtres du lac tout proche.

Ollantay fait de son mieux pour paraître impassible, mais elle ne peut retenir le tremblement de ses mains. À quelques mètres d'elle, assis sur une réplique de son trône habituel, qui l'attend dans les entrailles de son palais, posé sur une estrade de manière à tous nous dominer, l'empereur ne la quitte pas du regard. Le très aimé, très révéré Apatli, le représentant du Flamboyant sur cette terre, seigneur des Pahelis, contemple sans faillir cette femme qu'il a épousée lors de son accession au trône il y a vingt ans. Cette femme qui a enchaîné fausse couche sur fausse couche, et dont les enfants mâles survivants sont morts les uns après les autres.

Sa compagne de tous les instants, son soutien indéfectible.

Une femme qu'il s'apprête à répudier et à renvoyer chez elle sans état d'âme.

Yarenan, le Grand Prêtre du Flamboyant, vêtu de son costume d'apparat, se place alors entre Ollantay et l'empereur. Il brille de mille feux, avec sa coiffe de plumes d'un jaune éclatant, ornant son crâne et descendant sur ses épaules, sa tunique brodée de pierres semi-précieuses et les dessins peints sur ses joues, en l'honneur du dieu qu'il révère. Il se tourne vers l'impératrice déchue :

— Vous avez été incapable de donner un enfant mâle à l'empereur…

— C'est faux !

— Vous avez failli à votre mission première…

— Majesté, je vous en prie…

— Vous avez déshonoré l'empire paheli par vos échecs successifs.

Ollantay tombe à genoux sur l'estrade de bois, levant les mains en une supplique muette. Un murmure parcourt la foule. Les guerriers du Jaguar et de l'Aigle, qui forment un cordon entre le public et l'estrade impériale, brandissent d'un air menaçant leur arme préférée – de longs bâtons fichés d'échardes d'obsidienne sur toute leur longueur.

Mais la véritable menace est ailleurs : dans le regard enfiévré des adeptes du Feu, prêts à conjurer les flammes qui dévorent tout, au premier ordre du Grand Prêtre.

Est-ce de cette manière que Nawi est morte ? Ou a-t-elle été sacrifiée depuis le sommet du temple du Flamboyant, là où le sang s'écoule encore, goutte à goutte ?

Personne n'ose émettre le moindre son. Personne n'ose élever la voix en faveur de la reine déchue et encourir le courroux de l'empereur.

Sur son trône, ce dernier n'a pas bougé. Fixant son épouse de son regard d'onyx, un air impassible peint sur ses traits anguleux.

— Majesté, reprend Ollantay, je vous ai toujours fidèlement servi. Je vous ai obéi en tout point. À chaque grossesse, j'ai prié le Flamboyant et la déesse lune…

Un son moqueur s'échappe de la gorge du Grand Prêtre.

— Pas assez fort, visiblement.

Carme émet un grognement sur ma droite. Je devine son irritation croissante face à cette scène, son envie de plus en plus forte de faire ravaler ces mots irrévérencieux au Grand Prêtre.

— Et dire qu'il doit sa place à l'impératrice, siffle-t-elle entre ses dents.

— Peut-être, je réplique le plus doucement possible. Mais c'est l'empereur qui dirige. Il sait trop bien d'où lui viennent ses privilèges.

Nos regards se croisent.

Dans l'empire paheli, la loi des hommes est toujours la meilleure.

— Ce n'est pas ma faute si nos garçons n'ont pas survécu ! s'écrie Ollantay, les yeux emplis de larmes.

Un cri du cœur qui ébranle le public. Dont je fais partie. Je n'ai jamais eu l'honneur d'être présentée à Ollantay, de pouvoir lui parler. Je ne l'ai même jamais approché jusqu'à aujourd'hui. Mais il suffit de l'entendre pour comprendre qu'elle a le cœur brisé.

— Comment osez-vous vous dédouaner de la sorte ? tonne le Grand Prêtre. Si aucun de vos garçons n'a survécu, c'est que vous n'avez pas accompli votre devoir d'épouse et de mère ! Vous n'avez pas su les maintenir en vie …

Ollantay l'ignore délibérément, un acte de courage que peu ici auraient le cran de commettre. Mieux encore, elle l'interrompt, s'adressant directement à son époux :

— J'ai souffert autant que vous quand notre dernier-né a été exécuté par nos ennemis. Nos larmes se sont mêlées, j'ai mené son effigie mortuaire jusqu'au bûcher à vos côtés… Pourquoi voulez-vous m'accabler davantage ?

Une boule se forme dans ma gorge.

L'empereur se lève soudain de son trône.

— Vous êtes devenue stérile.

Ollantay blêmit. Le public garde le silence.

— Le sang ne coule plus de votre ventre chaque mois. La déesse lune vous a retiré le pouvoir d'enfanter.

Je rougis de honte. Qu'une information aussi intime, aussi douloureuse soit révélée en public… Quelle cruauté de la part de cet homme.

— Vous ne me servez plus à rien.

Cette fois-ci, Ollantay ne trouve rien à répliquer. Une plainte étouffée s'échappe de ses lèvres.

Il est interdit de fixer l'empereur, mais je passe outre ce commandement. C'est lui, ma cible, après tout et si je dois me transformer en femme dont la seule aspiration est de l'épouser dans les prochains jours, autant m'y préparer.

Néanmoins, plus je le détaille, plus je me demande comment je vais jouer les prétendantes énamourées. Apatli n'a rien de séduisant : sa haute silhouette a commencé à s'assécher et à se voûter, ses traits me font penser à ceux d'un oiseau de proie. Même le bandeau impérial, noué autour de son front et portant l'insigne du Flamboyant, l'or resplendissant tel un soleil miniature, ne parvient pas à lui donner le moindre glamour. Il me fait l'effet d'une statue qui aurait connu des jours prestigieux, mais qui se serait craquelée, fissurée au fil du temps, victime d'une négligence coupable.

Serai-je capable d'aller jusqu'au bout ? De faire semblant de vouloir séduire ce cœur de pierre, cet homme qui ne m'inspire que révulsion ?

La réponse me parvient immédiatement : oui.

Pour Nawi.

Soudain, la silhouette que j'ai sous les yeux se brouille. Je cligne des yeux, déconcertée. Quand je les rouvre, quelqu'un se tient juste derrière le trône d'Apatli.

Je contemple, bouche bée, le nouveau venu, qui ne porte en tout et pour tout qu'un pagne, comme le plus pauvre des paysans. Un contraste flagrant avec cette cour en tenue d'apparat.

L'étranger ne souffre pas de cette comparaison, ceci dit : des muscles saillants, une peau qui luit d'un étrange reflet à la lumière du jour, des cheveux châtains, s'illuminant d'éclats auburn à chacun de ses gestes. Malgré son expression de morgue et de suffisance, c'est sans conteste le plus bel homme que j'ai jamais vu.

Pourtant, personne d'autre que moi ne semble lui prêter attention.

Je ne comprends pas.

En dépit de tous mes efforts, je ne parviens pas à le lâcher du regard. Nichée contre mon sternum, la clé d'obsidienne, au bout de sa chaîne, pulse à nouveau. La chaleur qui m'envahit cette fois n'a rien de réconfortant. Elle descend le long de ma colonne vertébrale, pique mes reins. Je me mords la lèvre inférieure, réprimant la plainte qui me vient aux lèvres. Qu'est-ce qui m'arrive exactement ? Je ne vais quand même pas…

L'étranger tourne alors la tête vers moi. Ses iris mordorés se fichent dans les miens.

La chaleur qui m'inonde à ce moment se révèle aussi violente qu'un coup de poing dans le ventre. Un sourire narquois plisse ses lèvres charnues.

Pense-t-il m'impressionner ?

Tant pis pour la prudence : je saisis la clé d'obsidienne d'une main, à travers le tissu de la tunique. Une lueur étrange semble pétiller dans les prunelles ambrées de l'inconnu.

Je ferme les paupières. Quand je les rouvre, l'étranger a disparu.

Chapitre 2

Apatli esquisse un geste désinvolte de la main. Aussitôt, une armée de guerriers, aussi bien du Jaguar que de l'Aigle, envahit l'estrade. Ils s'emparent d'Ollantay, qu'ils maîtrisent sans difficulté. Je ne peux m'empêcher de chuchoter à Carme :

— Que se passe-t-il ?

Autour de moi résonne la même interrogation. Je ne suis pas la seule à ne pas comprendre. Un autre groupe de guerriers monte sur scène. Ils transportent un poteau massif, qui produit un bruit sourd quand les hommes le mettent debout. Un adepte de la Terre, reconnaissable à sa tunique brune ainsi qu'à ses yeux d'un vert perçant, se met à psalmodier des mots en une langue inconnue. D'épaisses racines crèvent soudain le sol, arrachant un cri de surprise aux spectateurs tout proches, qui reculent en désordre. Les racines s'emmêlent autour de la base du poteau, avant de s'y enrouler à une vitesse folle.

La main de Carme trouve soudain la mienne.

— Zina, me souffle-t-elle.

— Quoi ? Qu'est-ce qu'il y a ? je glisse, de plus en plus effarée.

— Il ne va pas la répudier.

— Mais…

Ma protestation demeure bloquée dans ma gorge. Les guerriers entourant Ollantay l'amènent alors, dos au poteau. Les racines s'emparent d'elle à son tour, l'immobilisant, la ligotant au support.

— Ne montre aucune émotion, me murmure ma *tía*. Sinon, nous sommes perdues.

Je saisis alors ce qu'il va se passer.

Une racine barre la bouche d'Ollantay, étouffant ses cris. Mais, en dépit de ses liens, elle trouve la force de tourner la tête vers le public, qui la contemple, médusé.

— J'offre ce sacrifice au Flamboyant, le dieu protecteur des Pahelis…, commence Yarenan.

Les yeux de l'impératrice déchue trouvent les miens. J'y lis toute son angoisse, toute sa rage aussi. Elle sait qu'elle va mourir, sans avoir commis aucune faute, aucun crime. L'espace d'un instant, la tentation d'intervenir, de sauver cette femme innocente, s'empare de moi.

Comme si elle avait lu dans mes pensées, Carme enfonce ses doigts dans la paume de ma main. J'ignore la douleur, déchiffrant sans mal le message silencieux qu'elle m'adresse : si je fais le moindre geste, non seulement je perds toutes mes chances de savoir ce qui est arrivé à Nawi, mais en plus nous ne sortirons pas vivantes de Chilris. Le visage de ma sœur s'impose alors à moi.

Nawi souriante, solaire.

Ma sœur de sang, ma sœur de cœur.

Loin de la dernière image que j'ai emportée d'elle : celle d'une jeune femme au visage ravagé d'angoisse et de tourments dont elle n'a rien voulu me confier.

« Dis-moi ce qui se passe, tu m'inquiètes !

— Je ne peux pas... Je ne te mettrai pas toi non plus en danger ! N'insiste pas, Zina ! »

Nawi qui a disparu ensuite.

Nawi qui est morte.

Mon attention se reporte sur le Grand Prêtre. Yarenan brandit les bras vers le ciel.

— Qu'il en soit ainsi !

La flamme qui brûlait, sereine, dans sa paume engouffre l'instant d'après Ollantay en son sein. Je pousse un cri, heureusement étouffé par ceux de la foule.

Ollantay hurle, tout son corps se raidissant contre ses attaches. En vain. Le feu qui la dévore ne provoque aucune fumée, pas plus qu'il ne court le risque de se propager en dehors de l'estrade : les adeptes du Feu, formant un arc de cercle derrière le trône de l'empereur, y veillent. Si certains n'osent pas regarder leur victime en face, d'autres, en revanche, laissent éclater une joie aussi perverse qu'obscène.

La voix d'Emon me revient en tête :

« Méfie-toi de ta puissance, Zina. Ceux qui se complaisent dans leur magie courent le risque de s'y noyer et d'en oublier leur humanité. »

Le feu dévore impitoyablement Ollantay. Est-ce un mirage ou trouve-t-elle la force de tourner la tête dans ma direction ? Ce qui n'est pas une illusion, en revanche, ce sont les mots que j'entends à mon oreille, comme si une personne toute proche venait de me le souffler :

« Fleur fantôme. »

Fleur fantôme.

L'énigme que ces termes représentent m'aide en partie à me distraire de ce qu'il vient de se passer. Yarenan aboie un ordre et le feu s'éteint immédiatement. Ne laissant que le squelette noirci d'un poteau et, à son pied, un tas de cendres.

Sur son trône, Apatli, qui n'a pas cillé, esquisse un nouveau geste.

Éveillé par les adeptes de l'Air, le vent se lève – une bourrasque glaciale, qui me fait frissonner quand elle m'embrasse dans son étreinte. Je me raccroche à la main de Carme, qui n'a pas lâché la mienne.

Fleur fantôme.

Je n'ai pas rêvé, j'en suis certaine. C'est là le dernier murmure d'une morte. Mais pourquoi avoir délivré ce message en particulier ? Je n'ai jamais entendu parler d'une telle fleur… Je risque un coup d'œil vers Carme, brûlant de l'envie de l'interroger à son tour. Mais le moment est mal choisi, alors que le vent, manipulé par les adeptes de l'Air, disperse les cendres au loin, et que les guerriers démontent ce qu'il reste du poteau, libéré des racines qui le retenaient. En un clin d'œil, l'estrade redevient libre. Vierge de toute trace. Comme s'il ne s'était rien passé.

Yarenan brandit les bras vers le ciel, commandant de nouveau l'attention de la foule. Un large sourire orne sa face alors qu'il déclare :

— Il est temps à présent de trouver une nouvelle reine ! Une jeune femme qui donnera des garçons forts et vigoureux à notre empereur, qui assurera la pérennité de notre empire…

En dépit de toute ma bravoure, je me mets à trembler.

L'empereur sourit à son tour. Un sourire de félin qui s'apprête à entrer en chasse.

— Une jeune femme qui pourra remporter les épreuves de l'Ayotl, nous assurant de son courage, de sa beauté et de son obéissance !

Mon estomac se soulève. Je m'efforce de réprimer la nausée qui me gagne.

Pour Nawi.

— Que l'Ayotl commence ! s'époumone le Grand Prêtre, déclenchant les vivats enthousiastes de la foule obéissante.

Carme me lâche la main, effectue un pas en arrière.

— C'est à nous, me souffle-t-elle.

— Que les candidates se présentent ! entame Yarenan.

Un groupe de gardes se dirige aussitôt vers nous, fendant la cohue d'un pas assuré.

Tête haute.

Dos droit.

Sourire aux lèvres.

Comme si c'était le plus beau jour de ma vie.

J'emboîte le pas aux guerriers, Carme dans mon sillage.

On applaudit, on crie, on s'exclame sur notre passage.

Je salue du mieux que je peux, m'efforçant de gagner quelques partisans dans la foule. Aucun de ceux qui m'encensent ne devine les émotions qui se déchaînent sous le masque policé que j'arbore.

Aucun d'entre eux ne doit soupçonner que, contrairement aux autres candidates, je ne suis pas là dans l'espoir d'épouser l'empereur.

Chapitre 3

J'arrive la dernière sur l'estrade. Sept autres jeunes femmes, que je vais devoir affronter lors de l'Ayotl, la compétition matrimoniale, me précèdent. Toutes regardent fixement la foule, chacune arborant le même sourire, la même expression, un mélange de sérénité joyeuse.

Au fond, elles doivent toutes être comme moi : mortes de peur.

Car elles savent ce qui les attend si elles échouent à une seule des trois épreuves.

Aucune d'entre nous ne peut fixer l'empereur dans les yeux et c'est tant mieux. De là où je me tiens, immobile, je peux sentir son regard sur nos corps. Cet homme qui vient de sacrifier sa femme, la mère de ses enfants, d'une manière aussi cruelle, aussi publique et qui se tourne déjà vers nous, en quête d'une nouvelle épouse.

D'un ventre à combler.

Je serre les dents.

Derrière moi, Carme demeure silencieuse, tout comme les suivantes qui accompagnent leurs candidates. En retrait, dans les coulisses du tournoi qui va débuter.

Un tournoi de grâce, de beauté, d'esprit.

De ces trois qualités, je ne suis pas certaine d'en détenir une seule.

Fais semblant, Zina. Joue la comédie. Pour Nawi.

Yarenan se tourne vers nous, nous foudroie du regard. Je me demande bien pourquoi, avant de voir son expression s'adoucir face à la première candidate, celle qui se tient le plus près de l'empereur.

Je n'ai même pas besoin de voir les lourds pendants d'or et de jade à ses oreilles, pas plus que les peintures d'un jaune éclatant qui ornent ses joues.

Je peux ressentir sa magie d'ici : la chaleur dévorante du feu.

Pas étonnant dès lors qu'elle soit la favorite de Yarenan, Grand Prêtre du Flamboyant, le dieu soleil.

Il se racle la gorge.

— Que chacune d'entre vous avance d'un pas !

Nous obéissons aussitôt, en bons petits soldats. En contrebas de l'estrade, la foule nous acclame, criant son soutien pour l'une ou l'autre. Une foule qui oublie – ou fait semblant d'oublier – la reine défunte et en salue une autre à venir.

— Présentez-vous en quelques mots, nous exhorte Yarenan, que chacun ici puisse graver votre nom dans sa mémoire et admirer ce que vous allez entreprendre en ce jour.

L'adepte du Feu s'exécute, d'une voix chantante :

— Kailani, de Chilris.

Des mots qui suscitent des vivats exacerbés. Le sourire de Kailani s'élargit, comme si elle venait de remporter la victoire. Ce sera une adversaire sérieuse, à n'en pas douter.

— Née sous le signe du Feu, ajoute-t-elle, fort inutilement à mon sens.

Carme profite de l'enthousiasme délirant pour se rapprocher de moi et me glisser à l'oreille :

— C'est la fille du Grand Prêtre.

Je ne peux retenir un hoquet de stupéfaction, qui passe heureusement inaperçu.

— Il doit vraiment être sûr de sa victoire…

Qui oserait sinon déposer la candidature de sa propre fille à l'Ayotl ? Si elle échoue…

— Ou il n'a pas eu le choix, réplique Carme *sotto voce*.

Un frisson me court le long du dos à cette idée. La seule personne qui puisse contraindre le Grand Prêtre du Flamboyant, le membre le plus important du clergé… c'est l'empereur.

Kailani se retire sur une dernière révérence à l'adresse de son public. La cité de Chilris semble en liesse, la foule envahissant la place du Grand Marché, immense esplanade qui peine pourtant à contenir l'assemblée. Le soleil, implacable déjà à cette heure, darde ses rayons sur les murs blanchis à la chaux des maisons, rangées sagement le long des larges avenues. Des effluves de nourriture grillée sur des brasiers en plein air – grenouilles fourrées aux piments, épis de maïs – me font saliver.

Les présentations se succèdent, rapides :

— Zelzin, de la région de Tiwan. Née sous le signe de l'Aigle.

— Etli, de la région de Mazatl. Née sous le signe de l'Eau.

— Mezi, de la région de Niec. Née sous le signe du Jaguar.

— Huemac, de la région d'Atlau. Née sous le signe de l'Air.

— Nazoh, de la région d'Urua. Née sous le signe de l'Eau.

— Ixchel, de la région de Tuxtla. Née sous le signe de la Terre.

Le va-et-vient de ces jeunes femmes, qui m'apparaissent toutes infiniment plus séduisantes que moi, me donne le tournis. Chacune arbore son plus beau sourire, ses plus beaux atours et, si elles ne suscitent pas l'enthousiasme délirant qu'a provoqué Kailani avec ses quelques mots, toutes récoltent applaudissements et encouragements.

Je ravale ma salive. Les paumes de mes mains deviennent moites.

La sensation de ne pas être à ma place, d'être une impostrice parmi ces candidates, me percute de plein fouet.

Mais qu'est-ce que tu fais ici ?

Toi et ta magie noire…

Toi qui ne veux même pas épouser l'empereur.

Si Nawi te voyait en ce moment, que dirait-elle ?

Je prends une profonde inspiration. Il est trop tard pour reculer.

Et quand vient mon tour, je m'avance et proclame :

— Zina, de la région de Coulia. Née sous le signe de l'*Ixquen*.

Chapitre 4

Un long silence s'écoule, avant que ne s'élèvent des murmures de plus en plus insistants :

— Comment ose-t-elle… ?

— Une adepte du dieu des ténèbres…

— … elle, notre prochaine reine ?

— C'est contre nature !

Je garde la tête haute. Le dos droit. Je souris. Comme si je ne les entendais pas. Mais c'est impossible de réprimer les mouvements de la foule, d'abord perplexe, puis inquiète. Face à la rumeur qui enfle telle une tempête sur le point d'éclater, Yarenan intervient enfin, commandant l'attention d'un large geste du bras :

— Oseriez-vous contester le choix du Grand Prêtre de Coulia ? Je vous rappelle que chaque candidate sélectionnée pour l'Ayotl l'a été par les adeptes du Flamboyant dans chaque région de l'empire !

Même si Emon avait parfaitement conscience des risques qu'il courait… je ne peux pas perdre encore quelqu'un qui m'est cher. Pas après mes parents, Lakti, Nawi.

Les mécontents se taisent, mais ils ne sont pas rassurés pour autant. Certains me toisent, d'autres crachent au sol. Je ne perds pas le sourire. Ni l'étincelle dans mon regard qui leur dit, bien mieux que des mots, qu'ils peuvent me mépriser autant qu'ils veulent, essayant par ce biais de dissimuler leur peur instinctive de ce que je suis ou de ce que je pourrais leur faire. Je ne m'abaisserai pas à leur niveau.

Je me concentre sur le dernier souvenir heureux de Nawi.

Pas la jeune femme apeurée qui est revenue de Niec, la ville-frontière où on l'avait envoyée dès la fin de son apprentissage.

Pas celle qui a refusé de répondre à mes questions, disparaissant un soir pour ne plus jamais revenir à la maison que nous occupions toutes les deux.

J'invoque la Nawi des jours paisibles, l'adepte de la Terre, si douée pour maîtriser les grondements qui agitent régulièrement le sol sous nos pieds, qu'on a immédiatement requis ses services à Niec.

La cité la plus proche du Rempart.

Ma sœur de cœur, morte par la faute de cet empereur qui se pavane à quelques mètres de moi.

Je découvrirai ce qui s'est passé, Nawi. Je t'en ai fait la promesse.

Un mouvement soudain dans la foule attire mon attention. Un homme se fraie un chemin parmi les nombreux badauds. Je crois d'abord qu'il s'agit de l'étranger qui a inexplicablement disparu tout à l'heure de l'estrade, mais l'illusion se dissipe aussitôt. D'abord, le nouveau venu est plus jeune et autrement vêtu que l'étranger aperçu tout à l'heure. Grand et fort, il se déplace avec la grâce létale d'un jaguar en chasse.

Arrivé au pied de l'estrade, il marque une pause. Lève le visage vers moi.

Nos regards se croisent. Une étincelle de compréhension dans le sien.

Je détourne aussitôt la tête. Je ne peux pas me permettre d'être distraite.

J'entends à peine Yarenan qui m'enjoint de reculer.

La voix du Grand Prêtre me parvient de très loin, comme s'il se trouvait littéralement de l'autre côté de la place :

— … première épreuve de l'Ayotl ce soir !

La danse.

Celle que je dois réussir à tout prix.

Les gardes nous invitent à descendre de l'estrade. Chacune d'entre nous doit d'abord se prosterner devant l'empereur. Je m'incline bien bas. Ignorant le regard que je sens peser sur moi.

En réponse à ce qu'elle perçoit comme une menace, ma magie picote le bout de mes doigts, prête à s'éveiller au moindre signe de ma part. Je la réprime sans pitié. Jouer la comédie. Faire semblant. Ne pas dévoiler qui je suis. Garder mon objectif en tête. Et ne pas me laisser distraire par d'autres hommes, aussi séduisants soient-ils.

Chapitre 5

Des guerriers du Jaguar et de l'Aigle nous escortent droit vers l'enceinte du palais impérial, notre future résidence. Il est heureux qu'ils soient bien armés, car la foule me foudroie du regard.

— Adoratrice des ténèbres !

— Semeuse de mort…

— Va donc ramper aux pieds de L'Obscur !

Je les ignore du mieux que je peux. Leurs insultes sont le fruit de leur ignorance et de la peur que L'Obscur, le dieu des morts, suscite toujours chez les Pahelis.

Contre ma peau nue, la clé d'obsidienne pulse à nouveau. Une source de réconfort à laquelle je m'accroche.

On est loin de la tolérance teintée de méfiance que Carme et moi avons toujours connue dans la vallée de Coulia. Du moment que nous habitions loin des villages, que nous ne faisions pas usage de la magie qui court dans nos veines, on nous laissait tranquilles.

Les Ombres pulsent dans mes veines, je les sens prêtes à prendre leur envol, leur appétit aiguisé par les émotions puissantes qui me parcourent. Je les réprime avec effort :

je ne donnerai pas satisfaction à ces ignorants hargneux en leur confirmant qu'ils ont raison de me redouter, moi et mes pouvoirs.

Ma tante ne me lâche pas d'une semelle, je peux ressentir sa colère. Elle doit tellement avoir envie de s'évader de son corps, de se transformer en ce grand fauve, comme elle le faisait chaque soir à Coulia, pour « sécuriser notre domaine ». Je la soupçonne surtout de vouloir oublier la réalité. Lors d'une de ses rares confessions, elle m'a révélé que, sous sa forme de jaguar – ce que lui permet sa magie *Ixquen* –, elle ressent les sentiments avec bien moins d'intensité. Je ne peux pas nier que cette confidence m'a rempli d'une certaine envie. Moi aussi, durant l'année qui vient de s'écouler, j'aurais aimé me dissocier de tout ce que je pouvais ressentir. Oublier le deuil, la rage toujours présente, la douleur que suscitent toutes mes questions sans réponse.

Oublier que Nawi n'est plus.

Je me permets un discret soupir de soulagement quand, enfin, notre cortège pénètre dans le lieu le mieux gardé de l'empire : le palais d'Apatli.

Je n'ignore pourtant pas qu'ici je courrai autant de dangers qu'à l'extérieur des murailles. Que chacun va y aller de sa grossièreté, de sa pique, et essayer de me tester au cours des prochains jours. Je suis tellement perdue dans mes pensées que je tressaille quand de petits cris d'admiration fusent de la bouche des candidates de l'Ayotl. Nous avons atteint le premier jardin extérieur, et je comprends sans peine le ravissement général.

Les arbres, arbustes et autres plantes qui s'offrent à notre regard semblent avoir grandi dans un harmonieux hasard, leurs couleurs contrastant les unes avec les autres.

Dans un recoin caché, j'entends le glougloutement de l'eau qui doit s'écouler d'une fontaine. Dans le feuillage abondant des franpaniers, des cigaciers et des palmiers, les quetzals et perroquets se disputent les meilleures places, dans un concert de récriminations qui m'arrache un sourire. Ça me rappelle tellement notre maison perdue à l'orée de la jungle. Certes, elle manque cruellement de confort, et elle ferait piètre figure par rapport au luxe qui nous entoure. Mais, pour moi, c'est la demeure où j'ai coulé tant de jours heureux.

L'endroit où mes parents nous ont élevées, Nawi et moi. Où Carme et Lakti, son amoureuse, nous ont rejoints plus tard. Elles parlaient de construire une annexe, afin de préserver l'intimité de chacun, quand le glissement de terrain a emporté mes parents et Lakti. Il n'est plus resté que Carme, Nawi et moi.

Je ne peux m'empêcher de jeter un regard vers ma tante, qui se tient légèrement en retrait. Son regard sombre détaille cette luxuriance à ciel ouvert. Mais, contrairement à mes camarades de l'Ayotl, aucun cri de ravissement ne sort de ses lèvres. Ses traits demeurent crispés et j'en devine la raison. Pour elle, l'animal recouvert d'une peau humaine qu'elle me donne si souvent l'impression d'être depuis la mort de Nawi, ce jardin ne doit être qu'un pauvre simulacre de la nature où elle aime évoluer. Mon cœur se serre quand je repense à notre foyer. J'ignore si nous le reverrons un jour.

Je reporte mon attention sur le décor. Tout autour du jardin, peinte dans des couleurs éclatantes, court une fresque grandiose. Elle raconte la naissance de ce monde, comment le Flamboyant, symbolisé par l'astre en son zénith, s'y est imposé comme la principale divinité, reléguant L'Obscur, en son royaume souterrain, et la déesse lune, dans le ciel nocturne. Je contemple un à un les nombreux bienfaits que lui prêtent les auteurs de cette œuvre d'art : comment il a créé le monde tel que nous le connaissons, de quelle manière il a insufflé l'étincelle de vie dans le corps des premiers hommes, façonnés dans la terre noire au pied des volcans, et ainsi de suite. Je m'arrête devant le dernier ajout, le plus récent : la formation du Rempart. Apatli y est représenté en père suppliant, alors que Nurbek, encore enfant, est emporté au loin par les Mézétains. Le Flamboyant, au premier plan, tend les bras. D'innombrables épines gigantesques sortent de terre, labyrinthe impénétrable où se perdent désormais les ennemis qui voudraient nous conquérir. Mon cœur bat la chamade alors que j'examine cette formidable défense, celle-là même que ma sœur a dû contempler tout au long de son séjour à Niec.

L'émotion me gagne et je cligne des paupières pour chasser les larmes qui me montent aux yeux. Quand je les rouvre, l'étranger qui se tenait sur l'estrade au côté de l'empereur est juste devant moi, à une dizaine de pas. Je demeure pétrifiée. Cette fois-ci, il est vêtu avec autant d'opulence que les quelques nobles que j'ai déjà pu croiser, ceux qui vivent toute l'année à la cour d'Apatli. Mais l'étincelle logée dans son regard ambre n'a pas changé.

Quand sa voix résonne dans mon esprit, je sursaute.

« Que fais-tu ici, petite âme ? »

Chapitre 6

— Je…

Un rire aigu, tout proche, me fait tressaillir. Je tourne la tête. Kailani, entourée de la plupart des candidates de l'Ayotl, me toise de la tête aux pieds. Son visage aux traits harmonieux arbore une expression de dédain quand elle me lance :

— Voilà que tu te parles à voix haute, *Ixquen* ? C'est comme ça que finissent ceux de ton espèce, quand on ne les noie pas à la naissance ?

Ses suivantes s'esclaffent d'un rire faux. Seule une jeune femme, une candidate elle aussi, au teint aussi mat que le mien, se tient en retrait. Elle ne rit pas, m'enveloppe au contraire d'un regard d'un noir intense, presque liquide. La commisération brille sur ses traits doux, que son visage rond accentue encore. Mais je n'ai pas besoin de sa pitié.

Je me tourne vers l'endroit où l'étranger m'est apparu pour la seconde fois. Naturellement, il s'est de nouveau volatilisé.

— Il est poli de répondre quand on vous adresse la parole, insiste Kailani. À moins que tu n'aies l'habitude de parler en grognements…, ajoute-t-elle, avant de se lancer dans des imitations grotesques.

Les rires des candidates attirent l'attention aussi bien des guerriers qui nous ont escortées jusque-là que des nobles flânant dans la cour extérieure ; les regards luisent de curiosité, je vois des pièces changer de main en main. Me voici l'objet de paris.

La colère me monte au nez, les Ombres dansent sur ma peau. Si seulement je pouvais les éveiller sans crainte de représailles… De quoi fermer la bouche à cette petite dinde et à sa cour de limaces.

— Je ne réponds que lorsqu'on s'adresse à moi en faisant preuve de courtoisie, je déclare d'une voix ferme. Une notion qui, de toute évidence, t'est inconnue.

La jeune femme qui m'a adressé l'œillade compatissante masque un sourire à cette réplique. Elle est bien la seule. Kailani a le teint assez pâle pour que sa peau rougisse de manière perceptible.

— Qui t'a dit que tu méritais mon respect ? rétorque-t-elle.

Elle lève une main dans ma direction, une flamme en jaillit aussitôt. Un jet de feu qui me manque de peu. Un sourire cruel s'étale sur ses lèvres peintes en vermillon.

— Tout le monde te hait ou te redoute, *Ixquen*. Mais ce n'est pas mon cas. Tu te trouves sur mon territoire ici, au cœur du pouvoir du Flamboyant. Jamais tu ne réussiras la première épreuve de l'Ayotl. Considère que je te fais une faveur en t'éliminant dès maintenant…

Une nouvelle gerbe de feu jaillit. Ma réaction est instinctive. La clé d'obsidienne vibre, les Ombres se déploient en un éclair, interceptant le danger. La menace disparaît, engloutie par leur appétit. Un effort qui me coûte des tremblements dans les jambes et des battements de cœur frénétiques.

Du coin de l'œil, j'aperçois l'expression de Carme, emplie d'une satisfaction discrète, loin de la surprise qui se reflète sur les visages de la plupart des spectateurs.

Je rappelle les Ombres à moi.

— Je crains qu'il ne te faille d'abord t'améliorer, je riposte à Kailani, qui demeure bouche bée.

— Que se passe-t-il ici ?

Quelqu'un a dû avertir Yarenan car il arrive à grandes enjambées, son regard braqué sur moi.

— Père, je..., commence Kailani sans qu'il en tienne compte.

— Comment oses-tu invoquer une magie aussi impie au cœur du domaine impérial ? gronde-t-il à mon encontre avant de reporter son attention sur les guerriers qui nous entourent : Vous êtes censés protéger le palais, je vous rappelle !

Dans d'autres circonstances, je m'esclafferais à gorge déployée devant les mines de petits garçons pris en faute qu'arborent ces grands gaillards musclés, aux torses dénudés. Je me retiens cependant et me concentre sur le plus important : tout le monde sait désormais qu'il faudra davantage qu'un jet enflammé pour me réduire à néant.

La question de l'inconnu me revient en tête.

« Que fais-tu ici, petite âme ? »

Je suis venue ici pour connaître la vérité.

Comme s'il lisait en moi, Yarenan me crache :

— De toute manière, jamais tu ne survivras à la première épreuve !

Je devrais me taire, baisser la tête et attendre le bon moment pour lui prouver à quel point il se trompe. Mais les mots fusent avant que je puisse les réprimer :

— Vous êtes prêt à parier là-dessus, Grand Prêtre ?

Des exclamations choquées retentissent. Quelques rires étouffés, aussi. Le teint de Yarenan se colore violemment, il crispe ses poings.

— Retire-toi, *Ixquen*.

J'esquisse une petite révérence avant de m'exécuter, Carme sur mes talons.

Chapitre 7

Carme a à peine fermé les portes de l'appartement qui nous a été réservé que sa silhouette se brouille sous mes yeux. L'instant d'après, la forme, à la fois familière et imposante, de son jaguar arpente de son ample foulée les pièces où nous logerons jusqu'à la fin de l'Ayotl.

Elle revient après de longues secondes d'inspection, pendant lesquelles je me garde bien de faire le moindre bruit.

— C'est bon, personne ne nous écoute, grogne Carme en reprenant figure humaine.

— Ça vaudrait mieux, je murmure, vu ce que j'ai à te dire.

Carme me décoche un regard aigu.

— J'espère que ça ne concerne pas cette escarmouche avec la fille du Grand Prêtre…

— Tu ne vas quand même pas me reprocher d'avoir réagi ?

Si je ne l'avais pas fait, non seulement j'aurais couru le risque d'être sévèrement brûlée, mais j'aurais aussi perdu toute crédibilité aux yeux de la cour.

Carme s'esclaffe d'un rire grinçant.

— Certainement pas ! Je regrette juste de ne pas y avoir apporté mon grain de sel…

Nous échangeons un coup d'œil complice. Hasard ou pas – je parierais sur cette seconde option –, le logement qui nous a été réservé est le dernier à l'extrémité d'un long couloir. Ceux qui ont voulu nous signifier ainsi leur volonté de nous isoler nous ont rendu service sans le savoir. Les rayons du soleil entrent à flots par la fenêtre ouverte, offrant une vue sur un jardin clos, où pépient des quetzals cachés dans le feuillage luxuriant des arbres. Une fontaine que je ne distingue pas doit couler non loin, j'entends la musique discrète de l'eau. Nous pouvons donc entrer et sortir sans éveiller trop de regards indiscrets. Vu nos plans, c'est là un avantage non négligeable.

Carme s'installe sur l'une des banquettes basses recouvertes de coussins moelleux et de couvertures épaisses, dont les motifs brillants s'harmonisent à merveille avec les mosaïques vives qui parent les murs. Elles représentent toutes sans exception le Flamboyant : visage dissimulé par les rayons brûlants de l'astre qui brille autour de lui, tel un halo insupportable. Ce qui me rappelle l'étranger et sa question juste avant que Kailani m'interrompe…

— Que voulais-tu me dire ?

Je me retourne vers ma tante, celle qui veille sur moi depuis plus d'une dizaine d'années. Nous avons toutes deux la taille petite et une peau d'un brun foncé. Là s'arrêtent nos ressemblances. Carme a les traits bruts, le nez busqué, le menton volontaire, la ligne de la mâchoire bien dessinée, des cheveux d'un noir de jais, légèrement bouclés, qu'elle porte court pour plus de facilité. Un miroir – féminin – de mon père, si mes souvenirs ne me jouent pas des tours.

C'est ma mère qui nous a légué à toutes les deux, Nawi et moi, des cheveux lisses, d'un châtain profond où dansent des reflets roux, et des yeux d'un gris-vert indécis.

Je prends une profonde inspiration avant de lui confier :

— Je crois… Enfin, non, j'en suis sûre : Ollantay m'a confié son dernier murmure.

Carme hausse les sourcils d'un air incrédule. J'avais beau m'y attendre, une partie de moi ne peut s'empêcher d'être déçue par sa réaction.

— Tu en es sûre ? Voilà des années au moins que tu n'as plus perçu aucun murmure d'agonisants…

— Je sais.

J'ai répondu de manière bien plus emportée que je ne l'aurais voulu.

— Pour une raison que j'ignore, les morts ne nous parlent plus. Pourtant, je te garantis que j'ai entendu un murmure au moment où Ollantay est morte sur cette estrade.

Une lueur d'intérêt, de curiosité aussi, brille dans le regard sombre de Carme.

— Encore heureux qu'il n'y ait eu aucun autre *Ixquen* dans la foule ce matin, grogne-t-elle.

— Tu as entendu Kailani, je réplique. Les personnes comme nous, qui ont eu le malheur de naître le jour de L'Obscur et d'hériter de sa magie, sont noyées dès leur premier cri.

J'aimerais pouvoir me dire que c'est faux, qu'il s'agit là d'une exagération. Hélas, ce serait nier la réalité. La vérité, c'est que les *Ixquen* – les personnes nées sous le signe de L'Obscur – sont de moins en moins nombreuses chaque année. Qu'un bébé hérite de cette magie est vu comme bien pire qu'un déshonneur : une tare qui le poursuivra toute sa vie. Les Pahelis redoutent le dieu des morts.

Emon m'a souvent raconté, en prenant soin que personne ne nous entende, comment le regard des citoyens de cet empire a changé en l'espace d'une génération sur L'Obscur : auparavant vu comme protecteur des défunts, il a soudain été transformé en créature de cauchemar, porteur de maladies, semeur de mort et de malheur.

« Une propagande habilement menée par les prêtres du Flamboyant…

— Mais pourquoi ? »

Emon avait haussé les épaules.

« L'ordre vient d'en haut. Surtout depuis la création du Rempart… Tu sais, Zina, appartenir au clergé est un honneur, mais aussi une obligation. Je ne suis pas libre d'agir comme bon me semble. »

— Inutile de me le rappeler, gronde Carme, dont le regard, toujours aux aguets, vagabonde d'un coin à l'autre de l'appartement. Je sais comment les autres nous traitent. Dis-moi plutôt ce que tu as entendu de la part d'Ollantay.

— « Fleur fantôme », je lui souffle. Cela t'évoque quelque chose ?

Carme fronce les sourcils et je sens mon cœur se serrer dans ma poitrine.

— Non. Je n'en ai jamais entendu parler.

— Moi non plus, j'avoue, dépitée. Mais il doit y avoir une raison pour laquelle elle a voulu faire passer ce message !

Ma tante pousse un soupir.

— Tu sais, quand je pouvais encore entendre les murmures de ceux qui rejoignaient le monde des morts… Ils n'avaient pas toujours une signification particulière.

Son visage s'assombrit et je devine sans peine à quoi elle pense : au jour où mes parents et Lakti, l'amante de Carme, sont morts dans ce glissement de terrain. Je les ai souvent imaginés, tous les trois revenant du marché, de même qu'une bonne vingtaine d'habitants du village le plus proche : riant de concert, les bras encombrés de paniers pleins à ras bord, Papa menant le petit groupe, Maman et Lakti plus en retrait... Exceptionnellement, Carme n'avait pas accompagné son amoureuse, ce jour-là. Je me rappelle qu'elle se sentait fiévreuse, elle avait préféré rester dans la maison que nous occupions tous les six. Je me suis représenté le terrain détrempé par les pluies torrentielles récentes, le grondement sous leurs pieds avant que la terre se mette à bouger et les entraîne tous dans le ravin... Nous n'avons jamais retrouvé leurs corps ensevelis sous des tonnes de débris. Papa, Maman, Lakti emportés à jamais. Carme ne s'en est jamais complètement remise. Moi non plus, pas plus que Nawi.

Ma tante se racle la gorge, au prix d'un grand effort.

— Nous devrions nous concentrer sur notre mission.

Son regard sombre, quand elle rencontre le mien, est indéchiffrable.

— Sur l'épreuve qui t'attend ce soir.

Chapitre 8

Un instant, je songe à l'étranger que j'ai aperçu à deux reprises. Je chasse aussitôt cette idée – je vois bien que Carme ne croit qu'à moitié à cette histoire de murmure. Si je lui avoue qu'en plus j'ai des hallucinations, concernant un étranger aussi séduisant qu'énigmatique… j'ai peur d'imaginer sa réaction.

Carme se relève avec une souplesse que je ne peux qu'espérer atteindre. La magie de L'Obscur qui court dans nos veines s'exprime de diverses manières : Carme a hérité du pouvoir de se transformer en jaguar, l'animal tutélaire de L'Obscur ; quant à moi, je peux manipuler les Ombres, grâce à la clé d'obsidienne.

Je tressaille quand je sens ses mains se poser sur mes épaules. Elle ancre son regard dans le mien.

— Promets-moi une chose, Zina. Ce tournoi qui s'annonce… Tu es sûre que tu pourras le mener à bien ? Nous avons déjà tant perdu, toi et moi. Je ne veux pas que tu deviennes une victime à ton tour.

Un instant, le chagrin qui ne me quitte jamais m'assaille et je sens mon visage se contracter. Je m'en veux soudain de ne pas pouvoir encore maîtriser cette peine qui est la mienne. De ne pas être aussi bonne actrice que je le voudrais, de nous mettre toutes les deux en danger en m'engageant dans cette compétition mortelle qu'est l'Ayotl.

Mais tous les regrets du monde ne valent rien face à la détermination qui brûle en moi. Je fixe ma tante, yeux dans les yeux.

— Nous n'avons pas parcouru plus de neuf cents bornes en chaise à porteur pour reculer à présent.

Les lèvres de Carme tressaillent d'amusement. Quand je pense qu'on aurait pu s'éviter un voyage de près d'une semaine, coincées toutes les deux dans cet espace exigu, alors que les guerriers envoyés au Rempart y sont transportés instantanément grâce à la magie de l'Air par les Arches de transport… Il faut croire que même les futures impératrices n'ont pas droit aux privilèges des forces armées de l'empire.

Je poursuis :

— Nous n'avons pas récolté en silence des bleus et des contusions à chaque mouvement de ces imbéciles de porteurs, pour que je m'effondre maintenant.

Je ravale ma salive, me force à expulser les mots qui me pèsent sur le cœur :

— Emon avait raison quand il est venu nous trouver. Nous avons besoin de réponses sur ce qui est arrivé à Nawi.

Carme hoche la tête. Puis, d'un geste délicat, dont je n'ai pas l'habitude avec elle, elle pose son front contre le mien. Exactement ce qu'elle a fait quand la nouvelle de la mort de Nawi nous est parvenue, deux ans auparavant. Il me semble que c'était hier.

Nawi, le visage déformé par la peur et la colère, lors du dernier repas que nous avons pris ensemble.

Son refus obstiné de me dire ce qui n'allait pas.

Sa disparition soudaine, une nuit.

Et puis cette visite d'Emon en pleine obscurité. Jamais je ne l'avais vu aussi effondré.

« On m'a… On m'a fait prévenir. Nawi a été exécutée à Chilris. Haute trahison envers l'empereur. »

À cet instant, ma vie s'est effondrée.

Carme chuchote, brisant le silence entre nous :

— Je sais que tu as besoin de savoir ce qu'il s'est passé. Tu penses que je ne te vois pas dépérir à petit feu ? Que je ne t'entends pas faire les cent pas dans ta chambre, repoussant le sommeil parce que là t'attendent tes cauchemars ?

Elle hésite avant d'ajouter :

— Je sais que… je ne suis pas toujours présente autant que tu le voudrais.

Il doit lui en coûter de faire allusion ainsi à ses longues rondes dans la jungle, sous sa forme féline.

— Arrête, *tía*, je l'interromps. Tu as ton propre deuil à gérer.

Son frère. Lakti. Et Nawi.

Le chagrin déforme les traits de Carme. Elle se reprend, cependant.

— Ce n'est pas une excuse, Zina. Je devrais t'aider… davantage. Et crois-moi, si tu veux toujours participer à l'Ayotl, je t'assisterai jusqu'au bout.

Une bouffée de reconnaissance m'emplit le cœur. Quoi qu'il arrive à présent, je ne serai jamais seule. Je ne résiste pas à l'impulsion de prendre ma tante dans mes bras, la serrant contre moi.

— Ooof, proteste Carme, tu m'étouffes.

— Oh, chut, je réplique, refusant de l'écouter.

Nous avons toutes les deux besoin de cette marque de réconfort. De soutien.

Autant que nous avons besoin de savoir ce qui est arrivé à Nawi.

— Nous irons jusqu'au bout, je lui souffle à l'oreille.

Carme tolère mon étreinte pendant de longues secondes, avant de se dégager.

— Jusqu'au bout, répète-t-elle en un écho solennel.

Chapitre 9

— Je vais m'absenter cet après-midi, me déclare-t-elle après un instant. L'arrivée des candidates a suscité l'effervescence dans l'enceinte impériale, c'est le moment idéal pour que j'aille interroger mon contact au temple de la déesse lune…

Je hoche la tête, réprimant de justesse le désir de lui faire part de mes doutes quant au plan qu'elle a élaboré. L'influence de la déesse lune a décru alors que la propagande sur L'Obscur se répandait. Ses prêtresses, autrefois aussi puissantes que les prêtres du Flamboyant, ont perdu de leur importance, surtout depuis la création du Rempart. Ici, à Chilris, elles ne gèrent plus que les arrivées des étrangers dans la capitale paheli par les Arches de transport, tenant un registre où sont inscrits les noms, les motifs de visite, etc.

C'est bien ce qui intéresse Carme. Nawi est arrivée à Chilris par ce biais.

— Tu veux que je t'accompagne ?

— Certainement pas. En tant que candidate de l'Ayotl, tu vas attirer bien trop l'attention.

Carme a raison, je le sais. Ça ne m'empêche pas de grincer des dents. Je voudrais tellement compulser le registre moi-même, découvrir le motif que Nawi a bien pu invoquer pour débarquer à Chilris… Qu'est-elle venue faire ici ? Carme doit lire ma frustration sur mes traits, car son ton se fait plus intransigeant.

— N'oublie pas que nous devons opérer en toute discrétion. Si quelqu'un découvre ce que nous tramons, nous finirons comme Ollantay ce matin. Alors, apprête ton plus beau sourire et répète encore une fois les pas de cette maudite danse !

— J'ai travaillé des jours et des nuits entières, je te rappelle.

Grâce à la patience ainsi qu'aux indications d'Emon, qui a risqué sa vie en me favorisant de cette manière.

— Et puis, tu oublies que je ne suis pas seule.

Je tire sur la chaîne qui ceint mon cou : la clé d'obsidienne émerge de sous ma tunique. L'objet a la forme d'un galet d'obsidienne, plat et mince, aussi grand que la paume de ma main. Ses bords polis démontrent le talent de ceux qui l'ont conçu. Comme d'habitude, dès que je le manipule, ma magie s'éveille, me picotant le bout des doigts.

Les Ombres se déploient aussitôt, en une corolle aussi élégante que mortelle – du moins si je leur en donnais l'ordre. Je peux sentir leur énergie me parcourir, leur appétit aussi, jamais rassasié. Carme grogne.

— J'aurais préféré que tu puisses t'en passer.

— Moi aussi. Mais Emon m'a conseillé de les utiliser pour me guider.

Et éviter les nombreux pièges de la danse : car il ne faut pas seulement faire preuve de grâce et de célérité, mais aussi d'exactitude. Un seul faux pas et j'échoue.

Carme me retourne un regard et je n'ai pas besoin qu'elle exprime à voix haute ce qu'elle pense à ce moment. L'utilisation de la magie durant les épreuves de l'Ayotl est strictement interdite. Chaque candidate doit réussir par ses propres mérites ; du moins, en théorie. En pratique… Si ce qu'Emon m'a dit est vrai – et pourquoi en douterais-je ? –, plus d'une reine consort a contourné les règles, voire carrément triché, pour remporter la couronne. On dit qu'Ollantay elle-même ne serait pas arrivée là où elle était si son frère jumeau, Eumay, devenu le général favori d'Apatli, ne l'avait pas secondée avec sa magie.

Ce n'est pas le but que je vise, mais celui que j'ai en tête est tout aussi précieux à mes yeux : connaître la vérité sur ce qu'il est arrivé à Nawi. Chaque jour où je demeure en lice pour l'Ayotl nous permet à Carme et moi d'enquêter au cœur du pouvoir paheli. Celui-là même qui a condamné ma sœur à mort pour un motif que j'ignore.

— J'y arriverai, je lance à Carme avec toute l'assurance dont je suis capable.

Demeurée seule, je prends une profonde inspiration avant de me tourner vers les quelques sacs que nous avons déjà pu transférer dans nos appartements ce matin, avant la cérémonie. Le reste de nos bagages devrait arriver sous peu, nous a-t-on assuré. Je m'empare d'un des sacs en toile brillante et colorée, une des nombreuses productions des artisans de la vallée.

Un souvenir me revient alors que je caresse le tissu du bout des doigts.

Meïne avait dix ans de plus que moi, une femme, cinq enfants. Ça ne l'empêchait pas de flirter avec moi dès qu'il en avait l'occasion, lors de mes passages hebdomadaires au village pour nous ravitailler. Je sentais son regard s'attarder *sur ma silhouette. C'était loin de me déplaire – je n'avais aucun espoir de me marier, de vivre une vie honorable, en tant qu'*Ixquen. *Alors, pourquoi aurais-je dû me priver de ce que l'existence pouvait m'offrir ?*

Cela s'est produit un après-midi où le soleil chauffait à blanc le village. Presque tout le monde avait fermé boutique, à l'exception de Meïne. Il prétendait qu'avec sa magie de l'Air il ressentait moins la chaleur. Une phrase anodine, qui m'avait trotté en tête toute la journée. Quand je suis arrivée au village, discrète, le sang battait à mes tempes. J'avais dix-sept ans, mais ce n'était pas mon premier flirt. Ni mon premier baiser.

Meïne a compris d'un seul regard pourquoi j'étais là. Il m'a entraînée sans un mot dans son arrière-boutique. Le rideau de perles de bois est retombé derrière nous, en un doux bruissement.

Sa bouche a écrasé la mienne, ses mains se sont faufilées sous la robe légère que je portais. Je sentais son sexe en érection sous sa longue tunique. Un appétit qui éveillait le mien. Il a poussé un râle quand ma main s'est refermée sur lui. Je devinais la surprise dans ses yeux quand il m'a regardée. Les femmes honorables ne devaient pas prendre l'initiative. Mais je n'étais pas honorable. C'était moi qui menais la danse.

Je lui ai adressé un sourire un brin narquois avant de me mettre hors de portée.

« Qu'est-ce que…, avait-il commencé, pantelant d'excitation.

— Enlève tes braies et ta tunique, l'avais-je interrompu.

— Mais je…

— Exécute-toi et tu auras ta récompense », je murmurai alors, avant de passer ma langue sur mes lèvres.

Ce souvenir me fait sourire. Meïne m'avait obéi, ce jour-là. Et je l'avais récompensé comme il se devait, profitant le plus possible de cette étreinte dont je me doutais qu'elle ne se reproduirait pas. J'avais bien deviné : Meïne ne m'a plus jamais adressé la parole par la suite, a fait semblant que je n'existais pas. Comme tous les autres, après lui. Après tout, on ne fréquente pas les *Ixquen*.

Chapitre 10

Le tapis légué par Emon a bien servi lors de mon entraînement quotidien. Les couleurs sont usées, mes nombreuses heures d'exercice ont même arraché quelques fibres çà et là. Mais le principal demeure intact : la rosace complexe fleurissant au beau milieu et, autour d'elle, répartis à intervalles réguliers, trois médaillons.

La réplique exacte de celle qui se trouve au sol de la grande salle de réception de l'empereur, où je danserai dans quelques heures.

Tout en haut, le plus important, le médaillon du Flamboyant, halo de lumière solaire autour de son visage demeuré dans l'ombre. À gauche, bien plus petit, celui de la déesse lune, au ventre rond de femme enceinte. Et enfin, à droite, à la pointe de la rosace, celui de L'Obscur, au long capuchon masquant les traits.

Je n'ai pas de musique cette fois pour m'accompagner, aussi je compte sur ma mémoire. Je ferme à demi les paupières, mes doigts s'agitent en l'air, comme si je pouvais entendre les roulements de tambour préfigurant la mélodie.

Trois, deux, un…

Les Ombres s'éveillent autour de moi, m'entourant d'une aura sombre, alors que la clé d'obsidienne pulse contre mon sternum.

Dans ces moments-là, j'aime à penser que ma mère me regarde de là où elle est, qu'elle est fière de ce qu'elle voit.

« Zina ? Zina, viens ! J'ai un cadeau pour toi… »

J'arrivai, impatiente. Curieuse, aussi. Maman me souriait, assise en tailleur sur un coussin où je m'effondrais. Son rire, c'était le plus beau son du monde. Mes mains d'enfant se tendirent vers elle.

« Un cadeau ? Ce n'est pas mon anniversaire pourtant !

— Non, mais ça ne fait rien. »

Je l'observai dénouer quelque chose autour de son cou. Une longue chaîne, que je n'avais jamais vue auparavant. Et à son extrémité…

« Qu'est-ce que c'est ?

— On l'appelle la clé d'obsidienne. »

Elle avait soulevé mes longs cheveux d'un geste tendre, faisant glisser leur masse brillante d'un côté. Je me tenais immobile alors qu'elle passait cette clé – qui ne ressemblait en rien à une clé, d'ailleurs ! – à mon cou. Le galet pesait lourd. Je l'avais examiné, perplexe. Deux cercles de métal brillant sur le pourtour et, en son cœur, un insert rond, d'un noir soutenu. Maman avait pris une voix grave alors qu'elle nouait la chaîne sur ma nuque.

« Désormais, c'est ta responsabilité, Zina. Il te revient de la porter et de la protéger. »

J'étais bien trop impressionnée ce jour-là pour lui demander de quoi exactement je devais protéger un tel objet. Avec ma naïveté d'enfant, j'avais pensé que j'avais tout le temps pour la questionner à ce sujet. Une semaine plus tard, mes parents disparaissaient, avalés par le glissement de terrain.

Je prends une profonde inspiration. Je ne peux pas me laisser déstabiliser par mes souvenirs. Je bande les muscles de mes jambes, comme Emon m'a appris à le faire, pour mieux prendre mon élan et entamer la danse quand j'entends soudain, dans mon dos :

— Tu n'as même pas commencé que tu te trompes déjà.

Surprise, je mets une seconde avant de pivoter sur mes talons. D'instinct, ma main droite s'est faufilée sous ma tunique et refermée sur le poignard cousu dans la doublure. Une fine lame recourbée, ultime cadeau d'Emon avant que Carme et moi partions de Coulia.

Je la brandis en direction de l'inconnu, qui se tient à quelques mètres de moi, un rictus amusé aux lèvres. Un étranger qui n'en est pas vraiment un – c'est l'homme de l'estrade. Celui qui m'a demandé ce que j'étais venue faire ici.

Je vérifie d'un coup d'œil que la porte de l'appartement est toujours fermée.

— Oh, c'est le cas, s'exclame l'intrus d'une voix un brin rauque, qui m'arrache un frisson en dépit des circonstances. Je ne suis pas passé par là.

— Qui êtes-vous ? Que me voulez-vous ? je réplique, en l'observant.

Cette fois-ci, il est vêtu moins richement que lorsque je l'ai vu dans le jardin intérieur. Une tunique courte passée au-dessus de braies qui s'arrêtent au genou, dévoilant la peau nue de ses mollets et de ses bras.

La tentation d'y imprimer la marque de mes dents me titille.

Je secoue la tête, désarçonnée par cette pulsion. Énervée, également. Un inconnu fait irruption dans mon logement, viole mon intimité et moi, tout ce à quoi je songe, c'est à lui sauter dessus ?

J'ai un sérieux problème…

Ou alors tu n'as pas affaire à un simple mortel.

La pensée me percute avec toute l'intensité de la foudre un soir d'orage. Je recule de quelques pas, augmentant la distance entre l'étranger et moi. Même dans la faible clarté de la pièce – la lumière solaire entre par une seule lucarne – sa silhouette semble rayonner de l'intérieur. Je remarque sa beauté plus que parfaite, l'harmonie de ses traits, l'absence totale de tout défaut physique. Et cette sensualité qu'il dégage… Toutes les légendes et les histoires qui parlent des esprits du Feu, les serviteurs du Flamboyant, mentionnent leur prestance autant que leur puissance. Le sourire gourmand qu'il m'adresse, soutenant mon regard sans l'ombre d'une hésitation, finit de me convaincre.

Je ne suis pas en face d'un être humain. La peur s'insinue en moi, tel le ver dans le fruit. Les iris mordorés de l'inconnu luisent d'un étrange éclat alors que la clé d'obsidienne irradie d'une chaleur réconfortante, comme si elle désirait me rassurer face à cette menace inattendue.

— Je vois que tu as compris, déclare-t-il, amusé, en s'asseyant avec la souplesse d'un jaguar en chasse sur les coussins qui parsèment la banquette basse, collée contre le mur.

Je ravale ma salive. Si celui qui se tient face à moi est bien un être surnaturel, il ne peut servir qu'un seul dieu.

— Je ne vais pas te faire de mal, si c'est là ce qui te trouble, continue-t-il, étendant d'un geste négligent le bras dans ma direction. Au contraire, je suis venu t'aider.

— M'aider ? je m'exclame avant même de réfléchir à ce que je vais dire. Pourquoi un esprit du Feu s'abaisserait-il à ça envers une *Ixquen* ?

Une lueur étrange passe dans son regard.

— Un esprit du Feu…, répète-t-il, d'un murmure qui me trouble bien plus que je ne le voudrais.

Cette même chaleur que j'ai déjà ressentie quand je l'ai aperçu sur l'estrade me picote les reins. Je me mords l'intérieur de la joue, mortifiée par ma réaction.

— Soit, continue-t-il avant de hausser la voix. J'ai entendu parler de ta candidature à l'Ayotl. Je me suis demandé ce qu'une femme née sous le signe de L'Obscur venait faire ici.

Il hausse les épaules. Des épaules sans aucun doute assez solides pour soutenir mon poids si j'enroulais mes jambes autour de sa taille et… Je repousse les images qui me viennent avec effort.

Reste concentrée, Zina !

— Je suis curieux, continue-t-il en me dévisageant, la tête légèrement sur le côté. Je me demande combien de temps tu vas tenir avant que cette cour te dévore et jette tes os au loin.

Je serre les dents.

— Vous n'avez qu'à assister à l'Ayotl, je rétorque. Ce n'est pas une raison pour pénétrer dans ma chambre sans avoir demandé l'autorisation au préalable !

— Et si je te disais que tu commets une erreur avant même d'entamer la danse, serait-ce une raison valable ?

J'en reste sans voix. Comment ose-t-il… ?

Il se déplace bien plus rapidement que je ne l'aurais cru possible. Un instant, il est affalé nonchalamment sur la banquette. Le suivant, il se tient à mes côtés, si proche que je peux sentir la chaleur irradier de son corps. Je recule avec précipitation, et je me hais aussitôt d'avoir cédé à cette impulsion quand l'étranger me décoche un regard empli d'une morgue amusée.

— Que t'a-t-on donc appris lors des séances d'entraînement ? demande-t-il d'une voix douce.

Je me retiens de lui dire que ces séances – obligatoires pour les candidates participant à l'Ayotl – n'ont pas eu lieu pour moi. Et pour cause : Emon a renvoyé sous un prétexte que je n'ai jamais su les instructrices impériales, préférant prendre en charge lui-même mon apprentissage, ce qui est interdit.

— Ne t'a-t-on jamais dit que les femmes qui participent à la danse sacrée doivent d'abord s'agenouiller devant le médaillon de la déesse lune ?

— Quoi ? C'est faux ! je proteste d'instinct. Il faut honorer en premier le Flamboyant et…

— C'est un des pièges de l'Ayotl, m'interrompt-il.

Son regard ne me lâche pas et je me sens perdre pied devant son assurance. Ce qui sort de ma bouche ressemble moins à des mots intelligibles qu'à une série de gargouillis qui me ferait honte dans d'autres circonstances. Cela semble amuser l'étranger en tout cas.

— Les femmes doivent d'abord rendre hommage à la déesse lune, reprend-il en désignant le médaillon où repose, serein, l'astre. Si elles s'agenouillaient d'abord devant le Flamboyant, cela voudrait dire qu'elles se considèrent comme l'égale de l'empereur…

Une phrase qui me tire de la transe où je suis tombée. J'éclate de rire.

— Sérieusement ? C'est tout ce que vous avez trouvé pour m'éliminer?

— Je dis la stricte vérité, me confie-t-il.

— Et pourquoi devrais-je vous croire ? Je ne sais même pas qui vous êtes !

Il me contemple, un brin désarçonné, comme s'il ne s'attendait pas à autant de résistance de ma part. Pensait-il que j'allais le croire sur parole ? Ou que j'allais me pâmer devant chaque mot qui sortirait de ses lèvres charnues, au dessin parfait…

Arrête !

Il incline soudain sa haute silhouette en une esquisse de révérence. Ses yeux luisent d'un amusement à peine contenu quand il relève la tête.

— Cendis. Esprit du Feu, comme tu l'as deviné. Et je dois dire…

Je sens sa main frôler ma joue, avant de brutalement me retirer.

— … que je suis absolument ravi de faire ta connaissance, Zina.

Mon prénom dans sa bouche est une tentation que j'ignorais jusqu'à présent ; une partie de moi-même meurt d'envie de l'entendre à nouveau.

— J'ai parié sur toi, murmure-t-il. Ne me déçois pas ce soir.

Avant même que je puisse réagir, il disparaît aussi rapidement qu'il est apparu. Me laissant seule avec cette question au fond de moi : puis-je me fier à lui ?

Chapitre 11

Les gardes sont venus toutes nous chercher deux heures plus tard.

Heureusement pour moi, Carme venait juste de rentrer de sa visite au temple de la lune. À sa mine maussade, j'avais vite compris qu'elle avait fait chou blanc. Nous n'avons pas eu cependant eu l'occasion d'échanger. Sous bonne escorte, les candidates de l'Ayotl ont été conduites jusqu'au cœur du palais. Dans les vastes souterrains, plus exactement. Là, dissimulé sous les sols de mosaïque et les colonnes d'albâtre, j'ai trouvé tout un petit peuple dont je ne soupçonnais pas l'existence.

Un seul coup d'œil au collier de bois autour de leur cou et j'ai su qu'il s'agissait d'esclaves. La tête courbée, le regard fuyant, les épaules voûtées, la bouche close. Un frisson violent m'a parcourue.

À Coulia, il n'y a quasiment pas d'esclaves. Et les rares présents ont tôt fait de rembourser la dette – de jeu ou autre – qui les a plongés dans la servitude.

D'évidence, les choses se passent différemment à Chilris. J'ai serré les dents alors qu'on m'invitait à prendre place dans un bassin creusé à même la pierre, rempli d'une eau chaude et parfumée, d'où émanaient des odeurs entêtantes. Carme m'a aidée à me déshabiller, jouant à la perfection son rôle. Cependant, j'ai deviné à ses gestes raides que côtoyer des esclaves provoquait chez elle le même malaise que celui que je ressentais.

À l'autre bout du bassin, Kailani, qui avait déjà rassemblé une petite cour d'adoratrices autour d'elle, m'a jeté un regard acéré avant de se détourner. J'ai ressenti une pointe de satisfaction : de toute évidence, notre petit duel l'avait touchée bien davantage qu'elle ne l'aurait sans doute voulu.

À présent, une esclave coiffe en silence mes cheveux à l'aide d'un grand peigne incrusté de jade, alors qu'une autre s'active sur mes ongles. Je n'aurais jamais imaginé qu'une séance de pomponnage comme celle-ci me mettrait autant sur les nerfs. Je devrais me détendre, me focaliser sur la première épreuve qui ne va pas tarder. Au-dessus de nos têtes, la foule des courtisans et autres invités doit déjà se presser dans les salles de réception du palais. Je les imagine picorer dans les plats servis par des esclaves aussi silencieuses que celles s'occupant de moi, profiter des boissons alcoolisées offertes dans des coupes ciselées, attendant avec impatience le moment de vérité.

Celui qui décidera lesquelles de toutes les jeunes femmes présentées le matin même devant le public, au pied des temples pyramides, se montreront dignes d'accéder à la seconde épreuve.

La réponse est : peu d'entre nous.

Je jette un coup d'œil aux candidates les plus proches de moi. Celle de gauche, une jeune femme anguleuse, à la peau pâle et à la mine arrogante, surveille les moindres faits et gestes des esclaves autour d'elle, les réprimandant d'un coup de langue à la moindre erreur.

Les peintures bleu ciel sur son visage indiquent sa magie de l'Eau. Les minuscules coquillages tressés dans ses cheveux font référence, quant à eux, à sa région natale : Mazatl, la cité de la côte.

Elle accroche mon regard dans le reflet du miroir posé devant elle – un objet devenu des plus rares depuis que nous avons rompu toute relation avec les Mézétains – et m'adresse une grimace.

Je me tourne vers ma voisine de droite. Une jeune femme potelée, aux grands yeux de biche que j'ai déjà eu l'occasion d'observer auparavant. Je me souviens de sa présentation – Ixchel, de la région de Tuxtla, la plus méridionale de l'empire.

On a dessiné des tourbillons ocre sur sa peau. L'espace d'un instant, le souvenir de Nawi, se tenant droite et fière lors de la cérémonie de clôture de sa fin d'apprentissage, me revient, aussi acéré que les feuilles d'agave.

Une adepte de la Terre, tout comme ma sœur.

Ixchel lève la tête, croise mon regard. J'ignore ce qu'elle peut y lire, mais je ne peux m'empêcher de répondre au petit sourire timide qu'elle me décoche.

Carme se racle la gorge discrètement derrière moi.

Je comprends aussitôt ce dont elle veut m'avertir : je ne suis pas censée me faire d'amies ici. À contrecœur, je détourne la tête.

Une heure plus tard, habillées de robes qui doivent valoir à elles seules une petite fortune, parées de bijoux plus somptueux les uns que les autres, nous attendons dans un quasi-silence que les gardes nous escortent vers la salle de la première épreuve. Je m'efforce de faire le vide dans mon esprit. De me concentrer sur ce qui m'attend. Les autres candidates observent le même silence empli de tension. Seule Kailani, la fille du Grand Prêtre Yarenan, babille joyeusement, se vantant de son niveau de vie à Chilris. Comme si elle se trouvait en visite chez une connaissance moins fortunée qu'elle et non pas au seuil d'une épreuve qui, à son terme, la verra vivante et victorieuse ou condamnée à mort. Sa voix me crispe, mais je m'efforce de ne pas le montrer.

Un mouvement sur ma droite attire mon attention. De ma position, à l'entrée de la pièce où on nous a fait entrer pour y patienter, je peux voir ce qui se passe dans l'immense couloir central. De nombreuses torches éclairent de leurs flammes le ballet incessant d'esclaves et les gardes qui les surveillent.

Celui qui vient troubler cette quiétude toute relative fait montre de l'arrogance typique des guerriers et la peau de jaguar qui orne ses épaules musclées prouve son statut. Il interpelle l'un des gardes d'un ton rude. L'instant d'après, je vois deux gardes apparaître. Ils portent une civière où est étendue une forme gémissante. En dépit de la couverture qui la recouvre, j'ai l'occasion de voir ce que porte le malade : une robe d'apprenti de la Terre.

Bizarre. Nawi avait une constitution à toute épreuve. Elle n'était presque jamais malade. Alors, de quoi peut bien souffrir cet homme ? La civière disparaît dans l'un des couloirs secondaires.

Le guerrier me tourne le dos, disparaît le long du couloir central d'une allure décidée de fauve en chasse. Dans son sillage, il laisse une odeur, à la fois musquée et douceâtre, qui me fait plisser le nez.

— Mesdemoiselles…

Je sursaute légèrement quand le Grand Prêtre en personne apparaît dans l'encadrement de la porte. Il me lance un regard dédaigneux avant de s'adresser à nous toutes :

— L'heure est venue d'éblouir la Cour de votre beauté et de votre grâce. Suivez-moi !

J'essaie d'ignorer le large sourire que Kailani décoche à son père à ces mots.

Le brouhaha de la foule fébrile se fait entendre de plus en plus fort à mesure que nous approchons de la salle de réception. Il noie le son aigrelet de la flûte censé distraire les invités.

— Dépêchez, grogne Yarenan à la tête de notre petit groupe. Vous ne devez jamais faire attendre l'empereur !

J'entends une plainte étouffée derrière moi. Impossible de réprimer ma curiosité : je me retourne. Dans la pénombre qui baigne l'escalier que nous remontons au pas de course, je devine le regard noyé d'inquiétude, d'angoisse même, d'Ixchel.

Elle trébuche sur une marche, je la rattrape de justesse.

— Merci, souffle-t-elle si bas que j'ai du mal à l'entendre.

Je ne sais pas ce qui me pousse à lui affirmer :

— Tout va bien se passer.

C'est aussi illusoire que de promettre à un enfant qu'on va lui décrocher la lune. Néanmoins, Ixchel semble apprécier l'attention. Elle me décoche un de ces petits sourires timides que j'ai déjà vus tout à l'heure, avant qu'il disparaisse brutalement de son visage.

— Pour toi, peut-être. Je te le souhaite. Pour moi… (Elle secoue la tête.) j'ai deux pieds gauches !

Je jette un regard vers la tête du groupe, qui vient d'arrêter sa progression sur l'ordre de Yarenan. Le Flamboyant en soit remercié, le babillage irritant de Kailani continue de s'élever. Couvrant ce que je m'apprête à souffler à Ixchel :

— Tu dois commencer par la déesse lune.

Ixchel fronce les sourcils.

— Quoi ?

Par pitié ! Dites-moi qu'elle s'est quand même entraînée pour ce qui nous attend. Je puise dans mes réserves de patience.

— Pour la danse… Tu sais que nous devons non seulement suivre le rythme de la musique, mais aussi nous agenouiller devant les médaillons de mosaïque ? Au bon moment et au bon endroit ?

— Je ne suis pas idiote, réplique Ixchel d'un ton agacé, qui paradoxalement me fait sourire.

Elle me rappelle tellement Nawi en cet instant.

— Mais… Ne doit-on pas commencer par le Flamboyant, en signe de respect ? demande-t-elle d'un ton hésitant.

— C'est un piège, je rétorque, priant L'Obscur que Cendis ne m'ait pas menti. Si tu commences par le Flamboyant, cela veut dire que tu te crois l'égale de l'empereur alors que tu n'es qu'une femme.

Ixchel écarquille les yeux. Il y brille une telle innocence, un tel désir de me faire confiance aussi, que mon cœur se serre dans ma poitrine. Il y avait longtemps que l'on ne m'avait pas regardée ainsi – simplement comme un être humain et non comme une *Ixquen*. J'ignore la vague de colère familière qui s'empare de moi à ce souvenir et je murmure en vitesse :

— Débute par la déesse lune, d'accord ? Puis le Flamboyant. Et enfin, L'Obscur en fin de danse. Compris ?

Ixchel hoche la tête. Un instant plus tard, Yarenan s'exclame :

— Venez, mesdemoiselles ! Pressez-vous !

Nous pénétrons dans la salle de réception.

Chapitre 12

Le premier mot qui me vient en tête est « splendeur ».

Ce qui s'offre à moi dépasse tout ce que j'aurais pu imaginer.

Les murs, le plafond légèrement incurvé de manière à donner l'illusion d'un dôme tendu au-dessus de la tête des invités, jusqu'au sol que nous foulons de nos pieds nus, tout ruisselle de turquoise et d'or, les couleurs impériales.

Des torches qui ne dégagent aucune fumée – grâce à la magie du Feu – jettent des reflets changeants sur la riche assemblée qui s'écarte à notre passage. Yarenan nous mène droit à notre objectif : l'immense espace laissé libre au cœur de la salle. Aux pieds de l'empereur, assis sur son trône, qui est un chef-d'œuvre autant que la mosaïque qui s'étale au beau milieu de la pièce. Plus je m'en approche, mieux je perçois la magie qui habite chaque petit carré de couleur. Selon la légende, le premier empereur paheli a ordonné sa création, directement inspirée par le Flamboyant en personne. Elle représente les mondes – le nôtre bien sûr, mais aussi le Mictlan, celui des morts, où règne L'Obscur. Dominant les hommes, s'élève dans toute sa gloire le Flamboyant, dans le vaisseau qui l'emmène au zénith avant de le faire replonger dans les ténèbres nocturnes qu'il doit affronter chaque nuit. À ses côtés règnent les guerriers qui se sont distingués sur le champ de bataille, le visage extatique. Dans un coin plus reculé de la scène flotte la déesse lune, l'expression sereine, le ventre rond. À ses pieds un chœur de femmes, aux silhouettes transparentes. Chaque déité est représentée dans un cercle. Les trois points cardinaux de la danse que nous devons effectuer. Que l'une d'entre nous se trompe d'un pas et ce sera la mort assurée.

Je ravale ma salive, cherche du regard Carme parmi la foule qui m'entoure, alors que Yarenan, de sa voix de pontife dont il adore sans nul doute le son, débite un énième discours :

— Chère assemblée, nous voici réunis sous le regard du Flamboyant…

Je finis par distinguer le visage familier de ma tante. À ma grande surprise, elle arbore une expression d'admiration sans bornes. Je prends conscience qu'elle ne m'a jamais vue dans une telle tenue, maquillée, coiffée telle une jeune mariée.

Je lui adresse un petit sourire.

Du coin de l'œil, j'aperçois une haute silhouette se tenant non loin du trône et mon cœur s'accélère. Mais ce n'est pas Cendis.

C'est le jeune homme qui est monté sur l'estrade tout à l'heure. Celui dont le regard a accroché le mien. Il se tient juste derrière le trône d'Apatli, parmi les concubines de l'empereur et leur progéniture. Une place qui dit mieux que n'importe quel mot son statut de bâtard. S'il y a bien quelque chose qui éveille la même méfiance teintée de révulsion qu'une *Ixquen* vivante parmi les habitants de l'empire, c'est bien un enfant né hors des liens du mariage. Les bâtards sont censés ne causer que des calamités, des récoltes séchant sur pied aux catastrophes naturelles. En dépit de toutes ces mises en garde, ça n'a jamais empêché les hommes – et l'empereur le premier – d'en concevoir.

Comme s'il avait senti mon regard peser sur lui, il tourne la tête dans ma direction.

Je devrais me détourner. Mais je suis jeune, et je pourrais être condamnée à mort dans l'heure qui suit, si j'échoue à cette épreuve. Je lui rends regard pour regard.

Mes joues me chauffent et il est heureux que mon visage soit recouvert de peinture noire et grise, s'entrelaçant dans un dégradé brillant. Les battements de mon cœur montent en puissance et la situation s'aggrave encore quand ses lèvres esquissent un sourire. Son regard sombre pétille et…

— … enfin Zina, de la région de Coulia.

Je reviens brutalement à la réalité. Il était temps car toute l'attention de la foule se concentre désormais sur ma personne.

J'essaie de faire abstraction des murmures qui s'élèvent parmi la foule, déjà bruissante de rumeurs, des rires déplaisants à peine étouffés derrière les mains levées, ou encore des paris qui s'échangent de main en main.

Ne réagis pas, ne réagis pas.

Je plonge mon regard dans celui de Carme, qui a l'air d'avoir autant envie de m'étrangler que de me soutenir – ma distraction n'a pas dû lui échapper quand je me suis perdue dans le regard du prince bâtard.

Soudain, la musique qui distrayait les invités jusque-là cesse brutalement. Les bruits de conversation aussi. Un profond silence se propage telle une nappe d'huile jusqu'à ce que l'empereur tape dans ses mains.

Les tambours s'élèvent en premier, chœur primitif et puissant, un appel auquel je résiste difficilement.

Puis viennent les flûtes, en une mélodie d'abord lente, mais qui va s'accélérer crescendo.

— Que la première candidate s'avance !

La jeune femme qui surveillait le travail des esclaves tout à l'heure sur ma gauche obéit aussitôt.

Elle se tient au bord de la mosaïque, aussi immobile qu'une statue. Attendant le moment où les premières percussions résonneront dans la salle pour entamer sa danse.

Un son sec, semblable à celui d'un arbre qui se fendrait en deux, m'agresse les oreilles. La candidate de l'Ayotl saute, dans un bond plein de grâce, au centre de la mosaïque. Elle tourne sur elle-même, sa jupe courte dévoilant ses jambes fuselées, avant de s'agenouiller devant le cercle du Flamboyant.

L'empereur, jusque-là impassible, se fend d'un petit sourire.

Une rumeur s'empare de la foule.

Mon cœur se serre en voyant la danseuse continuer de manière impeccable la chorégraphie qui nous a été imposée à toutes, inconsciente de l'erreur qu'elle vient de commettre.

Elle se mue en tourbillon de couleur, ne rate aucun pas, éblouit par sa beauté et sa grâce. L'espace d'un instant, je me prends à espérer que sa première et seule erreur lui soit pardonnée. Qu'on l'oublie au profit de la prestation qu'elle est en train de livrer. Quand elle termine, tout son corps tendu en un arc qui semble impossible à réaliser de là où je me tiens, je résiste à l'envie d'applaudir. Peu importe son faux pas – c'est une artiste extraordinaire.

Nazoh reprend à peine son souffle quand la musique s'arrête. Sans même lui accorder un regard, l'empereur fait signe au guerrier de l'Aigle le plus proche.

La danseuse ne comprend ce qui va lui arriver que lorsqu'elle est cernée par les silhouettes musclées des gardes. J'aperçois l'expression d'horreur absolue qui se peint sur ses traits fins quand leurs mains se posent sans aucune délicatesse sur ses épaules et ses bras, la poussant rudement hors de la salle.

— Vous vous trompez, je n'ai commis aucune erreur !

— Nazoh, de la région d'Urua, vous avez échoué à cette épreuve, déclare Yarenan avec une jubilation non déguisée, qui me file la nausée.

Il doit sans aucun doute penser que ce sera une rivale de moins pour la place convoitée par sa propre fille.

— Non, je vous en prie !

Nazoh supplie – en vain. Ses prières tombent dans des oreilles sourdes.

— Ne geignez pas, ordonne Yarenan. Il n'y a pas de plus grande fierté que d'être sacrifiée en l'honneur du Flamboyant.

Tiendrait-il toujours le même discours si, au lieu de Nazoh, il s'agissait de sa fille ? Derrière le trône, le prince contemple lui aussi la prisonnière, que les gardes évacuent rapidement de la salle. Mâchoires serrées.

Chapitre 13

Deux autres candidates échouent, elles aussi. Commettant chacune la même erreur de rendre hommage d'abord au Flamboyant.

Une atmosphère pesante s'abat sur la salle. Ma peau me démange. Le silence, seulement troublé par la musique qui n'en finit plus de retentir à mes oreilles, me crispe. J'ai l'impression d'assister à un jeu de massacre et ça m'affecte bien plus que je ne m'y attendais. Savoir que certaines, parmi les candidates de l'Ayotl, n'en sortiraient pas vivantes est une chose, y assister en est une autre. Dans notre petit groupe, la tension imprègne chacun de nos gestes, chacune des rares paroles échangées. Même Kailani, resplendissante dans son costume d'un or éclatant, rendant hommage au Feu dont elle est l'adepte, a fini par se taire. Elle observe, yeux plissés, bouche pincée, Ixchel entrer en lice.

Pourvu qu'elle m'écoute, pourvu qu'elle me fasse confiance !

Mon soulagement est indescriptible quand je la vois sauter à pieds joints sur la mosaïque et s'agenouiller d'abord devant le médaillon de la déesse lune. Sur son trône, l'empereur, qui dodelinait de la tête, se redresse, son regard s'aiguise de curiosité.

Je ne peux retenir un cri de joie, qui passe inaperçu dans le concert d'applaudissements, quand Ixchel, hors d'haleine et échevelée, termine sa danse. Yarenan, grimaçant comme s'il venait d'avaler un bol entier de piments, déclare qu'elle a réussi l'épreuve.

La cinquième candidate – Huemac, adepte de l'Air, de la région d'Atlau – emploie la même tactique.

Kailani entre ensuite en scène. Même avec toute la mauvaise foi du monde, je dois reconnaître qu'elle est éblouissante. Les regards demeurent braqués sur elle et j'entends de nombreux murmures admirateurs aux premiers rangs. Je suis aussi sous le charme de sa prestation, tout en songeant au même moment que jamais je n'atteindrai ce niveau, quand je sens soudain un courant d'air frais glisser ses doigts fantômes autour de mes chevilles.

Remonter le long de mes jambes, jusqu'au creux intime entre mes cuisses. Je réprime à grand-peine un hoquet. *Que… ?*

Je comprends subitement quand je croise le regard malicieux du prince bâtard derrière le trône de son père. Il me décoche un clin d'œil si rapide que je crois l'avoir rêvé. Mes joues chauffent de plus belle. Un adepte de l'Air – une magie presque aussi puissante que celle du Feu. Presque aussi révérée, également.

Au même instant, Kailani s'envole dans une pirouette étourdissante qui suscite des « oh » et des « ah ».

Debout aux côtés de l'empereur, qui s'est penché en avant, Yarenan arbore une expression mêlée de fierté et d'angoisse. Je le vois soudain décocher un coup d'œil derrière son épaule, droit vers le prince, qui cette fois-ci, ne montre plus aucune trace d'amusement. Il a fermé les paupières, une expression concentrée sur ses traits harmonieux, ses longs cheveux noirs qui retombent en mèches rebelles autour de son visage s'agitant soudain sous l'effet d'une brise qui n'était pas là quelques instants plus tôt. Il est assez doué pour ne pas se faire repérer par la plupart des gens présents. Et pour aider en douce Kailani, guidant ses pas, exacerbant encore sa prouesse.

Quand je le vois soudain chanceler, comme s'il venait d'accomplir un effort surhumain, il n'y a plus de doute possible dans mon esprit. Le prince bâtard a mis sa magie au service de Kailani et de son père. Une manœuvre strictement interdite durant l'Ayotl. Une flambée de colère, mâtinée de rancune et de jalousie, impossible à réprimer, s'empare de tout mon être. J'entends à peine les applaudissements ponctués de vivats que récolte Kailani, qui termine sa danse sur une gracieuse révérence à l'empereur.

Elle, Yarenan, le prince – tous ont triché.

Alors que trois autres candidates ayant joué selon les règles viennent d'être condamnées à mort. J'éprouve une envie soudaine de les dénoncer publiquement, là et tout de suite. Mais qui me croirait, moi qui suis née sous le signe de l'*Ixquen* de surcroît ? J'enfonce mes ongles dans les paumes de mes mains alors que Yarenan, d'une voix emplie de suffisance, proclame la victoire de sa fille.

— À présent, que la dernière candidate s'avance !

Un silence glacial se répand dans la salle alors que je m'avance au bord de la mosaïque. Je sens peser l'attention de la foule sur ma personne. Dos droit, petit sourire aux lèvres, le regard brillant, j'affronte du regard qui ose me fixer. À la limite de mon champ de vision, je perçois la présence de Carme. Je vais leur montrer que je suis à la hauteur. Que je ne serai pas une proie facile, échouant au premier obstacle.

Le chœur des tambours enflamme une dernière fois la salle. Je bande mes muscles, prête à entrer en scène. La flûte résonne, aigrelette. Ma magie s'éveille, picote le bout de mes doigts, se répand dans tout mon être, onde de chaleur qui me rassure autant qu'elle me donne la confiance nécessaire pour continuer.

Il est heureux qu'il n'y ait pas d'adeptes de la magie *Ixquen* dans la salle – qui pourrait bien percevoir qu'à mon tour je m'apprête à tricher ? À la première percussion, je m'élance, la rage au ventre.

Le reste de la salle s'efface, il ne reste que la danse et moi, guidée subtilement par les Ombres, qui m'empêchent de faire un pas de travers ou de trébucher. Je danse comme je n'ai jamais dansé de ma vie : avec colère. Avec passion. Avec ce battement incessant dans mon cœur, qui me rappelle que je dois réussir, je dois vaincre.

Pour Nawi. Pour savoir ce qui lui est arrivé, bien sûr, mais aussi pour lui rendre hommage. Perpétuer son souvenir, éviter qu'elle sombre dans l'oubli.

Pour lui imaginer mille avenirs, elle qui a été privée si brutalement du sien.

Quand je m'agenouille devant la déesse lune, c'est le sourire de ma grande sœur que je vois sur son visage. La tristesse, la mélancolie, le regret teintent mes gestes, mon expression alors que la musique accélère encore et encore, se transformant en tourbillon furieux qui menace de m'emporter pour ne plus jamais me lâcher.

Je résiste, cependant. Les Ombres me guident, me soutiennent, me murmurent qu'elles sont là et qu'elles ne m'abandonneront pas. Et quand je m'incline devant la figure de L'Obscur, j'ai l'impression que, sous la capuche dissimulant ses traits, un regard luit soudain, me transperçant.

Je termine tremblante, épuisée. Heureuse, aussi. La musique s'éteint et un profond silence se fait. Tout autour de moi, c'est la stupéfaction. Je retiens mon sourire, devinant la déception générale. Yarenan s'éclaircit douloureusement la gorge et croasse, bien à contrecœur :

— Relevez-vous, Zina. Vous avez réussi cette épreuve.

Les Ombres s'effacent comme à regret. Je distingue le sourire de Carme dans la foule. Qu'est-ce que je voudrais fêter cela avec elle, lui sauter dans les bras et que nous puissions nous réjouir ensemble ! Mais cela attendra l'intimité de nos appartements. Je reporte mon attention sur le prince bâtard. Défiance et colère brillent dans son regard. Je prends alors conscience que je me suis trompée : quelqu'un dans l'assemblée a compris que j'ai utilisé ma magie lors de cette épreuve.

Je lève le menton en signe de défi. Prince ou pas, il n'a aucune leçon à me donner !

Il soutient mon regard quelques instants encore, avant de se détourner et de disparaître dans la foule. Yarenan frappe dans ses mains.

— Restaurez-vous à présent et profitez de cette réception. La seconde épreuve viendra bien assez tôt !

Chapitre 14

Le Grand Prêtre a à peine terminé sa harangue que je sens une main se poser sur mon bras. Mon « eh » de protestation s'étouffe dans ma gorge lorsque je reconnais Carme, qui réprime à grand-peine un large sourire. Elle m'entraîne *manu militari* vers la sortie la plus proche, sans se soucier de l'attention que nous pouvons susciter, empruntant un dédale de portes et de corridors qui me donne le tournis.

Nous parvenons finalement dans un jardin clos, au centre duquel jaillit une fontaine solitaire. Au-dessus de nos têtes, les ténèbres piquetées d'étoiles. Je ne peux pas discerner grand-chose à la lueur de l'unique torche jetant ses flammes sur les lieux, mais l'endroit semble charmant.

— Comment as-tu trouvé ce jardin ? je chuchote sans trop bien savoir pourquoi.

Peut-être parce que je ne désire pas troubler la quiétude de ce havre de paix.

— J'ai eu le temps d'explorer en attendant qu'on vous fasse enfin sortir de ces souterrains, réplique Carme d'un ton impatient.

Elle me prend dans ses bras, me serre contre elle.

— Je suis tellement fière de toi, chuchote-t-elle à mon oreille. Nawi l'aurait été aussi.

La simple évocation de ma sœur me fait frissonner. J'aime à croire que, si elle était en ce moment avec nous, ses yeux auraient brillé que celle qui luit dans le regard de ma tante.

— J'ai eu si peur pour toi, continue-t-elle, en un aveu qui me surprend.

Qui me touche aussi. Carme aime tellement projeter une image d'invulnérabilité que j'en oublie parfois qu'elle peut connaître des moments de fragilité.

— Tu vois, je m'en suis sortie !

Ma tante me repousse doucement, s'éloigne juste assez pour croiser mon regard. Je sais qu'elle lit dans le mien ce que je ne dirai pas : j'ai eu la trouille. Mais je l'ai oubliée dès que j'ai posé un pied sur cette mosaïque. La rage, la colère, le souvenir de Nawi, l'envie de gagner et de leur prouver à tous que je vaux autant qu'eux, toutes ces émotions se sont mélangées en mon for intérieur, m'ont poussée en avant, m'ont donné l'énergie dont j'avais besoin pour remporter cette première épreuve.

Et les Ombres m'y ont bien aidée.

La brise qui monte du lac charrie des relents douceâtres, légèrement écœurants, qui me font froncer le nez, autant que le parfum entêtant des fleurs et arbustes autour de nous. L'une d'entre elles est-elle cette fleur fantôme qu'Ollantay a mentionnée juste avant de mourir ? J'entends vaguement la musique provenant de la salle de réception – une mélodie joyeuse et légère, à présent que l'épreuve est terminée.

Comme si trois jeunes femmes ne venaient pas d'être privées de liberté, en attendant le supplice du lendemain.

Comme si nous n'étions pas prises dans un cycle infernal, soumises à la volonté de l'empereur.

Carme doit percevoir mon changement d'humeur, car elle me demande :

— Que se passe-t-il ?

Un instant, je suis tentée de lui déballer tout ce que je ressens, l'injustice qui me monte à la gorge quand je pense à ce qu'il s'est passé, mes craintes aussi.

Je me retiens de justesse – ce jardin a beau donner l'impression d'être désert, quelqu'un pourrait très bien s'y dissimuler et nous écouter.

— Rien, je…

Un raclement de gorge rauque se fait soudain entendre dans le dos de Carme.

Une silhouette sort lentement de l'ombre et mon souffle se bloque dans ma gorge.

— Je désire m'entretenir avec Zina, déclare le prince d'une voix brusque qui me donne la chair de poule. Seul à seule.

Carme demeure immobile et muette. Je devine son dilemme intérieur, entre son envie farouche de rester à mes côtés et l'obéissance que nous devons toutes les deux au fils de l'empereur, fût-il un bâtard.

C'est cette pensée qui me pousse à agir, rompant le silence qui s'épaissit entre nous de manière insupportable.

— J'en serais honorée, Monseigneur, je réponds à la hâte, esquissant une petite révérence.

— Ashur, m'interrompt-il. Les princes bâtards n'ont pas droit au « Monseigneur ». Vu que tu es nouvelle ici, tu l'ignores sans doute.

Ce que je n'ignore pas en revanche, c'est ce « tu » qui me déstabilise encore un peu plus.

Du coin de l'œil, j'envoie un regard d'avertissement à Carme, qui grogne de dépit, avant de s'éclipser.

Un bruit blanc siffle soudain à mes oreilles alors que la paume de mes mains se couvre d'une pellicule de sueur.

Je ravale ma salive, déterminée à observer le silence.

— Relève la tête. Ce serait dommage d'affronter la seconde épreuve avec un torticolis.

De nouveau, ce ton légèrement railleur. Mes joues me brûlent face au ton familier employé.

— Comme tu veux, je réplique, le tutoyant également.

Je lui rends son regard, ce qui s'avère une belle erreur.

Tout à l'heure, la foule rassemblée à l'intérieur de la salle de réception ainsi que la place qu'il occupait derrière le trône impérial m'ont caché ce qu'il portait : une tunique courte, cintrée à la taille, hésitant entre le blanc et le gris, qui met en valeur les muscles de ses jambes et la largeur de ses épaules. Ses longs cheveux sombres sont à présent noués en un catogan qui dégage son visage. La lueur de la torche la plus proche jette des ombres fantasmagoriques sur sa peau hâlée, rend ses pommettes plus saillantes, et sa bouche encore plus sensuelle qu'elle ne l'est déjà.

Un trouble familier m'envahit. Ashur n'a ni la beauté irréelle de Cendis, ni l'assurance que l'esprit du Feu possède jusqu'à l'arrogance. C'est ce qui le rend si dangereux. S'il n'était pas prince, si nous ne nous trouvions pas à Chilris, si je ne participais pas à l'Ayotl… C'est exactement le type d'homme qui me fait craquer et mettre à genoux. La lueur gourmande qui s'éveille dans ses yeux n'arrange en rien les choses. En particulier le long regard dont il me gratifie et qui s'attarde sur ma silhouette. Soudain, la brise tranquille qui berçait le jardin jusque-là se transforme en tourbillon furieux, qui bloque ma respiration autant qu'elle me surprend.

La magie de l'Air est à l'œuvre et, cette fois-ci, Ashur ne prend pas la peine de la dissimuler.

Un *pop !* discret retentit et je prends conscience que nous sommes tous deux littéralement enfermés dans une bulle, d'où aucun son ne sort. Un sourire carnassier orne les lèvres du prince.

— À présent, nous allons pouvoir parler en toute tranquillité.

Chapitre 15

Dans d'autres circonstances, cette phrase résonnerait tel un défi. J'ai toujours excellé dans l'art de donner du plaisir, que ce soit avec ma bouche ou mes mains. Je l'imagine déjà au bord de l'orgasme. Pourrait-il maintenir sa magie comme il le fait, à présent ? Ou relâcherait-il ses efforts, l'assouvissement de son désir prenant le dessus ? Car il me veut, c'est évident. Je peux le lire dans son regard, dans sa posture. Son corps le trahit. Et si je ne peux m'empêcher d'éprouver la même sensation, je garde en partie la tête froide. Je peux aussi m'en servir pour le manipuler.

— Quelle est la véritable raison de ta venue, ici ?

Mon silence doit lui paraître révélateur car son sourire s'élargit encore. Il se rapproche lentement de moi, démontrant cette grâce de jaguar en chasse que j'avais déjà remarquée ce matin. Les battements de mon cœur s'accélèrent.

— Rien ne sert de prétendre que tu mourais d'envie de participer à cette mascarade qu'est l'Ayotl.

— Je suis plutôt soufflée par l'insolence dont tu fais preuve, je réplique. Même si je suis nouvelle ici, je pense que traiter de « mascarade » l'Ayotl déclaré par l'empereur relève de la haute trahison, non ?

Il s'arrête soudain. Son regard s'aiguise. Toute son attention rivée sur moi.

Je me mordille légèrement ma lèvre inférieure.

La gorge d'Ashur se contracte.

— Autant que de tricher durant la première épreuve en utilisant les Ombres.

Je réprime l'irritation qui m'envahit. Paradoxalement, elle nourrit aussi mon propre désir. Surtout quand je sens les doigts fantômes enserrer ma cheville droite, avant de remonter en une lente caresse le long de mon mollet. Veut-il me provoquer avec cette démonstration de sa magie ? Une chaleur traîtresse me pique les reins.

— Tu es aussi coupable que moi en ce cas.

Il me fixe, bouche bée. J'éprouve une intense satisfaction : il ne s'était donc pas aperçu que j'avais ressenti sa magie.

— Tu m'en as donné l'idée quand je t'ai surpris en train de manipuler l'Air, lors du numéro de Kailani, je poursuis, prenant un malin plaisir à enfoncer le clou. Ce n'était pas discret.

La caresse, qui s'était un instant arrêtée, reprend de plus belle. Monte à l'assaut de ma cuisse. Les sensations que cela éveille en moi me donnent de plus en plus envie de l'emmener au cœur du jardin, juste derrière nous.

Là où personne ne pourrait nous surprendre. Pas si nous ne le voulons pas, du moins.

— Je vois, murmure Ashur, sa voix légèrement déformée par la bulle autour de nous. Tu dois être perspicace, Zina…

Mon prénom dans sa bouche fait redoubler mes battements de cœur, alors qu'une douce sensation se répand dans ma poitrine.

— … pour avoir perçu ma magie de l'Air.

On pourrait croire qu'il s'agit là d'un compliment. Je sais que ce n'en est pas un.

— Je n'ai pas utilisé d'autre magie que celle nécessaire pour réussir cette épreuve, je lance.

— Vraiment ? Je ne devrais donc pas me rendre demain à la première heure au temple du Flamboyant, pour demander à Yarenan de me purifier de tout sort obscur que tu aurais pu me jeter ?

La caresse de l'Air s'attarde sur ma hanche. Refusant de bouger, d'approcher de l'endroit où j'ai le plus besoin de la ressentir.

Je hausse les épaules, affectant une indifférence que je suis loin de ressentir. Qu'un seul mot sorte de la bouche d'Ashur me dénonçant comme sorcière et c'en est fini de moi.

— Parce que ses discours interminables te manquent, peut-être ?

Le silence s'étale entre nous, l'espace de quelques battements de cœur.

Puis un son rauque le déchire.

Un son joyeux, aussi.

La façade solennelle d'Ashur se fissure soudain – ne reste qu'un homme qui rit de bon cœur. Son visage paraît tellement jeune. Quel âge peut-il bien avoir ? Je réprime de justesse le sourire qui me monte aux lèvres. La caresse de la magie de l'Air s'est envolée. Est-ce intentionnel ou pas ? Le désir qu'elle a éveillé demeure frustré.

— Tu as la langue bien pendue, Zina.

Si tu savais tout ce qu'elle rêve de te faire en ce moment, prince.

Il poursuit :

— Tu risques ta vie au sein de ce palais, tu en es consciente ? Personne ne laissera une *Ixquen* gagner et encore moins monter sur le trône.

Tentée, je résiste à la tentation de lui dire que je l'ai compris depuis longtemps. Je préfère changer d'angle d'attaque.

— Quel intérêt à faire gagner Kailani ? je réplique.

Aurait-il succombé à ses charmes ? Je sens mon cœur se contracter dans ma poitrine et je me traite d'idiote. Je peux éprouver du désir pour lui. Mais rien de plus. Je ne peux pas me le permettre.

— Ce ne sont pas tes affaires, finit par répondre Ashur, presque à regret.

— Alors, ce qui m'amène ici ne te regarde pas.

Nous demeurons comme deux adversaires, chacun campant sur ses positions. La tension qui s'était allégée quand je l'ai fait rire renaît. Étouffante. Ashur hésite. Fait un pas dans ma direction. Je résiste à l'envie de faire de même.

S'il se place à ma portée… je ne réponds plus de moi. Une partie de mon esprit me hurle que ce serait là une belle erreur.

— Je pourrais te dénoncer, déclare-t-il, d'un ton rauque qui provoque des frissons en cascade dans mon dos. Dire que tu as triché.

Un seul mot de lui et c'en est fini de moi. Pourtant… Quelque chose dans sa voix m'amène à penser qu'il ne le fera pas. Pas maintenant, du moins.

— Moi aussi, je pourrais le faire… *prince.*

Je m'en veux aussitôt d'avoir insisté de cette manière. Il a compris sans équivoque le message que je voulais lui faire passer : prince il est, mais aussi bâtard.

Je me raidis, m'attendant d'instinct à ce qui va sortir de sa bouche et qui ne sera sans doute pas élogieux pour moi. Quelle insulte vais-je entendre ?

Mais rien ne se produit. Il observe le silence. Au pli de sa mâchoire, à l'expression de son visage – verrouillé à double tour –, je devine pourtant que le coup a porté. Mon cœur se serre dans ma poitrine. J'ouvre la bouche, ignorant complètement ce qui en sortira, mais il me prend de court.

— Tu peux t'en aller.

Au même instant, j'entends le *pop !* de la bulle, qui disparaît aussitôt.

— Mais n'oublie pas que je te surveille.

Il me décoche un regard indéchiffrable, avant de s'éloigner à grandes enjambées.

Chapitre 16

— Carme ?

Je pense d'abord que le logement que je partage avec ma tante est désert. Je change cependant vite d'avis quand j'aperçois une forme massive allongée à même le sol, près de la porte de derrière entrouverte. Je me dépêche d'allumer une chandelle parfumée au mentholier et au franpanier. L'odeur légèrement piquante et relaxante à la fois s'élève dans l'air, alors que je fixe l'immense fauve qui me dévisage, la tête reposant sur ses pattes avant. On pourrait presque se laisser berner par cette illusion de gros chat domestiqué, si l'on ne remarquait le feu couvant dans ses prunelles.

— *Tía*…

Le grondement sourd qui sort de la gorge du félin à cet instant m'interrompt. Il en effraierait plus d'un. Pas moi, cependant. Ma discussion-affrontement avec Ashur m'a laissé les nerfs à vif et une pulsion désagréable au creux du ventre. Je ne suis vraiment pas d'humeur à ramper devant ma tante pour m'excuser d'avoir accepté la demande du prince.

— *Tía*, je…

Le jaguar se relève d'un bond. Me fixe. Puis laisse pendre sa langue hors de sa gueule massive. Je reste abasourdie devant ce geste puéril.

— Sérieusement ?

Le fauve m'adresse un rictus qui, chez un humain, passerait sans aucun doute pour une grimace de défi, avant de se faufiler à l'extérieur par la porte de derrière.

— Carme ! je m'exclame. Reviens !

Le silence seul me répond. J'ai beau fouiller l'obscurité du regard, aucune trace du fauve. Non que cela m'étonne. Même au sein d'un palais impérial et en dépit de sa taille, Carme peut se montrer d'une étonnante discrétion. Je soupire. Je referme à moitié la porte entrouverte, et puis je m'effondre sur la banquette garnie de coussins.

— Très bien, je vais t'attendre, je grommelle tout haut.

J'ai dû m'endormir. C'est la seule explication au fait que je me retrouve soudain dans la salle de réception du palais, là où la première épreuve s'est tenue. Cette fois-ci, cependant, aucun public n'est présent pour me voir. Il n'y a que moi… et Cendis assis sur le trône de l'empereur. Il est vêtu comme lui, d'ailleurs. Heureusement, la ressemblance s'arrête là.

— Qu'est-ce que vous faites ici ?

— La véritable question est plutôt : qu'est-ce que *toi*, tu fais ici ?

Il se lève, avec sa grâce éthérée, me rejoint en deux foulées. Sa proximité, sa présence, l'aura qu'il dégage, tout en lui me trouble. Réveille mon désir, demeuré frustré depuis l'entrevue que j'ai eue avec Ashur. Cendis semble le ressentir. Un sourire étire sa bouche – une bouche que j'ai furieusement envie d'embrasser.

Je secoue la tête, tente de m'éclaircir les idées.

— Que voulez-vous de moi ? Pourquoi m'avoir amenée ici ?

Il se penche vers moi, murmure à mon oreille :

— Je voulais te voir danser.

Je ne peux retenir une exclamation de surprise incrédule.

— Parce que vous pensez que je vais me soumettre de nouveau à cette épreuve ?

— Qui t'a dit qu'il s'agissait d'une épreuve ?

Il tend la main vers moi.

— Et qui t'a dit que tu devrais l'affronter seule ?

Je devrais refuser son offre. Je n'ai rien à y gagner. Mais la curiosité se montre à nouveau trop forte pour que j'y résiste. Pourquoi un esprit du Feu me courtise-t-il, moi qui possède la magie de L'Obscur dans mes veines ? Que me veut-il ? Et, au-delà de ces questions, il y a cette lueur d'intérêt dans son regard. Comme s'il me jugeait digne d'attention. Un être humain à part entière, et non pas simplement une *Ixquen*.

Ma paume a à peine touché la sienne qu'il m'entraîne à ses côtés dans une danse dont j'ignore tout. Dans la réalité, j'échouerais lamentablement, mais nous sommes dans un rêve, celui de Cendis. La manière dont il me guide, dont il me serre contre lui, suffit pour que je suive ses pas, au rythme d'une musique qui s'élève soudain en arrière-fond. Sa main dans la mienne, ses doigts crispés sur ma hanche, son regard fixé sur moi, tout me retient dans ses bras. Nos corps se répondent dans une harmonie qui va crescendo, au fur et à mesure que mon trouble, lui, augmente.

— Qu'est-ce que vous me voulez ? je murmure. Pourquoi… pourquoi s'intéresser à moi ?

Une lueur étrange luit dans ses iris mordorés. Elle est cependant bien trop fugace pour que je puisse l'interpréter.

Nichée contre mon sternum, la clé d'obsidienne demeure étrangement silencieuse. Même ma magie n'a aucune envie de s'éveiller.

— Pourquoi ne pas m'intéresser à toi ? réplique-t-il.

Son bras s'enroule doucement autour de ma taille. Il me laisse tout le temps de me soustraire à son étreinte. *Comme si j'en avais envie…*

— Toi qui viens de remporter cette épreuve, chuchote-t-il dans l'espace de plus en plus réduit qui nous sépare. Toi, qui leur as montré ce que tu valais…

Ses mots ont la douceur, un brin âpre, du miel sauvage. Je n'avais pas réalisé à quel point j'avais envie de les entendre.

— Je pensais…, je murmure avec difficulté, la gorge obstruée par l'émotion. Je pensais que vous n'étiez pas là pour le voir.

Cendis éclate d'un petit rire rauque. Son torse puissant, mis en valeur par la large échancrure de sa tunique, frôle ma poitrine en un mouvement régulier, qui menace de me faire rendre les armes.

— Oui… et non. J'aurais voulu être davantage présent.

Il se penche encore, son souffle brûle ma bouche :

— Alors, peut-être, n'aurais-tu regardé que moi.

Il me faut de longues secondes avant de comprendre ce qu'il veut dire par là. Ashur. Il fait référence à Ashur, à notre échange de regards et…

Cendis me fait brutalement tournoyer dans ses bras. Je me retrouve le dos plaqué contre son torse, sa virilité nichée entre mes fesses, en un contact si intime, si osé qu'il m'arrache un gémissement.

— Ouvre les yeux, Zina.

Devant nous, Ashur. J'émets un hoquet de stupeur… avant de comprendre que ce n'est là qu'un reflet du prince, un double fantôme, qui reproduit à la perfection ses expressions, ses gestes quand il se trouvait dans la salle de réception et que j'y effectuais ma danse. Les doigts de Cendis se crispent sur ma taille, remontent le tissu de la robe que je porte. Mon souffle se fait haletant, mes battements de cœur s'accélèrent.

— Tu ne devrais pas accorder ta confiance au premier venu, chuchote l'esprit du Feu dans mon cou.

— Vous êtes mal placé pour me faire la leçon ! je réplique, combattant l'envie de gémir quand la danse que nous suivons toujours, par miracle, nous colle l'un à l'autre. Je ne sais rien de vous, ni de ce que vous me voulez. Pourquoi…

— Tu n'as que ce mot à la bouche, petite âme, m'interrompt-il. As-tu posé les mêmes questions au prince quand il t'a parlé ?

Il y a maintenant un instinct de possession dans sa voix et une infime partie de moi-même s'en réjouit. Comme s'il me plaisait de me retrouver au centre de l'intérêt de ces hommes ! Je serre les dents.

— Jaloux ? je réplique, ne désirant aucunement lui répondre de manière sincère.

Le bras de Cendis se referme encore davantage sur ma taille. Nous demeurons serrés l'un contre l'autre, nos corps s'épousant en une étreinte qui me donne envie de bien davantage. J'ai conscience de provoquer encore plus un esprit du Feu, ce qui n'est pas une décision bien sage. Mais nous sommes dans un rêve – son rêve. Et j'ai envie de m'amuser, moi aussi.

Les pas de la danse nous échappent, au profit d'une autre danse, bien plus instinctive, bien plus primale. Celle-là, je la connais par cœur. Je me frotte à Cendis en un mouvement indécent, dont je rougirais dans mon état normal. Je l'entends grogner. C'est le seul avertissement que j'obtienne avant que ses lèvres s'écrasent contre mon cou, en un baiser aussi possessif que brûlant. C'en est trop, je ne peux pas réprimer la plainte qui s'échappe de ma bouche. Sous mes yeux, le reflet d'Ashur, loin de me dissuader de répondre au désir de Cendis, ne fait que l'exacerber.

— Tu aimes me provoquer ? gronde-t-il.

Je n'ai pas l'occasion de répondre : le contact de sa langue sur ma peau m'arrache un frisson. Je tourne la tête vers lui d'instinct, quémandant ce baiser dont l'envie me tenaille. Le regard de Cendis capture le mien. Si proche que je peux voir les nuances plus sombres dans ses prunelles.

— Dois-je supplier ? je lui souffle, alors que je le vois hésiter. Ou te faut-il plus de motivation ?

D'autorité, je saisis sa main, crispée sur ma taille, la pose sur mon sein. Même au travers de ma robe, la chaleur de ce contact se révèle renversante. Je ferme les paupières un bref instant. Le plaisir augmente quand ses doigts pincent doucement mon téton. Une onde de chaleur me traverse tout entière, pulse dans mon bas-ventre, rayonne d'une chaleur humide dans mon sexe.

— Non.

J'ouvre les yeux, désorientée. Cendis me dévisage, une expression indéchiffrable sur ses traits.

— Je ne t'embrasserai pas. Pas encore, ajoute-t-il.

— Mais…

— Vas-tu encore me demander pourquoi ? m'interrompt-il d'un ton taquin.

Sa bouche frôle ma joue en un baiser papillon.

— Tu ne me fais pas encore confiance, Zina.

— Je t'ai fait assez confiance quand j'ai suivi ton conseil pour la première épreuve de l'Ayotl !

Un sourire sur sa bouche gourmande.

— Pas encore totalement confiance, disons alors, rectifie-t-il.

Il relâche doucement son étreinte. L'espace qui se creuse entre nos corps s'agrandit à chaque seconde. Je ne comprends pas.

— C'était un jeu ? M'exciter, pour ensuite me laisser tomber ?

— Non, réplique-t-il. Non.

J'ai envie de le traiter de menteur, mais l'accent de sincérité dans sa voix m'en dissuade. Un dilemme intérieur se joue en lui, je peux le lire sur son visage. Du coin de l'œil, je peux toujours apercevoir le reflet d'Ashur, figé dans le temps. Pourquoi l'invoquer ici ? Cendis est-il réellement jaloux de l'attention que je lui ai portée ou tout cela a-t-il un autre but ? L'esprit du Feu a dû deviner le cours de mes pensées. Sa voix est altérée par une émotion puissante quand il me déclare :

— Méfie-toi des apparences.

Je me réveille avec le hoquet. L'esprit en déroute, les sens en feu. J'agis d'instinct, glissant ma main entre mes cuisses, titillant le centre de mon plaisir. Il ne me faut que quelques instants pour que l'orgasme me secoue tout entière, m'arrachant un râle.

Chapitre 17

Un frôlement doux contre ma main me réveille en sursaut. Je cligne des yeux, désorientée. Puis mon regard se fixe sur une silhouette connue : celle de Carme. J'éprouve un soulagement à la savoir de retour.

— Te voici enfin…, je la taquine en me redressant sur un coude et en réprimant un bâillement.

Par la lucarne, j'aperçois le ciel encore assombri. Plus pour très longtemps, cependant – les premières lueurs vont bientôt apparaître.

— Oui, lance Carme, et la nuit fut instructive. Plus que la tienne, en tout cas !

Le souvenir de mon « rêve » choisit ce moment pour me revenir en tête. Je réprime un hoquet en me souvenant de notre danse. Et de ce qui a suivi. Par L'Obscur, j'ai accompli bien des choses audacieuses, quand le désir pulsait dans mes veines, mais me livrer ainsi à un parfait inconnu…

Un inconnu qui m'a sauvé la vie, littéralement parlant, lors de l'épreuve de la veille. Si je n'avais pas écouté son conseil, je ne serais plus de ce monde. Je sens soudain le regard inquisiteur de Carme peser sur moi et je me racle la gorge, essayant de reprendre mes esprits.

— Instructive comment ?

— Tout Chilris ou presque s'est gorgé de bonne chère et d'alcool puissant, livre Carme, une étincelle de malice dans ses prunelles noires. L'empereur a régalé son peuple pour fêter le début de l'Ayotl.

Et pendant ce temps, trois jeunes femmes attendent la mort. Je ravale la bile amère qui emplit ma bouche à cette pensée.

— C'est là tout ce que tu as appris ?

Elle part d'un éclat de rire rauque.

— Tu me connais mieux que ça, ma chère nièce !

En effet. Je m'assieds en tailleur et j'attends la suite.

— Les servantes du palais ont évoqué à voix basse l'existence d'une Parle-aux-Morts, confie Carme, qui s'assied à son tour sur la banquette, à mes côtés. J'ai profité que personne ne me prêtait attention pour vérifier son adresse.

Elle me sort cela avec une assurance tranquille, comme si elle ne venait pas de se mettre en danger.

— Si on t'avait surprise, même sous ta forme de jaguar, auprès d'une Parle-aux-Morts…, je commence. On nous aurait massacrées pour moins que ça à Coulia.

Carme me lance un regard noir, avant que ses traits s'adoucissent.

— Je sais. Mais personne ne m'a suivie, je m'en suis assurée. Pense à ce que cette femme pourrait nous permettre de faire !

Oh, nul besoin d'y songer. L'image flotte déjà dans mon esprit : invoquer l'esprit de Nawi depuis les profondeurs du Mictlan, le monde des morts, et savoir enfin ce qu'il s'est passé. Ma gorge se serre en y songeant.

Une solution si simple en apparence et, si Carme dit vrai, à notre portée…

— Tu es sûre que c'est une Parle-aux-Morts ?

— Sa maison est isolée et délabrée. Elle n'a aucun voisin direct. Et même dans son état actuel, mes yeux ont pu distinguer, gravée au-dessus du linteau de la porte d'entrée, la silhouette d'une panthère…

L'animal tutélaire de L'Obscur. Du temps où on ne noyait pas encore les *Ixquen* à la naissance, c'était là le signe que les habitants d'une demeure honoraient L'Obscur et possédaient sa magie. Depuis, la tradition s'est perdue – ce qui n'est guère étonnant quand on sait le sort qu'on nous réserve. Je n'ai pas besoin de connaître les pensées de ma tante pour savoir qu'elles ont pris le même cours que les miennes : c'est notre dernière chance d'en savoir plus sur ce qu'il s'est passé. Aussi, je ravale ma peur et je hoche la tête.

— D'accord. Quand… ?

— Je t'aurais bien dit maintenant, m'interrompt Carme, une expression ardente sur ses traits bruts. Ç'aurait été le moment idéal : la ville entière va se réveiller avec la gueule de bois. On aurait pu se glisser hors du palais sans éveiller l'attention. (Elle secoue la tête, d'un air contrarié.) Hélas, la maison est déserte. Personne à l'intérieur. Il va falloir attendre que la nécromancienne revienne chez elle et…

Elle s'arrête brutalement. Penche la tête sur le côté. Ses yeux sombres s'éclairent d'un reflet vert émeraude. Elle lève un doigt impérieux, m'imposant le silence. L'instant d'après, ma tante disparaît. Et le fauve a reparu. Son regard ardent se concentre sur le fond de la pièce où nous nous trouvons, là où une petite porte donne sur le jardin intérieur ; je comprends sans peine le message : on nous espionne.

Le félin effectue un bond prodigieux, traverse la distance qui le sépare de la porte en deux foulées. Je me lève avec précaution, me tapis le long du mur, de l'autre côté de la porte, ma main droite serrée sur le manche du poignard dissimulé dans le repli de ma tunique. Je n'entends aucun bruit : quiconque se tient de l'autre côté de la paroi en bois a fait preuve d'une discrétion exceptionnelle.

Chapitre 18

Le jaguar se ramasse sur lui-même, alors que je tends la main vers la poignée. Je l'actionne, j'ouvre la porte d'un coup sec. J'ai à peine le temps de distinguer une silhouette – féminine – enveloppée dans une longue cape avant que le fauve lui saute dessus. L'inconnue pousse un cri, et il me semble reconnaître sa voix.

— Ixchel ?

Une intuition rapidement confirmée quand j'entends :

— Arrête, par pitié !

Le jaguar pousse un feulement sourd, ayant maîtrisé sa proie sans aucun souci. Il pèse de tout son poids sur l'intruse, qui s'est recroquevillée, se protégeant le visage avec le bras.

— Attends ! je m'écrie.

Je m'agenouille auprès du félin, qui me jette un regard de dépit. Je l'ignore cependant et j'écarte d'une main le capuchon qui dissimule le visage de sa proie. La faible lueur de l'aube naissante s'avère suffisante pour que je distingue les traits d'Ixchel.

— Que fait-elle ici ? gronde Carme, qui a repris forme humaine.

Ixchel nous fixe tour à tour de ses grands yeux d'un noir liquide, qui ont su m'inspirer confiance avant que l'épreuve de la danse débute. Peut-être n'aurais-je pas dû m'y fier, justement.

— C'est ce que nous allons découvrir, je grommelle entre mes dents.

Je me relève d'un bond, forçant la jeune femme à me suivre, ma main tenant toujours fermement le bord de sa cape. Elle pousse un autre cri, plus étranglé.

— Je ne voulais pas…

Le reste se perd dans sa gorge quand je l'oblige à rentrer dans nos appartements. Carme s'empresse de fermer la porte derrière nous.

— Tu ne voulais pas quoi ? Nous espionner ?

— Zina, regarde ses semelles, m'interpelle ma tante.

Je baisse les yeux. Ixchel a enduit les semelles de ses sandales de terre. Et pas n'importe laquelle : une terre qu'elle a visiblement enchantée, non seulement pour qu'elle ne s'en détache pas, mais aussi et surtout pour qu'elle camoufle le bruit de ses pas. Une magie discrète, mais bien présente, qui éveille la mienne en contrepartie. Je lui décoche un regard furieux.

— C'est comme ça que tu récompenses ma confiance ? En cherchant à me nuire ? je m'exclame. Je n'aurais jamais dû t'aider à réussir la première épreuve !

Les yeux d'Ixchel se mouillent de larmes alors qu'elle s'écrie :

— Je ne voulais pas te faire du mal ! Je voulais te remercier !

— La remercier ? En pleine nuit ? réplique Carme avant d'éclater d'un rire sans joie. Si c'est là la seule excuse que tu as trouvée, tu es définitivement plus douée en enchantement qu'en mensonge !

— Je vous dis la vérité ! Je ne voulais pas vous espionner…

Ixchel prend une profonde inspiration.

— Mais je vous ai entendu parler de… de…

Carme pousse un juron alors que j'articule douloureusement :

— D'une Parle-aux-Morts.

Par L'Obscur, nos plans sont ruinés avant même d'avoir commencé ! Et tout ça parce que j'ai accordé ma confiance bien trop rapidement.

— Oui, avoue Ixchel à voix basse.

Carme me décoche un regard indéchiffrable avant de se tourner vers Ixchel.

— Si tu t'avises de souffler ne serait-ce qu'un mot à ce sujet…

Elle se penche vers elle, comme si elle voulait l'embrasser. Ou la mordre. C'est bien là tout ce qu'il nous reste à faire : intimider Ixchel pour qu'elle la boucle, tout en espérant que ce soit suffisant. La jeune femme tend des mains suppliantes vers Carme.

— Je peux vous aider !

Ixchel déglutit de manière audible, avant de nous fixer tour à tour, avec une sincérité désarmante.

— Je sais que vous ne me croyez pas, et je vous comprends, mais je vous jure que je ne vous ai pas menti. Je venais vraiment te remercier, Zina. Sans toi, sans ton aide, je croupirais en prison, en attendant d'être sacrifiée demain…

Comme les candidates qui n'ont pas réussi la danse. Soudain un sentiment de culpabilité s'abat sur mes épaules. J'aurais pu les aider, elles aussi.

— J'ai enchanté mes semelles pour que personne ne puisse m'entendre, poursuit Ixchel. J'ai deux pieds gauches…

— Sauf en ce qui concerne la danse et l'espionnage, l'interrompt Carme, d'un ton qui montre qu'elle ne la croit pas.

Elle lui décoche son sourire carnassier qui en a fait trembler plus d'un quand nous nous trouvions à Coulia. Ixchel ne se laisse pas démonter, cependant, et j'admire son sang-froid.

— Je vous promets en tout cas que je n'avais pas de mauvaise intention en venant ici. Quand je suis arrivée à la porte de derrière, je vous ai entendues parler bien malgré moi…

— Tu as écouté ce que l'on disait.

Mais une lueur que j'ai déjà vue briller dans son regard sombre, juste avant qu'elle entre en piste dans la salle du trône, se rallume dans ses prunelles.

— Tu penses vraiment qu'il y a une nécromancienne ici ? me souffle-t-elle. Une… Parle-aux-Morts ?

— En quoi cela peut-il t'intéresser ? gronde Carme.

— J'ai perdu ma mère il y a un peu plus d'un an, répond Ixchel, un aveu qui me coupe le souffle. La dernière fois que je lui ai parlé, nous nous étions disputées parce qu'elle ne voulait pas que je participe à l'Ayotl. On s'est quittées fâchées. J'ai appris plus tard qu'elle parlait avec une voisine quand elle a été prise d'un malaise. Elle est tombée raide. On l'a aussitôt emmenée au temple du dieu soleil…

Elle s'interrompt, secoue la tête. L'expression de douleur qui envahit ses traits, je la connais par cœur. C'est exactement celle que je vois dans le miroir quand je pense à Nawi. Ixchel hésite un instant, puis lâche :

— La conduite des prêtres m'a semblé suspecte. On m'a empêché de la revoir pour que je lui fasse mes adieux.

Et, lors de la cérémonie des funérailles, il y avait cette odeur écœurante… Ils avaient beau brûler des herbes et de l'encens, je pouvais la sentir !

Fleur fantôme.

Méfie-toi des apparences.

Les mots prononcés par Ollantay et Cendis me reviennent soudain en mémoire. Au même moment, Carme intervient :

— Et donc ?

— Je voudrais revoir ma mère, répond Ixchel, avec une dignité que je ne peux qu'admirer. Savoir si je me fais des idées quant aux soins qui lui ont été réellement prodigués au temple du dieu soleil. Je ne peux pas rester plus longtemps dans le doute.

Elle aussi désire connaître la vérité.

— Je peux vous aider, continue-t-elle, sa voix vibrant d'émotion contenue. Vous couvrir, provoquer une diversion, vous faire bénéficier de ma magie… Laissez-moi vous accompagner.

Des mots qui font tomber mes dernières résistances. Tant pis si je me trompe et que je fais confiance à la mauvaise personne. Je jette un coup d'œil à Carme, qui lève les yeux au ciel.

— D'accord.

— C'est vrai ? souffle Ixchel, dont les traits s'illuminent de joie.

Elle ne me laisse pas le temps de répliquer : elle me saute au cou dans un geste spontané qui me laisse interdite.

— Merci, merci, merci ! me dit-elle à l'oreille. Je promets que tu ne le regretteras pas !

Chapitre 19

— Ainsi, vous venez de…

— Coulia, je souffle, évitant *in extremis* de lever les yeux au ciel.

La noble dame qui me fait face étire ses lèvres peintes d'un bleu ciel très seyant, qui indique à tous sa magie de l'Eau.

— Culia, oui…

Je me mords l'intérieur de la joue. Inutile de rectifier la manière dont elle prononce le nom de ma région natale. Elle commet l'erreur délibérément, aucun doute là-dessus. Son regard d'un noir profond, rehaussé par son maquillage azur, pétille de malice alors qu'elle reprend :

— Quel chemin vous avez dû parcourir pour arriver jusqu'ici !

Et quelle élégante manière de me signifier que je viens d'une province reculée, qui ne mérite même pas qu'on apprenne correctement son nom.

— Vous avez conscience de la chance incroyable qui est la vôtre, continue-t-elle. Contempler cette splendeur…

Elle balaie d'un geste négligent de la main la salle où nous nous trouvons.

— Et attendez d'assister au banquet impérial que sa Majesté donnera dans deux jours, à la nuit tombée !

Je retiens de justesse un soupir. Encore un banquet ? Cette cour dépense décidément sans compter.

— Il paraît que ce sera un véritable enchantement ! s'exclame-t-elle en battant des mains.

Et pendant ce temps, je ne sais toujours pas ce qu'il est arrivé à ma sœur.

Soudain, j'en ai assez de demeurer assise en face d'elle, de sourire avec ce rictus hypocrite que les nobles de Chilris, hommes comme femmes, paraissent manier à la perfection, et de subir les piques que celle-ci ne manquera pas de m'adresser.

Je me relève avec plus de précipitation que je ne l'avais escompté, au vu de la mine étonnée de mon interlocutrice.

— Si vous permettez, Madame…

Ma mémoire n'a pas retenu son nom et elle esquisse une moue en le constatant.

— Je vais prendre l'air.

Apparemment, quand on se trouve à la cour du très révéré Apatli, c'est la phrase consacrée pour dire qu'on va aux toilettes.

— Je vous en prie, me sort J'ai-oublié-son-nom, en insistant sur les dernières syllabes. J'espère que nous aurons le plaisir de nous revoir.

— Moi aussi, je réponds, tout en espérant le contraire.

Je me fraie un chemin parmi les courtisanes, toutes assises sur des coussins aussi moelleux que ceux qui décorent mon appartement. Si j'avais su que ce petit déjeuner auquel on m'a conviée ce matin, aux premières lueurs de l'aube, serait un tel traquenard, j'aurais sorti la carte « j'ai besoin d'aller aux toilettes » bien plus tôt !

Je croise le regard d'Ixchel, coincée entre deux dames à l'habillement recherché et aux mines hautaines, et je ne peux pas m'empêcher de lui adresser une grimace. Elle détourne en toute hâte la tête, mais j'ai eu le temps de voir ses lèvres se retrousser en un sourire.

Les deux autres candidates de l'Ayotl, celles qui ont réussi la première épreuve, Kailani et Huemac, sont installées chacune à une extrémité de la salle qui abrite ce banquet, où les arômes de mets délicats et de breuvages dont j'ignore le nom se mêlent aux parfums que portent nos hôtesses. Si ce n'était leur compagnie, j'aurais vraiment apprécié ce festin.

J'ai presque atteint mon objectif – l'entrée dissimulée derrière un lourd rideau de perles en bois – quand un rire perlé s'élève.

Je reconnais sans peine celui de Kailani, dont la plaisanterie égaie un vaste cercle assis en rond autour d'elle. La fille de Yarenan, le Grand Prêtre du Flamboyant, semble aussi à l'aise en cette brillante compagnie que lors de la danse d'hier soir. Je serre les mâchoires en songeant à quel point tout semble bien plus facile pour elle, qui est née ici, a grandi dans ce sérail dont elle connaît toutes les règles sur le bout des doigts autant que les noms de tous les nobles qu'elle croise. Elle jouit d'un avantage non négligeable, par rapport à Ixchel, Huemac et moi.

Sans parler du soutien que lui apporte Ashur.

Je m'efforce de réprimer le sentiment amer qui grandit en moi à cette seule idée.

Je me glisse à l'extérieur, dans un des couloirs couverts, qui donne accès à un vaste jardin intérieur, si large que je n'en distingue pas l'autre bout.

Un sentier de terre blonde m'invite d'ailleurs à y pénétrer et je ne résiste pas. Bien vite, je me retrouve dans un cocon végétal, où des arbres d'espèces inconnues s'élèvent autour de moi, gardiens d'un lieu où personne auparavant n'aurait jamais eu accès. Une illusion, surtout en plein cœur du palais impérial, mais qui suffit à me redonner le sourire. Des roucoulements de quetzals et des cris plus aigus de perroquets nichés dans le feuillage luxuriant fendent l'air frais du petit matin. Je me laisse tomber entre deux des impressionnantes racines d'un palmier au tronc vénérable. L'espace d'un instant, j'oublie qui je suis, ce que je fais là et ce qui m'a mené tout droit dans le piège sophistiqué de Chilris. J'oublie les traces de terre qui ne vont pas manquer de souiller la tunique gris sombre que j'ai enfilée à la hâte ce matin. Des mèches échappées de ma tresse me chatouillent la joue. J'aurais pu demander à Carme de les natter pour moi, si j'y avais pensé. Je devine ma tante sur les nerfs, irritée non seulement par l'absence de cette Parle-aux-Morts, mais aussi par l'arrivée inopinée d'Ixchel dans notre duo. Est-elle réellement digne de notre confiance ?

J'appuie doucement l'arrière de ma tête contre le tronc, le regard perdu dans la frondaison qui me surplombe. D'où je suis, je distingue à peine le ciel…

— … pas d'héritier ! Tu le sais comme moi, alors arrête de me faire lanterner !

Je me relève d'un bond, le cœur battant.

— Tu réalises ce que tu me demandes ? Ashur, ce n'est rien d'autre qu'une trahison !

Yarenan. Non, définitivement, je n'ai aucune envie de demeurer ici.

Je tourne la tête de tous côtés, indécise. Par où aller pour être certaine de ne croiser personne sur ma route ?

Les voix résonnent de plus en plus clairement. Dans quelques secondes, il sera trop tard ! En désespoir de cause, j'avise soudain une branche basse, aussi épaisse que Carme et moi réunies. Je bande mes muscles et saute le plus haut possible. Je l'agrippe de justesse. Le reste est un jeu d'enfant : je l'ai si souvent fait quand je jouais avec Nawi à Coulia !

J'enroule mes jambes autour de la branche, je me hisse de toutes mes forces avant de me rétablir, à califourchon sur mon appui. L'écorce un peu rugueuse râpe la peau nue, plus sensible de mes cuisses. Je me dépêche de me réfugier dans le feuillage touffu de l'arbre qui m'abrite.

Juste à temps : j'ai à peine pris place que deux silhouettes se dessinent en contrebas.

Chapitre 20

Il était moins une : au détour d'un bosquet d'arbres les dissimulant jusque-là à ma vue, surgissent Yarenan et Ashur. Par chance, ils sont plongés dans une discussion houleuse, qui les absorbe tout entiers. Je prie L'Obscur en mon for intérieur que le Grand Prêtre ne s'avance pas trop vers moi. Si la magie qui l'entoure me frôle et lui révèle ma présence…

Je manque grogner de dépit quand tous deux s'arrêtent juste au pied de l'arbre qui me sert de refuge.

— J'ai aidé Kailani lors de la première épreuve. J'ai rempli ma part du marché. À ton tour, à présent.

Un instant, je me demande, sidérée, comment il ose aborder un tel sujet dans un lieu où tout un chacun peut le surprendre. Et puis un *pop !* discret retentit à mon oreille : sa magie de l'Air est à l'œuvre. Je me tapis un peu plus sur ma branche, le cœur battant, la bouche sèche. Peut-elle percevoir que je suis là, que j'entends aussi clairement ce qu'il dit que Yarenan, planté en face de lui ?

Je ne peux pas m'empêcher de jeter un coup d'œil en contrebas. Ashur retient toute mon attention. Par son physique, d'une part, mais aussi par cette passion qu'il dégage en ce moment même, cette énergie qui émettrait presque des étincelles tant elle rayonne de lui, palpable. J'entends également dans ses mots quelque chose qui m'interpelle : une émotion vive, qui demande – non, qui exige – une réaction de ma part. Un crochet qui s'enfoncerait dans mes entrailles, dans mon cœur, qui ouvrirait, si je le laissais faire, un flot de sensations bien trop dangereuses…

Il effectue un pas en direction de Yarenan, l'air menaçant.

— Sinon, tu sais ce qui attend ta fille.

Je ne comprends rien à ces paroles énigmatiques. En revanche, l'expression qui envahit le visage sec de Yarenan ne laisse aucun doute sur ses sentiments – il est prêt à tout pour Kailani. À cet instant, il délaisse son arrogance de Grand Prêtre, il devient simplement un père qui se bat pour son enfant.

— C'est…

Il ferme les paupières.

— Ce que tu me demandes… C'est renier tout ce en quoi je crois.

Ashur émet un son d'impatience. Dans son regard pointe alors une émotion que je ne m'attendais pas à y trouver : l'urgence du désespoir. Les Ombres vibrent plus intensément autour de moi. Comme si elles aussi ressentaient ce qu'Ashur éprouve en ce moment. J'ai envie soudain de lui demander ce qu'il exige de Yarenan, pourquoi ce dernier semble aussi réticent à accepter. Pour quelle raison un homme tel qu'Ashur, qui doit posséder tout ce qu'il désire, plaide avec autant de passion une cause aussi risquée. Même si j'en ignore l'enjeu, tout dans son attitude, dans ses mots me prouve l'importance qu'il y accorde. Pourquoi se met-il autant en danger ? Le désir de l'aider me fait frissonner. Je secoue la tête, agacée. Je ne peux pas m'impliquer. Pas alors que je n'ai même pas encore réussi à découvrir ce qui est arrivé à Nawi. Je ne peux pas tout risquer simplement parce que je meurs d'envie d'en savoir davantage sur lui.

— Tu ne renierais rien du tout, Yarenan, affirme Ashur. Ta loyauté va d'abord au Flamboyant. L'empereur passe en second.

— Le Flamboyant et l'empereur ne forment qu'un ! Apatli est l'incarnation de…

Ashur éclate d'un rire sec.

— Épargne-moi ce mensonge, Grand Prêtre, je ne suis pas un de tes apprentis crédules. Je sais trop bien comment cela fonctionne : la concurrence parmi les esprits de Feu pour habiter l'empereur en titre, le laisser utiliser leur magie en échange du prestige que cela leur apporte. C'est un équilibre subtil qu'Apatli a foulé aux pieds quand il a demandé la création du Rempart !

Il baisse la voix en ajoutant :

— Mais ce qu'un esprit du Feu a fait, il peut aussi bien le défaire. Comme il peut retirer sa confiance à l'empereur.

Il est heureux que Yarenan pousse un hoquet à l'instant précis où j'émets un son similaire. Je ne parviens pas à en croire mes oreilles : qu'envisage Ashur exactement ? Démettre l'empereur ? Tout me pousse à croire que c'est là quelque chose d'impossible. Tous les Pahelis savent comment fonctionne la succession impériale : quand l'empereur meurt, le conseil de succession désigné de son vivant se rassemble et désigne le futur dirigeant. Il ne peut en aller autrement. Quelque chose en moi s'éveille à ces mots. Comme si j'avais le pouvoir de le protéger des conséquences de ce qu'il envisage de faire.

Tu n'es vraiment qu'une imbécile, Zina !

— Arrête, le supplie alors Yarenan, d'un ton que je ne lui connaissais pas.

Il ne ressemble rien tant qu'à un vieil homme fatigué. Ashur ouvre la bouche pour protester, mais le Grand Prêtre le prend de vitesse :

— Je ne peux pas y réfléchir, maintenant. Je te donnerai ma réponse… plus tard, je te le promets. Accorde-moi le temps de la réflexion.

Ashur garde d'abord le silence, le conflit intérieur qui l'agite se reflète sur ses traits. Il finit par hocher la tête, à contrecœur. Yarenan apparaît soulagé de ce répit.

— Passe me voir au temple demain soir, à l'issue de la seconde épreuve.

Aussi tôt ? J'ai à peine survécu à la danse qu'il va me falloir remettre en jeu ma vie lors de la seconde épreuve de l'Ayotl ?

— Déjà ? s'étonne Ashur. Nous n'avons vraiment plus beaucoup de temps…

Yarenan hausse les épaules.

— Il restera toujours la troisième et dernière épreuve. Je pourrai convaincre Apatli de ralentir le rythme… surtout si l'*Ixquen* échoue demain soir.

Un sourire sinistre s'étale sur ses lèvres et tout ce que je pouvais ressentir d'empathie à son égard s'évapore en fumée. Les Ombres grondent de plus belle en moi, la clé pulse contre mon sternum. L'envie de les laisser s'abattre sur cet homme et de l'empêcher de nuire me saisit. La tentation s'avère tellement forte que je manque presque les paroles d'Ashur.

— Qu'est-ce que tu as contre elle ? Mis à part le fait que c'est une *Ixquen*, comme tu dis ?

Il ne lui laisse pas le temps de répondre :

— J'aurais juré t'entendre la défendre lors de la cérémonie de présentation....

— J'ai défendu la décision du clergé de Coulia, s'exclame Yarenan, ce n'est pas pareil ! Mais j'ai ordonné une enquête interne visant le Grand Prêtre de cet endroit, un certain Emon...

Mon cœur est soudain pris dans un étau. Les Ombres s'agitent davantage. Si Yarenan découvre qu'Emon m'a choisie non pas parce que je correspondais à ce qu'on attend d'une candidate de l'Ayotl, mais bien pour que nous découvrions ce qui est arrivé à Nawi, c'est la ruine assurée. Pour Emon, Carme et moi.

— Je me demande bien ce qui lui a pris de choisir une... une telle femme !

Ashur secoue la tête, sourire aux lèvres.

— Par le Flamboyant, tu veux vraiment lui faire payer sa victoire lors de la première épreuve. Tu ne digères pas le fait qu'elle ait pu réussir la danse au même titre que Kailani ?

Le teint de Yarenan s'empourpre.

— Ça n'aurait jamais dû se passer de cette manière ! Elle était censée échouer, et être sacrifiée, comme les trois autres, sur l'autel du temple !

Voilà exactement ce que j'aurais enduré si Cendis ne m'avait pas aidé. J'imagine la tête du Grand Prêtre si je lui apprenais qu'un esprit du Feu lui-même m'a donné conseil.

— Tu es pitoyable, Yarenan, conclut Ashur.

— Et toi, tu es bien trop aveuglé par le désir que tu as pour cette fille ! s'emporte le prêtre. Une de plus...

Mon cœur se met à battre à tout rompre dans ma poitrine. Je sais ce qui va se passer : Ashur va faire comme tous les autres. Il va l'assurer qu'il ignore tout de mon existence, que je ne suis rien, juste une *Ixquen* et on ne touche pas une *Ixquen*, pas plus qu'on ne l'épouse, c'est bien connu. Tous les hommes qui m'ont caressé, embrassé, que j'ai laissé pénétrer en moi l'ont fait. Pourquoi celui-ci serait-il différent ?

— Je ne le nie pas. Mais bien plus que sa silhouette, ce que j'admire, c'est son courage et sa détermination.

Les mots tranquilles d'Ashur me clouent sur place.

— Il en faut pour oser se présenter face à une foule hostile et ne pas mentir sur ce que l'on est, ajoute-t-il.

Il y a une note de douleur dans sa voix, que je ne comprends pas. Mais tout ce à quoi je pense, ce sont ces quelques mots.

Courage.

Détermination.

Admiration.

Je ravale ma salive. Les larmes me montent aux yeux, en une émotion puissante. Cet aveu, que je n'étais pas censée entendre, me bouleverse.

— Et contrairement à ta fille, ajoute Ashur, elle a réussi seule la première épreuve. À demain soir, prêtre. Ne sois pas en retard.

Il décoche un sourire, empli de malice, à l'adresse du prêtre, que je sens vibrer d'une colère à peine contenue.

— Demain soir, répète ce dernier, avant de s'éloigner à grandes enjambées.

Chapitre 21

Ashur demeure seul, immobile. Le *pop !* de la bulle qui disparaît semble soudain si bruyant dans le silence qui suit sa confrontation avec Yarenan. Je l'observe, tiraillée entre l'envie qu'il parte et cet absurde désir de le contempler encore un peu plus. Son regard sombre, si vif, ne cesse d'aller d'un point à l'autre, ne demeurant jamais en place.

Comme s'il recherchait quelque chose. Ou quelqu'un.

— Ashur ! retentit une voix inconnue.

Surprise, je resserre mon emprise sur la branche que je tiens. Un mouvement qui se répercute jusque dans le feuillage de l'arbre. Je blêmis quand une feuille se détache, tournoie lentement dans les airs avant de tomber non loin du prince. Son regard étréci se tourne brièvement vers l'endroit où je me tiens. Je suspends mon souffle. J'ignore du mieux que je peux les battements effrénés de mon cœur.

Heureusement pour moi, son attention se porte alors sur le nouveau venu… que je reconnais.

Il s'agit du guerrier arrogant que j'ai entrevu dans les souterrains, juste avant que Yarenan vienne nous chercher pour participer à la première épreuve. À la lumière du jour, il paraît encore plus imposant, ses muscles huilés roulant sous sa peau brune. Cette fois-ci, la peau de jaguar ne recouvre que ses épaules, m'offrant une vue de son visage aux traits taillés à la serpe. Aucune douceur dans ses traits, rien qui contredise ma première impression désagréable à son sujet.

Une odeur, à la fois musquée et douceâtre, me picote le nez. Cette même odeur que j'ai déjà sentie dans le jardin, à l'issue de la première épreuve.

Un parfum écœurant que je ne peux m'empêcher d'associer à la fleur fantôme, ce qui est parfaitement idiot car je n'ai aucune preuve de ce que j'avance.

— Itay, qu'y a-t-il ? grogne Ashur, d'un ton aussi inamical que possible, en direction de l'étranger.

Ce dernier se déporte légèrement.

Un éclat de vert autour de son cou.

Un collier de jade.

Mon corps réagit avant même que mon cerveau ait enregistré l'information.

Je me tétanise sur place, mon souffle se bloque dans ma gorge alors qu'un cri de douleur cherche – en vain – à se frayer un chemin à travers mes lèvres entrouvertes.

Ce collier, je le reconnaîtrais entre mille.

C'est celui de Nawi.

J'ignore de quelle manière je ne dégringole pas du perchoir où je me suis réfugiée. J'ignore aussi combien de temps j'y reste. Je ne vois plus rien, je n'entends plus rien de la scène qui se déroule en contrebas.

Des dizaines de Nawi, chacune différente et familière à la fois, défilent devant mes yeux. Ma grande sœur, tellement fière d'avoir réussi ses examens de fin d'apprentissage ; ma complice, qui ne manquait jamais de me taquiner dès qu'elle en avait l'occasion ; l'artiste, qui gravait avec soin et précision chaque grain de son collier, un héritage de notre père.

Ce même collier, que je reconnaîtrais entre mille.

Quand je reviens à moi, je suis seule.

Ou presque.

Itay a disparu. Seul reste…

— Tu comptes y passer toute la journée ?

C'est plus fort que moi, je sursaute, imprimant une secousse à la branche. Une feuille se détache à nouveau, tournoie jusqu'aux pieds du prince, dont le visage est levé dans ma direction.

L'ombre d'un sourire moqueur sur ses lèvres.

J'hésite un instant, avant de me résigner à mon sort.

Ma fierté n'a pas fini de souffrir, d'ailleurs. Au moment d'entamer la descente finale, mes mains dérapent sur l'écorce un brin rugueuse du tronc. Je perds tout appui et me sens tomber. La douleur éraflant mes paumes n'est rien par rapport à la honte qui m'envahit quand je prends conscience que j'ai failli m'étaler de tout mon long sur la terre meuble éparpillée dans l'ensemble du jardin.

Et que seul le bras d'Ashur encerclant mes épaules me retient debout.

Il paraît aussi surpris que moi de m'avoir sauvée juste à temps.

La chaleur de sa peau nue me coupe le souffle. Le souvenir de l'étreinte de Cendis, la veille, qui a incendié mes sens me revient en mémoire et réveille mon désir. Je devrais m'éloigner. Je vais le faire. Tout de suite. Car c'est folie que de demeurer aussi proches l'un de l'autre, yeux dans les yeux, nos souffles se mêlant dans une intimité que…

Le craquement d'une branche sous mon pied me fait revenir abruptement à la réalité. Je bredouille un « merci » alors qu'il me lâche enfin, comme à regret.

J'inspecte les environs, d'un geste qui n'échappe pas à Ashur, à en juger par son expression sarcastique.

— Tu fuyais quelqu'un ?

Je m'empresse de saisir le prétexte fourni.

— Les courtisanes.

Cette fois-ci, un sourire moqueur étire ses lèvres pleines, ce qui attire mon attention sur sa bouche. Cendis a refusé de m'embrasser hier. Ashur aurait-il les mêmes réserves ? Une folle envie de titiller sa résistance s'empare de moi.

— J'ai une confidence à te faire, souffle-t-il.

Il franchit la maigre distance qui nous sépare l'un de l'autre, affolant mes sens.

— Si tu redoutes à ce point les courtisanes… continue-t-il.

J'entends à peine ses mots. Mon attention demeure braquée sur cette bouche que j'ai tellement envie de sentir sur la mienne. Il observe une pause avant de déclarer :

— … tu n'as pas fini de grimper aux arbres. Ce palais en est rempli !

Quoi ?

Il me faut un temps anormalement long pour réagir et, quand je le fais, c'est en un cri spontané, auquel je ne réfléchis même pas :

— Tu as fini de te foutre de moi ?

Nous nous regardons en silence pendant quelques instants.

Puis il s'esclaffe de bon cœur, un son de jeune homme insouciant, qui parvient à me détendre en dépit du choc que j'ai ressenti à la vue du collier. J'aime entendre son rire, j'aime le fait de l'avoir suffisamment surpris pour qu'il relâche sa garde en ma compagnie.

Ashur reprend son sérieux.

— Désolé. Reconnais que tu m'as fourni la... *perche* (il insiste sur le mot) idéale.

— Tes plaisanteries sont toujours aussi nulles ?

— Hélas. Malédiction de naissance. Mais personne ici n'est assez honnête pour le reconnaître à voix haute.

Son regard qui ne lâche pas le mien semble dire « sauf toi. » Je peux ressentir de manière presque palpable l'intimité croissante entre lui et moi. Le langage de nos corps, cette lueur dans son regard, tout invite à la confidence. Une partie de moi-même en meurt d'envie. Si je lui faisais confiance, si je lui demandais tout de go comment le collier de ma sœur a pu se retrouver autour du cou d'Itay ou même ce que lui, Ashur, veut obtenir de Yarenan...

Le souvenir de Nawi me retient. Je détourne la tête. Par la grâce de L'Obscur, je ne dois pas oublier qu'il est aussi le fils d'Apatli.

— Comment as-tu su où j'étais ?

Du coin de l'œil, je le vois hausser les épaules.

— Si tu voulais te montrer discrète, il fallait peut-être choisir un autre emplacement d'où sauter pour attraper la première branche.

Il désigne de la main la magnifique empreinte de ma sandale dans la terre meuble, juste au pied de l'arbre qui m'a servi de refuge. Je grogne de dépit. Un miracle que personne d'autre ne l'ait remarqué !

— Si tu désires toujours autant te réfugier en hauteur, je peux te conseiller d'autres arbres qui seraient bien plus appropriés.

— S'il y en a un qui me permettrait d'éviter la compagnie de certains membres de cette honorable cour, n'hésite pas à me le faire savoir.

Son sourire s'élargit irrésistiblement. Pourtant, quand il reprend la parole, je n'entends plus la moindre trace d'amusement.

— À ta place, pourtant, je ne chercherais pas à éviter qui que ce soit. Si tu veux survivre à l'Ayotl, tu auras besoin de tous les soutiens possibles.

Je peux presque entendre la question qui survient avant même qu'il me la pose :

— Je t'ai déjà demandé pourquoi tu étais là.

— Pour l'Ayotl, je rétorque du tac au tac. Pour quel autre motif serais-je venue ici ?

Pardonne-moi, Nawi, de devoir mentir de cette façon.

La contrariété voile le visage d'Ashur. La tension règne dans sa voix quand il me demande :

— Tu sais combien de reines nées sous le signe de l'*Ixquen* sont montées sur le trône ?

— Je…

— Aucune, m'interrompt-il. Combien de candidates nées sous ce même signe ont participé aux dernières éditions de l'Ayotl ?

— Que… ?

— Pas une seule, réplique-t-il, ignorant mes faibles protestations. Aucune femme possédant la magie de L'Obscur dans ses veines ne participerait à cette compétition. À moins qu'elle ne soit suicidaire ou complètement insensée. Je ne pense pas que tu le sois.

— Qu'en sais-tu ?

— Tu ne supportes pas la compagnie des nobles de cette cour. C'est un signe évident que tu possèdes du bon sens.

Un son m'échappe avant même que je m'en rende compte. Ashur ne me lâche pas du regard et je dois faire taire sans pitié la partie de moi-même qui prend plaisir à se voir ainsi le centre de son attention. Sensation dangereuse – je sens mes défenses disparaître un peu plus à chacun de nos échanges. Si j'avais vraiment du bon sens, comme il le dit, je mettrais de la distance entre lui et moi. Mais ce qui sort de ma bouche, c'est :

— Pourquoi s'intéresser à moi ?

Les mots qu'il a prononcés à mon égard me reviennent en mémoire.

Courage.

Détermination.

Admiration.

Mais ce qui sort de la bouche d'Ashur n'a rien à voir :

— Les trois candidates malheureuses de la première épreuve sont mortes ce matin.

Il l'affirme d'un ton neutre, sans manifester la moindre émotion. Un véritable jet d'eau froide en plein visage. Mon expression se rembrunit.

Leur mort injuste me renvoie à celle de Nawi.

— Tu n'es pas faite pour cette cour. Et tu le sais : tu ne cherches même pas à t'intégrer.

Son ton me désarme aussi sûrement que si nous venions de nous battre et qu'il m'avait vaincue.

Il hausse les épaules.

— Pars. Pars tant qu'il en est encore temps.

Je m'attendais à beaucoup de choses, mais pas à ça. Je le contemple, bouche bée. Je le vois passer une langue nerveuse sur ses lèvres, seul signe trahissant sa nervosité. Au-dessus de nous, les quetzals et les perroquets se sont tus. Le seul son troublant le silence entre nous, c'est le chant de la brise provenant du lac tout proche, charriant avec elle ces mêmes relents douceâtres qui me feraient froncer le nez en d'autres circonstances.

— Qu'es-tu… qu'es-tu en train de me dire ? je bredouille.

J'ai mal entendu. Il est impossible que quiconque et encore moins un prince de sang impérial puisse me conseiller de quitter ces lieux. Pas alors que je me suis engagée dans un tournoi qui ne me laisse aucune porte de sortie – hormis la mort.

Chapitre 22

Ashur me fixe d'une expression indéchiffrable. À cet instant, mille détails infimes me sautent aux yeux : la lumière du jour sur sa peau mate, le frôlement du tissu de sa tunique sur ses épaules, les ombres cernant ses yeux noirs, une mèche de ses longs cheveux qui a échappé à son chignon…

Sa beauté me foudroie en plein jour comme elle m'a foudroyée la nuit dernière. Soudain, le fait qu'il soit si proche, si présent, me paraît insupportable dans son intensité. Je voudrais m'enfuir, loin et vite, tout comme j'ai envie de rester à ses côtés, de m'approcher jusqu'à…

Un *pop !* discret retentit à mes oreilles. Je comprends qu'il vient d'activer sa magie de l'Air, de manière à ce que personne ne puisse entendre ce qu'il a à me dire.

— Pars, répète-t-il. Ce soir, je m'arrangerai pour qu'une barque demeure libre à l'embarcadère privé du palais. Franchis le lac sous couvert de la nuit, cela te donnera une belle avance sur les gardes quand ils se lanceront à ta poursuite. Sur la rive opposée, ta suivante et toi trouverez une Arche solitaire ; elle n'est plus souvent utilisée, mais des adeptes de l'Air y sont toujours présents pour assurer le départ des troupes vers le Rempart. Soudoie-les, menace-les. Retourne là d'où tu viens.

Il hésite un moment, puis lâche :

— Je ne veux pas avoir ta mort sur la conscience.

Je demeure étourdie par ce flot de paroles auquel je ne m'attendais pas. Je peine à réaliser qu'il vient de commettre une telle trahison non seulement envers les règles de l'Ayotl, mais surtout envers la volonté de son père.

Un *pop !* éclate de nouveau à mes oreilles. La bulle s'est rompue. J'entends les pas et les rires de courtisans tous proches.

— Zina…

— Non.

Le mot est sorti d'emblée de ma bouche.

Un « Non » qui me sauve autant qu'il renforce ma détermination. Surtout face à cet homme qui a trouvé je ne sais comment le moyen de s'insinuer dans mes pensées.

— Non, je ne partirai pas.

Je laisse un petit rire sans joie franchir mes lèvres. Je peux y entendre la fêlure, la blessure que la mort de Nawi m'a infligée et qui ne guérira jamais totalement. Ashur fronce les sourcils.

— Tu…

— Je ne peux pas partir.

Je sais que j'en dis trop, que je devrais me taire. Alors, pourquoi ai-je à ce point envie de lui accorder ma confiance, autant qu'il vient de m'en témoigner ?

— Tu ne peux pas…, répète-t-il.

Un frisson me parcourt l'échine alors qu'une onde de chaleur se glisse dans mon bas-ventre.

— Je ne peux pas, je répète.

Et, avant de lui offrir sur un de ces plateaux d'or qu'affectionnent tellement les Mézétains tout ce qui m'a amené ici, je demande :

— Mais si tu veux faire quelque chose pour moi…

Une lueur affamée se glisse dans ses prunelles sombres et sa voix prend un accent rauque.

— Demande.

Nous savons tous les deux ce que j'ai en tête. Nul besoin de mots entre nous. Le baiser qu'il me donne à ce moment me coupe le souffle. Il veut se retirer, mais je ne le laisse pas faire. Je l'embrasse à mon tour, de manière prenante. Exigeante. Soudain, il pousse un petit cri. Je recule juste assez pour voir, sur sa lèvre inférieure, une goutte de sang perler. Je ne réfléchis pas – je l'attrape du bout de ma langue. J'entends à peine le « Zina » en réponse. La magie crépite en réponse dans mes veines. Une onde de puissance me parcourt, me faisant trembler. Je me sens tellement affamée…

Les lèvres d'Ashur appuient sur les miennes plus fermement cette fois. Il ouvre la bouche, sa langue me taquine. Pourtant, quand je lui cède avec empressement le chemin, il se retire, riant tout bas quand je laisse échapper un gémissement contrarié.

En représailles, je me plaque contre son torse. Sa main effleure mon épaule. Des frissons se répandent le long de ma colonne vertébrale. Je renverse la tête en arrière, dévoilant mon cou. Ashur mordille la peau découverte, avant de la lécher en une caresse obscène qui m'arrache des frissons. J'ai l'impression de me transformer en flamme, en torche vivante qu'aucun prêtre n'aurait le pouvoir d'éteindre.

La magie craque et crisse dans mes veines. J'ai tellement besoin de…

— Zina, murmure-t-il.

Un rire tout proche me tire de ma transe. Je m'immobilise. Ashur également.

Son regard est aussi sombre que le ciel au-dessus de nous, sa voix rauque quand il murmure :

— Il est temps d'arrêter…

Il a raison. Et pourtant, je n'en ai pas envie – un aveu qui me surprend moi-même.

Ashur m'embrasse encore, plus doucement, avant de détacher sa bouche de la mienne.

— Si on te voit avec moi…

Il secoue la tête et je comprends ce qu'il veut dire. Je peux tout aussi bien me porter volontaire pour le sacrifice du Flamboyant. Une candidate à l'Ayotl n'est pas censée se pâmer dans les bras d'un autre que l'empereur.

Je le laisse partir, le cœur serré dans un étau. Jamais je n'ai autant regretté ce qui m'a amenée ici.

Chapitre 23

Je ne sais pas trop comment je regagne mon logement, ni même comment je parviens à ne pas croiser de courtisans sur mon chemin. Une vraie chance – après ce qu'il vient de se passer, je ne suis pas certaine que je pourrais articuler une phrase compréhensible. La brûlure des lèvres d'Ashur sur les miennes, ces papillons dans le ventre que j'essaie – en vain – d'ignorer… Tout cela s'avère bien plus dangereux que ce dont j'ai l'habitude.

On ne touche pas une *Ixquen*.

On ne l'épouse pas.

Je me répète ces mots encore et encore. J'espère autant que je redoute l'émotion familière qui ne manquera pas de s'ensuivre, quand je me persuaderai qu'Ashur ne vaut pas mieux que tous ceux que j'ai côtoyés jusqu'ici, quand il s'avérera qu'une fois de plus, toutes les belles promesses, tous les mots doux ne valent rien face à la réalité de ce monde – surtout quand on possède la magie de L'Obscur dans les veines.

Je referme la porte derrière moi, et je ferme les paupières.

« *Pars.* »

« *Pars maintenant.* »

Je secoue la tête.

Non, je ne veux pas y penser.

— Tu l'as laissé te toucher.

Je rouvre les yeux en vitesse, hoquetant de surprise. Cendis se trouve à quelques pas de moi, les traits pincés, le regard furibond.

— Que… ?

— Tu l'as laissé t'embrasser.

La surprise disparaît, laissant la place à une colère grandissante.

— Parce que tu m'espionnes, maintenant ?

L'esprit du Feu balaie ma protestation d'une main négligente.

— Aurais-tu oublié que tu te trouves dans mon domaine ? Tu es chez moi. « Espionner » n'est vraiment pas le terme adéquat.

Dans d'autres circonstances, je trouverais assez drôle le fait de discuter sémantique avec un être tel que Cendis, mais là, tout ce qu'il m'inspire, c'est une indignation croissante.

— Et c'est une bonne raison pour violer mon intimité ? je réplique. Comme tu le fais à présent ? Je ne t'ai pas invité ici, pas plus que je ne t'ai demandé de me surveiller quand je me trouve avec Ashur !

Il me regarde comme s'il ne comprenait pas à quoi je fais référence.

— Intimité…, je répète. Je dois t'expliquer ou c'est encore une notion de mortel à laquelle tu n'adhères pas ?

Il hausse les épaules. Une partie de moi-même ne peut s'empêcher de remarquer la grâce inhérente à chacun de ses gestes, ce qui m'exaspère au plus haut point.

— Tu m'as accueilli autrement lors de notre dernière entrevue, murmure-t-il.

Les joues me chauffent aussitôt. J'ignore du mieux que je peux la chaleur traîtresse qui me pique les reins à cet instant.

— Tu veux dire, quand tu m'as embarquée dans ton rêve ?

Un sourire plisse sa bouche gourmande. Des frissons remontent le long de ma colonne vertébrale. Je n'arrive pas à croire que, même lorsqu'il suscite mon agacement, sa beauté continue d'exercer une telle emprise sur moi.

— Qui t'a dit que c'était un rêve, petite âme ?

Il effectue un pas dans ma direction, je me décale aussitôt sur la droite. Je ne peux pas reculer, pas alors que je me trouve dos à la porte. Néanmoins, cela s'avère suffisant pour que Cendis s'arrête.

— Tu as peur de moi ?

Je rêve ou sa voix a-t-elle pris une inflexion de douleur ? Je relève le menton dans une attitude bravache, que je suis loin de ressentir.

— Pas du tout ! En revanche, je n'apprécie pas que tu apparaisses ici, et que tu me reproches ma conduite, je continue. Je ne t'ai rien promis, et je ne t'appartiens pas. Je suis libre de mes gestes et…

— De ton cœur, aussi ?

Il a presque chuchoté ces quelques mots, pourtant, ils me font l'effet d'un coup de poing en plein ventre.

— Je ne…

— Tu vas me dire que tu n'éprouves rien pour le prince ? m'interrompt-il. Que si Apatli décidait d'interrompre l'Ayotl aujourd'hui et te choisissait toi comme nouvelle épouse, tu ne serais pas au comble du désespoir ?

L'idée m'emplit d'horreur et je sais que, l'espace de quelques secondes, mon visage reflète exactement ce que je ressens. Je reprends le contrôle de moi-même, mais trop tard. Cendis émet un ricanement sinistre.

— C'est bien ce que je pensais.

Il passe une main frustrée dans ses cheveux châtain. La lumière solaire entrant par l'unique lucarne y jette des reflets d'un roux profond et je ravale ma salive face à cette perfection. Pourquoi donc cette simple vue m'émeut-elle tellement ? Pourquoi une partie de moi-même demeure-t-elle si sensible face à Cendis, ne pouvant s'empêcher de contempler chacun de ses gestes avec un appétit de meurt-la-faim ? Simplement parce qu'il est un esprit du Feu et que sa magie éveille en quelque sorte la mienne ? Ça ne peut pas être sa simple beauté, aussi parfaite soit-elle. J'ai déjà eu l'occasion de croiser des hommes séduisants, même si naturellement aucun n'arrivait à la cheville de Cendis, et pour autant je ne tombais pas à leurs pieds !

— Ce n'est pas… je bredouille.

Il hausse un sourcil, comme s'il me défiait de lui poser la question que j'ai en tête. Je résiste à la tentation de lever les yeux au ciel et, prenant mon courage à deux mains, j'articule :

— Ce n'est pas ce qu'Apatli a l'intention de faire ?

Il demeure silencieux quelques instants, une expression de panthère jouant avec sa proie sur ses traits. Je me sens prête à crier face à son mutisme, quand enfin il déclare, avec un léger soupir :

— Non.

Le soulagement qui m'envahit à ce moment est si puissant que j'en tremble presque.

— Ce qui ne signifie pas que tu ne devrais pas te méfier, continue-t-il. Si quelqu'un d'autre que moi vous avait surpris, c'en serait fini de toi.

Je serre les dents.

— Dois-je en déduire que tu ne diras à personne ce que tu as vu ? Entre Ashur et moi ?

Un air blessé s'esquisse sur son visage. Ses iris mordorés s'ancrent dans les miens et une onde de chaleur déferle dans mon être tout entier. La clé d'obsidienne, sous ma tunique, y répond d'une pulsation dont la puissance me désarçonne. Les yeux de Cendis brillent d'un éclat difficile à supporter.

— Je t'ai dit que je voulais t'aider, chuchote-t-il. Mes intentions n'ont pas changé.

Il semble hésiter, avant de faire un nouveau pas vers moi. Cette fois, je ne cherche pas à m'éloigner. L'expression de satisfaction qui se peint brièvement sur ses traits à ce moment devrait me rebuter, mais elle produit l'effet inverse : comme si une partie de moi ne pouvait s'empêcher de chercher son contact.

De longs instants s'écoulent avant qu'il se retrouve à mes côtés. Quand sa main frôle ma joue, repoussant une mèche de cheveux derrière mon oreille, je me sens frissonner.

— Pourquoi m'aides-tu donc ? je souffle.

— Tu as quelque chose que je désire.

Chapitre 24

Des mots qui me sortent de la transe où je suis plongée. Un léger rire incrédule brise la bulle d'intimité qui s'est formée entre nous.

— Qu'est-ce qu'un esprit du Feu pourrait bien désirer chez une *Ixquen* ? je demande.

Cendis me contemple avec sérieux. Sa main demeure suspendue, ses doigts à quelques centimètres à peine de mon cou. Je peux sentir sa chaleur et…

— Rectification, murmure-t-il d'un ton envoûtant : demande-toi plutôt ce que moi, je pourrais bien vouloir d'une jeune femme aussi belle que tu l'es.

Il le dit avec une simplicité, une franchise, qui me désarment. J'ai déjà eu affaire à de beaux parleurs, des hommes qui me promettaient monts et merveilles dans le feu de leur désir. Ils me racontaient combien ils admiraient mon corps, mon visage, ils me décrivaient comment mon souvenir les tourmentait à la nuit tombée, de quelle manière ils avaient joui en pensant à moi.

Des mots qui n'avaient plus aucune valeur, le matin venu.

Du vent, des illusions. Je m'efforce de ne pas l'oublier face à Cendis, même si la mission s'avère quasi impossible, tant le regard de l'esprit du Feu, fixé sur moi, me consume de l'intérieur.

— Je ne suis pas…

— Quoi donc ? m'interrompt-il. Belle ? Désirable ? Puissante ?

Il remonte d'un doigt paresseux la courbe de mon cou, de ma mâchoire, s'arrête sous mon menton.

— Tu mérites tous ces qualificatifs, et bien plus encore.

Un frisson se coule le long de mon dos et, cette fois-ci, il n'a rien à voir avec les émotions que Cendis éveille en moi.

— Puissante ? je répète. Alors qu'un envoyé du Flamboyant se tient devant moi ?

Le sourire qu'il me décoche est dévastateur.

— Je peux sentir la magie qui gronde en toi. Les Ombres qui ne demandent qu'à s'éveiller, même en cet instant. Tu t'efforces de les réprimer, de te rendre inoffensive. Autant demander à une panthère de rentrer ses griffes et d'oublier son appétit du sang.

Il encadre mon visage de ses mains, dans une étreinte douce et implacable à la fois. Je ne me sens pas prise au piège pour autant. C'est même tout l'opposé : comme si quelqu'un me voyait telle que je suis, sans fard, sans artifices, sans projeter ses propres attentes sur moi.

Mon souffle se bloque dans ma gorge lorsque Cendis poursuit :

— Tu rayonnes d'une telle aura, je me demande comment personne ne l'a encore remarqué jusqu'ici. Les mortels sont tous des idiots.

Ses pouces caressent la ligne de ma mâchoire en un lent va-et-vient. Un geste si infime, si doux. Si obscène aussi. Car il m'évoque la danse de nos corps quand il m'a plaqué contre lui et qu'il n'a pas voulu me lâcher, quand je l'ai quasi supplié de m'embrasser.

Le regard de Cendis vibre d'une intensité nouvelle. Lit-il dans mes pensées à cet instant ? Ou, plus prosaïquement, le fait que je sois incapable de détacher mes yeux de sa bouche le renseigne-t-il sur mon désir ?

Je ne comprends pas ce qu'il m'arrive. Pourquoi j'ai tellement envie d'Ashur et de Cendis à la fois. Ça ne m'était jamais arrivé auparavant. D'ordinaire, quand quelqu'un capture mon attention, je ne vois plus que cette personne. Carme a l'habitude de se moquer plus ou moins gentiment de la facilité avec laquelle je peux me focaliser sur l'objet de mes affections, au point d'en oublier tout le reste. Que dirait-elle, à présent, en me voyant ainsi ? Rien de bon, j'en suis sûre. Je rassemble mes idées avec difficulté.

— Même Apatli ? je demande. Si les mortels sont tous des idiots, qu'est-ce que cela donne pour leur empereur ?

— Un triple idiot.

Je demeure saisie face à cette réponse catégorique. Cendis lâche un rire amer.

— Tu ne t'y attendais pas.

— Pas de la part d'un esprit du Feu, non.

Il me lâche brutalement et je réprime de justesse une plainte face au froid qui me saisit.

— Tu éveilles en moi des émotions que je ne devrais pas ressentir.

Je demeure aussi ébahie que désarmée face à un tel aveu.

— Tu penses être le seul ?

La réponse a fusé sans même que j'en prenne conscience. L'espace d'un battement de cœur, nous demeurons figés l'un en face de l'autre, tels deux ennemis au beau milieu d'un combat soudain interrompu.

Puis Cendis se penche et m'embrasse. Son baiser n'a rien à voir avec celui d'Ashur : lent, possessif, comme s'il voulait tout connaître de moi par ce simple contact. Mes mains se perdent d'elles-mêmes dans sa chevelure, descendent sur sa nuque, sur ses épaules. Je sens les muscles rouler sous mes doigts, j'enfonce mes ongles dans sa peau. Telle une panthère marquant sa proie.

Un désir impérieux s'éveille en moi avec toute la frénésie d'un incendie un jour de canicule, me brûle les sens. Sans se précipiter, sans accélérer le rythme de nos corps qui se tendent l'un vers l'autre, Cendis glisse ses mains le long de mon dos.

Quand ses paumes se posent sur mes fesses, je gémis.

Un son qui se transforme en râle quand ses doigts se dirigent, impatients, vers le bord de ma tunique, la relèvent, avant de se glisser dessous.

Je me sens défaillir.

Je voudrais lui dire, lui crier même à quel point c'est bon, à quel point je le veux en moi, mais Cendis ne relâche pas la pression de sa bouche, buvant chacun de mes sons à leur source avec une avidité qui me fait trembler.

Il pourrait me prendre là, maintenant, et je l'accueillerais avec joie, extase même.

Aussi, quand il s'éloigne brutalement, rompant une fois de plus le contact entre nous, je demeure abasourdie. Frustrée, également.

— Tu ne vas pas encore… ?

Le voile de tristesse dans son regard à cet instant offre un contraste saisissant avec la manière dont il se lèche les lèvres.

— Nous nous reverrons bientôt, Zina.

Et, avant que je puisse prononcer une parole, il disparaît.

Carme me trouve avec la même expression de désir inassouvi que je dois arborer depuis le départ de Cendis. Heureusement pour moi, elle ne se rend compte de rien. Je devine que la lueur jubilatoire qui fait briller son regard sombre la prive de ses capacités d'observation habituelles.

— Ah, tu es là !

Qu'est-ce que je disais.

— Je t'ai cherchée partout, poursuit-elle.

— J'ai fui les courtisanes, je lance avant de me souvenir, le cœur serré, que j'ai fait presque mot pour mot la même réponse à Ashur plus tôt dans la journée.

Carme me décoche un regard entendu.

— Sage idée. Pendant que tu perdais ton temps en causeries futiles et en dégustations de petits fours…

— Eh ! je proteste, sans aucun effet.

— … j'ai décidé d'aller en ville, continue-t-elle. Et j'ai une excellente nouvelle.

— Dans ce cas, hâte-toi de me la dire, je rétorque, j'en ai besoin.

Carme me décoche un sourire carnassier.

— La Parle-aux-Morts est revenue à Chilris.

Chapitre 25

Les prunelles d'un brun profond d'Ixchel s'illuminent quand je lui fais part, à voix basse, de notre plan.

— Elle est revenue ? C'est vrai ?

— Moins fort, enfin !

— Désolée, je...

Elle jette un regard autour de nous. Nous avons beau être les seules à nous servir au buffet qui vient d'être ouvert, on ne sait qui peut nous entendre au sein du palais. Je prends soin de siroter à petites gorgées le chocolat chaud, encore fumant, dont émane une odeur entêtante de vanille. J'apprécierais le moment dans d'autres circonstances, mais l'entrevue que j'ai eue avec Cendis m'a laissée avec encore plus de questions sans réponse que je n'en avais auparavant. Heureusement, Carme m'a fourni une distraction plus que bienvenue. Ainsi qu'un rappel à l'ordre : je ne dois pas oublier dans quel but je participe à l'Ayotl. Et ce n'est pas pour tomber dans les bras du premier venu, même si c'est exactement ce qui a failli se passer ce matin. Je secoue la tête d'un air impatient : je ne comprends pas comment je peux désirer, avec une intensité équivalente, deux hommes à la fois. Ni de quelle manière je semble les captiver d'une manière tout aussi égale.

Dans mon dos résonnent à intervalles réguliers les exclamations d'Hyphia, la « costumière impériale ». Nous ne l'avions pas encore rencontrée, mais c'est elle qui a la charge de nous habiller ce soir. Un « privilège » pour les survivantes de la première épreuve.

— Resserrez sur la poitrine, voyons ! Mademoiselle ne va pas être habillée comme un sac !

Je ne sais pas comment les petites mains, qui se tapent tout le boulot, supportent les cris aigus.

Après quelques heures passées en sa compagnie, j'ai envie de l'étrangler. Je me suis prêtée de très mauvaise grâce aux essayages multiples. Dès lors, est-ce un hasard si ma robe n'est pas encore prête ? Je ne le pense pas. Surtout quand j'aperçois celle de Kailani, déjà terminée, ou celle de Huemac, à laquelle il ne manque que quelques fioritures. Heureusement, par la grâce de L'Obscur, Ixchel me tient compagnie dans ce supplice.

— J'arrive pas à y croire, murmure Ixchel.

À mon grand désarroi, je la vois essuyer une larme perlant au coin de ses paupières. Je me place d'instinct entre elle et Hyphia, empêchant la costumière d'apercevoir le trouble de la jeune femme.

— Qu'est-ce qui se passe ?

— L'émotion, répond-elle d'une voix hachée. Je ne pensais jamais avoir la chance de pouvoir reparler avec… Maman.

Cette douleur que j'ai déjà vue poindre dans ses iris sombres assombrit de nouveau son regard, ses traits se contractent alors que la pointe de son nez rougit. Si Ixchel me joue la comédie en cet instant, c'est assurément une actrice hors pair ! Mais, en mon for intérieur, j'ai déjà décidé qu'elle est digne de confiance.

Profitant du fait que personne ne semble nous prêter attention, je lui serre brièvement la main.

— Je comprends. Moi aussi, j'ai perdu des êtres chers.

Ixchel lève vers moi un regard noyé.

— Je suis désolée…

Elle s'interrompt, hésitante, avant de demander :

— Qui était-ce ?

Le nom de ma sœur fleurit sur ma langue. J'aimerais tellement pouvoir le lui confier, lui expliquer la véritable raison de ma participation à l'Ayotl. Je sais qu'Ixchel se pose la question au moins autant que Kailani et Huemac. Sans compter Ashur qui, lui, me l'a demandé de vive voix.

« *Une* Ixquen *n'a aucune chance de devenir reine.* »

Je frissonne en songeant à tous les ennuis que cela pourrait attirer à Emon. Sans parler de Carme et moi.

Face à l'intérêt d'Ixchel, j'improvise :

— Mes parents, je murmure.

Je prie leurs âmes, qui doivent cheminer en ce moment dans les profondeurs du Mictlan, le monde des morts, de me pardonner le mensonge que je m'apprête à débiter :

— Ils sont morts de maladie. Rien n'a pu les guérir. J'étais fille unique. L'Ayotl venait d'être annoncé dans mon village. Alors, avant de mourir, ils m'ont fait promettre d'y prendre part. C'est leur dernier vœu et j'entends le respecter.

Je m'aperçois que j'ai visé juste quand le regard d'Ixchel s'illumine de compréhension.

— Oh, c'est donc pour ça !

Je hausse un sourcil et un air coupable crispe momentanément le visage de ma complice.

— Je veux dire… J'avais remarqué que tu n'étais… Tu n'avais pas…

— Tu comptes finir une phrase un jour ?

L'espace d'un battement de cœur, je crains de m'être montrée trop brusque. Ixchel reprend vite contenance, me délivrant un sourire taquin.

— Tu ne montrais pas beaucoup d'enthousiasme pour les invitations que nous avons reçues.

C'est le moins qu'on puisse dire. Je ne rêve que d'enquêter et de pouvoir enfin obtenir des réponses. Devoir patienter en conversant de la pluie et du beau temps ou en écoutant les rumeurs oiseuses de nobles qui n'ont rien d'autre pour égayer leurs journées ne m'intéresse pas le moins du monde.

— Et toi, tu veux vraiment monter sur le trône impérial, aux côtés d'Apatli ?

Ixchel hoche la tête.

— Je n'ai pas le choix. Ma mère ne possédait pas grand-chose, tu sais. Juste notre maison et un jardin flottant…

Elle hausse les épaules.

— J'ai cinq frères et sœurs à la maison, continue-t-elle d'un ton pensif. Pour le moment, nous bénéficions de la charité du temple du Flamboyant de Tuxtla, mais cela ne pourra pas se prolonger indéfiniment. J'ai déjà eu une chance incroyable que le Grand Prêtre de Tuxtla me choisisse pour participer à l'Ayotl.

Je hoche la tête, le mal-être se propageant dans mon for intérieur. Ixchel se confie d'une manière si sincère envers moi.

— Je ne peux pas seulement songer à moi, poursuit-elle. Si je deviens consort, je mettrai toute ma famille à l'abri du besoin. Les miens pourront manger à leur faim, vivre à l'abri, et même suivre des études s'ils le souhaitent !

Plus ses prunelles brillent à l'idée de cet avenir radieux, plus je peine à réprimer tout ce que je meurs d'envie de lui dire sans pour autant le faire. Je ne réussis qu'à croasser un « je comprends ». Puis je me racle la gorge pendant de longs instants alors qu'Ixchel m'envoie un sourire compatissant.

— J'avoue, reprend-elle, que lors de la présentation officielle, je me suis vraiment demandé ce que tu faisais là…

— Parce que je suis née sous le signe de l'*Ixquen* ?

L'air empreint de gêne et de culpabilité qui inonde les traits d'Ixchel me sert de réponse. Mon émotion de tout à l'heure disparaît, rapidement remplacée par un agacement familier. Le pire, c'est que je ne peux pas en vouloir à Ixchel. Si j'avais été elle, j'aurais sans doute eu la même réaction. Mais je ne suis pas à sa place justement et le fait que l'on me juge sans me connaître, sur la seule base de mon signe de naissance, enflamme mon cœur d'une colère que je ne parviendrai jamais à réfréner totalement.

Chapitre 26

— On m'a déjà dit qu'aucune reine née sous le signe de L'Obscur n'était montée sur le trône, je marmonne, me rappelant trop bien l'avertissement d'Ashur.

Il faut que j'évite de songer à lui. À notre baiser. À ce qui aurait pu se passer si nous n'avions pas été interrompus.

— Je sais, murmure Ixchel en jetant un regard alarmé dans mon dos.

Me retournant avec le plus de discrétion possible, je comprends pourquoi : Hyphia en a presque fini avec sa création pour Huemac – une robe somptueuse, aux mille reflets bleus, dans une ronde de dégradés à couper le souffle autant qu'elle éblouit. Huemac elle-même paraît transfigurée, s'attirant un coup d'œil mauvais de Kailani.

— Tu devrais te méfier.

La phrase d'Ixchel, chuchotée au creux de mon oreille, me fait sursauter.

— Qu'est-ce que tu entends par là ?

Son regard ne me lâche pas alors qu'elle ajoute, en un souffle :

— Yarenan est furieux que tu aies réussi la première épreuve. Sans compter la menace que tu incarnes pour Kailani.

Je le savais déjà, mais naturellement, je ne peux rien en dire. Je me contente d'un :

— Je serai prudente.

Ixchel me décoche un regard entendu.

— En attendant, tiens-toi prête ce soir, je poursuis. Nous n'aurons pas beaucoup de temps pour agir. Dès que le repas principal aura été servi, arrange-toi pour t'éclipser de table. Je te retrouverai à l'extérieur.

— Mesdemoiselles, quand vous aurez fini vos messes basses, vous consentirez peut-être à venir quand je vous appelle ?

Le ton aigre d'Hyphia m'écorche les oreilles. Poings sur les hanches, le visage fermé, la couturière en chef nous fusille du regard. Ixchel rougit aussitôt alors que j'entends un petit rire désobligeant dans l'arrière-salle, où nous pouvons nous déshabiller – Kailani, sûrement. La tentation de lui rabattre le caquet me tenaille. Cependant, je me souviens de l'avertissement d'Ixchel.

Méfie-toi.

Inutile de déclencher encore davantage de soupçons que je n'en éveille déjà. Je plaque donc le sourire le plus obligeant sur mes lèvres avant d'obéir à la costumière impériale.

— Par la grâce de L'Obscur, chuchote Carme, prenant soin de ne pas être entendue.

À mes pieds, les petites mains d'Hyphia apportent les dernières touches à ma robe.

— Vous avez accompli des miracles, Hyphia, je murmure. J'avoue que je ne pensais pas cela possible.

La costumière éclate d'un rire sec.

— Qu'avez-vous donc cru ? Que je négligerais mon travail vous concernant ?

Exactement. Même dans mes rêves les plus fous, je n'aurais jamais pensé porter un jour un tel habit. La robe parvient à me grandir, ce qui n'est déjà pas un mince exploit, vu ma taille. À mon grand soulagement, il ne s'agit pas d'une robe fourreau comme celles de Kailani et Huemac. Les bretelles, si fines qu'elles paraissent être taillées dans la soie de quelque araignée inconnue, se croisent dans mon dos, m'offrant un confort inédit. La robe souligne ma poitrine, pincée juste sous les seins, puis descend de manière évasée jusqu'au-dessous du genou.

Mais ce qui retient l'œil, bien davantage que le matériau aérien, c'est le mélange de couleurs – je m'attendais à une robe morne, dans le gris qui est la couleur de L'Obscur. En lieu et place, Hyphia m'a offert un éventail de couleur époustouflant, du blanc le plus pur au noir le plus profond, rehaussé de touches couleur fauve, ce qui me fait aussitôt penser aux cheveux de Cendis.

Pourquoi, par la grâce de L'Obscur, une telle pensée me vient-elle ?

Les esclaves chargées de nous coiffer et de nous maquiller pour le banquet font irruption dans la salle, me procurant une distraction plus que bienvenue.

Kailani, Huemac, Ixchel et moi sommes réunies dans une petite pièce, à deux pas de l'entrée principale de la salle où se tiendront les réjouissances. De l'autre côté de la lourde porte de bois, des bruits étouffés de rires, de pas, de conversations nous parviennent.

Il est prévu que nous n'apparaissions qu'en dernier, quand tous les invités seront attablés. J'imagine que c'est là l'occasion de nous faire admirer, d'emporter aussi au passage quelques soutiens parmi les membres de la noblesse.

Pour l'heure, rien n'est plus éloigné de mes pensées. Encore quelques tours de sablier, et je pourrai retrouver Nawi. Même brièvement. Même si ce ne sera pas tout à fait elle. Mais je pourrai lui parler, découvrir ce qu'ont été ses derniers moments. Et ça, ça n'a pas de prix.

— Tu ne gagneras pas, tu sais.

Kailani se dresse soudain devant moi, les poings serrés, les yeux étrécis de colère. Je résiste de justesse à l'envie de reculer, tant ses traits sont emplis d'une rancœur venimeuse.

Ixchel tente de calmer le jeu :

— Vous n'allez quand même pas vous disputer maintenant, on va venir nous chercher d'un instant à l'autre !

— Ferme-la, réplique Kailani, qui ne me lâche pas du regard.

J'éclate d'un petit rire sarcastique alors qu'Ixchel, blessée, recule d'un pas.

— Où est donc passée ton éducation tant privilégiée, Kailani, pour répondre de cette manière ? Voilà qui ne conviendrait certainement pas à une future consort…

Si j'espérais désamorcer sa fureur en la désignant, même ironiquement, sous ce titre qu'elle convoite tant, j'en suis pour mes frais.

— Personne n'a à me donner d'ordres, et encore moins une *Ixquen* comme toi !

Kailani est éblouissante dans sa tenue ruisselante d'or, à tel point qu'elle heurte ma vue, mais la mine qu'elle arbore en ce moment n'a rien de séduisant. Je n'ai aucune envie de me mesurer à elle encore une fois. Je refuse de me laisser insulter sans rien dire.

— Rappelle-toi tes bonnes manières ou je m'en souviendrai à ta place.

Elle éclate d'un rire qui me file le frisson. Je ne suis pas la seule d'ailleurs à être mal à l'aise – Huemac, qui nous observait jusque-là, un petit sourire aux lèvres, recule elle aussi, la mine troublée. Sans doute réalise-t-elle que, si elle survit à la seconde épreuve, qui ne manquera pas d'être organisée après le festin de ce soir, elle aussi devra subir le courroux de la fille du Grand Prêtre.

Loin d'être impressionnée par ma menace vide de sens – aucune de nous ne courra le risque d'en venir aux mains au moment où nous allons faire notre entrée –, Kailani se met à tourner lentement autour de moi, tel un jaguar flairant sa proie.

— Je me suis demandé, dès que tu es arrivée, comment le Grand Prêtre de Coulia avait pu te choisir, toi, une adepte du dieu Obscur, afin de participer à l'Ayotl.

— Tu n'as qu'à l'interroger, je réplique d'un ton badin, m'efforçant de ne pas trahir mon trouble.

— Je te rassure, rétorque Kailani, dont la robe produit un « *swoosh, swoosh* » à chaque pas qu'elle effectue, c'est exactement ce que mon père a fait.

Un frisson me court entre les omoplates à cette phrase.

J'ouvre la bouche pour répliquer, mais à ma grande surprise, Ixchel me prend de court :

— Tu vas beaucoup trop loin, Kailani ! Espérer se débarrasser d'une rivale par des moyens aussi déshonorables… Ce n'est pas digne de la fonction que tu espères occuper !

Je n'ai jamais vu Ixchel dans un tel état : mâchoires serrées, bras le long du corps, dans une attitude qui semble prête à partir au combat.

De toute évidence, Kailani ne s'attendait pas à une telle réflexion. Désarçonnée, elle jette un bref regard à Huemac, qui fixe obstinément la pointe de ses sandales de cuir. L'espace d'un battement de cœur, je crois voir la peur briller dans ses yeux.

Mais j'ai dû me tromper, au vu de ce qui sort ensuite de sa bouche :

— Je ne suis pas ici pour jouer selon les règles.

On frappe à la porte ; un garde impérial, au visage impassible, apparaît dans l'entrebâillement avant d'ouvrir la porte en grand.

L'heure de faire notre entrée a sonné.

Kailani me bouscule rudement en se précipitant pour se tenir en tête de notre cortège. Elle a cependant le temps de me glisser :

— Tu ferais bien de t'en souvenir.

Chapitre 27

Des sons étouffés nous parviennent de la grande salle où se tient le banquet, mais en dehors de celle-ci, le palais est sombre et silencieux. Sans doute parce que tous les membres de la cour y sont présents.

Une cloche résonne au loin, annonçant la tombée de la nuit. Dans le quartier du Sanctuaire, les feux doivent déjà être allumés au sommet des temples pyramides, nous protégeant des mille dangers rôdant dans l'obscurité. La brise venant du lac se lève, charriant cette même odeur douceâtre que je commence à connaître, ce qui ne m'empêche pas de froncer le nez. Cette fois-ci, j'y détecte en plus un parfum de terre humide, comme après une lourde averse.

Étonnant.

Il n'a pas plu depuis des jours.

J'oublie cependant ce mystère quand, soudain, la haute silhouette de Yarenan se dresse devant nous. Le garde qui nous escortait effectue une profonde révérence puis un pas de côté. J'observe du coin de l'œil Kailani se dresser dans un effort, les épaules en arrière, pour paraître encore plus impressionnante qu'elle ne l'est déjà. Peine perdue – son père ne lui accorde pas un seul regard.

— Mesdemoiselles…

Son ton doucereux me fait grincer des dents.

— J'espère que vous êtes prêtes pour la seconde épreuve.

Dès que la porte s'ouvre, un souffle brûlant me submerge, amenant le rouge à mes joues. En dépit du haut plafond de la salle et des meilleurs efforts des adeptes de l'Air pour la dissiper, la chaleur à l'intérieur se révèle vite étouffante. Les arômes succulents se dégageant des plats posés au centre de chaque table font grommeler mon estomac, me rappelant que je n'ai presque rien avalé depuis que la séance d'essayage des robes a commencé.

Je remarque aussitôt que les tables ne sont pas toutes à la même hauteur. La plus haute se situe naturellement juste devant le trône de l'empereur, qui tourne la tête nonchalamment à notre arrivée. Il peut ainsi surveiller d'un seul coup d'œil les invités, qui semblent tous à genoux devant lui.

Le silence se fait à notre arrivée, rapidement brisé par des « Oh » et des « Ah » d'admiration. Quelqu'un se met à applaudir, et bientôt, un tonnerre d'ovations vibre dans l'air ambiant.

Comme nous l'avons répété plus tôt, nous nous présentons les unes à côté des autres, effectuons un lent tour sur nous-mêmes avant de plonger dans une révérence la plus gracieuse possible – dans mon cas du moins.

Les exclamations redoublent. On nous encense comme si chacune de nous s'apprêtait à monter sur le trône au côté de l'empereur. Ce devrait être l'un des plus beaux moments de ma vie. Et pourtant, je ne ressens qu'une furieuse envie de m'enfuir, tout de suite. Vite et loin.

Je me redresse, tremblante sans pouvoir m'expliquer pourquoi.

Le premier regard que j'intercepte est le sien.

Ashur.

Il est agenouillé à la table la plus proche de celle de l'empereur, entouré, j'imagine, de hauts dignitaires et fonctionnaires impériaux. À sa droite, une courtisane tente en vain d'attirer son attention.

Ses yeux sombres sont rivés sur moi.

Et je ne peux pas – je ne veux pas – rompre ce contact.

Ces quelques secondes, plongées dans son regard, surpassent tous les moments les plus sensuels que j'ai pu vivre jusqu'ici.

Ce que je peux lire dans son regard… Mon corps tremble de plus belle. Le désir monte en moi telle une flamme qui ne demandait qu'à grandir et se transformer en brasier.

Mais il n'y a pas que cela.

Bien sûr que non. Ce serait trop simple. Trop évident.

Je n'ai jamais su faire le tri dans mes émotions, séparer le désir physique de l'attachement ou de l'affection.

Quand je me donne, c'est tout entière. Sans conditions et sans réserve.

C'est exactement ce que je veux vivre avec l'homme qui me dévore littéralement des yeux, ignorant la distance physique entre nous.

Ashur ferme les paupières, un air douloureux s'abattant sur ses traits.

Cela me fait encore plus mal quand je le vois détourner la tête. Quelques instants après, il murmure quelques mots aux membres de sa tablée, avant de se relever et de s'en aller.

Un coup de coude me ramène brutalement à la réalité.

Ixchel me jette un regard interloqué et me désigne de la tête la table où nous devons nous installer. Je la suis, tâchant d'ignorer la manière dont mon cœur se brise. Je prends place sur le coussin moelleux, je m'entends rire et parler avec les nobles qui viennent nous saluer, le regard brillant de curiosité, comme s'ils allaient contempler quelque bête sauvage enfermée dans une cage. C'est tout ce que nous sommes pour eux, au fond : une manière éphémère de tromper leur ennui, un motif de discussion et de rumeur, avant qu'une autre nouveauté occupe le devant de la scène.

J'éprouve l'envie aussi soudaine qu'irrationnelle de leur crier dessus. La question du départ d'Ashur me reste en tête, lancinante. Pourquoi est-il parti ?

Et pourquoi serait-il resté ? me souffle une voix qui me rappelle celle de Carme. *Pour te voir réussir à une épreuve qui te rapproche un peu plus du trône et du statut de nouvelle épouse de son père ? Pour te voir échouer et finir sous le couteau sacrificiel de Yarenan ? Dans tous les cas, il devra museler ce qu'il peut ressentir à ton égard. Vous n'avez aucun avenir ensemble…*

— Non, je murmure à mi-voix, assez bas heureusement pour que nul ne m'entende.

Je refuse d'abdiquer aussi facilement.

J'ignore d'où me vient cette conviction nouvelle, tout comme cette détermination. Tout ce que je sais, c'est que je veux retrouver ce regard, qui m'a bouleversée autant que lui ne l'a été quand il m'a vue. De cela, au moins, je suis sûre.

Je n'ai jamais cru à l'amour qui vous foudroie sur place, tel celui que mes parents ont connu, si j'en crois les récits de Carme. Cette certitude-éclair qui change tout en un seul instant, qui transforme votre solitude en possibilité d'avenir commun.

Qui vous embrase, qui vous réconforte, qui vous donne espoir également.

Je ne pensais pas le vivre un jour.

Et à présent que je l'ai trouvé, de la manière la plus inattendue qui soit, je n'entends pas l'abandonner aussi vite.

Un roulement de tambours interrompt le cours de mes pensées. Une plainte inhumaine résonne à une table voisine. Le cœur soudain serré, j'entrevois un petit singe affolé, tirant sur la laisse qui entrave ses mouvements. Sa « propriétaire », une jeune noble, commet l'erreur de vouloir le prendre par la peau du cou. L'animal se retourne avec vivacité, plante ses dents dans la peau vulnérable. La noble pousse un cri, ses yeux brillant de larmes à peine contenues. Elle lâche la laisse de l'animal, qui s'élance… avant d'être plaqué au sol par la poigne d'un convive.

Avec un frisson, je le reconnais immédiatement : Itay.

Le collier de Nawi brille à son cou. Je serre les poings.

Un sourire cruel joue sur ses lèvres alors qu'il accentue la pression sur le cou du singe. Ce dernier glapit, se tortille, essaie en vain d'échapper à la poigne de son agresseur. Cela doit amuser Itay, car il appuie de plus en plus fort. L'animal lance un regard affolé, ouvre la bouche sans qu'aucun son n'en sorte. C'est plus que je ne peux en supporter.

— Lâchez-le !

Itay me lance un regard surpris d'abord, coléreux ensuite. Je réalise que j'ai parlé assez fort pour attirer l'attention non seulement de notre tablée, mais aussi de celles qui nous entourent. Le guerrier du Jaguar réagit exactement comme j'aurais pu le prédire, interprétant mon exclamation tel un défi à son autorité.

Il maintient son emprise sur l'animal, mais n'essaie plus de l'écraser. Toute son attention sur moi, il clame :

— Il ne vous appartient pas.

— À vous non plus.

Un fin sourire plisse ses lèvres alors que des murmures amusés éclatent autour de nous.

— Il appartient à ma fiancée, rétorque-t-il, prenant soin d'articuler chaque mot.

Autrement dit, il détient droit de vie ou de mort sur cet animal, il peut en disposer comme bon lui semble. Comme pour toute possession de la jeune noble assise à ses côtés, qui garde la tête baissée.

Je relève le menton, en une attitude pleine d'assurance que je suis loin de ressentir.

— Puisque c'est une question d'argent, combien en voulez-vous ? je réplique, désignant l'animal, qui émet des sons à fendre le cœur.

— Qui vous a dit que je voulais le vendre ?

Son arrogance, l'amusement visible qu'il tire de ma frustration devant son refus et surtout, la vue du collier de jade autour de son cou me font perdre la tête.

— C'est vrai que vous aimez davantage détrousser les autres !

Les mots ont fusé avant même que je n'en prenne totalement conscience. À peine les ai-je prononcés que je désire les ravaler. Mais c'est trop tard. Le seul avantage, c'est la mine scandalisée d'Itay, qui en perd son sourire, une expression qui se reflète sur les visages autour de nous. Ixchel me regarde comme si j'avais perdu la tête – ce qui est le cas –, alors que la malice brille dans le regard de Kailani.

— Comment osez-vous… ? commence Itay avant d'être brutalement interrompu :

— Que se passe-t-il ici ?

Je me crispe encore un peu plus quand j'entends la voix de Yarenan. Il ne manquait plus que lui.

Itay s'incline bien bas, prenant garde de ne pas desserrer sa poigne sur le singe.

— Grand Prêtre, cette... femme vient de m'accuser de vol.

Yarenan me décoche un regard scandalisé.

— Est-ce vrai ?

Je prends alors conscience que l'attention de toute la salle est braquée sur nous. Même l'empereur, là-bas sur son trône, ne perd pas une miette du spectacle que nous offrons. Un courant d'air joue dans mes cheveux. La magie de l'Air est à l'œuvre, rapportant nos moindres paroles aux oreilles du vénéré Apatli. La panique m'envahit, mais je refuse de me laisser vaincre sans même avoir combattu.

— C'est vrai, Grand Prêtre, j'admets du bout des lèvres.

Pas le choix : trente témoins au moins seraient prêts à jurer le contraire si je m'avisais de nier.

J'enchaîne très vite, avant que Yarenan puisse intervenir :

— En fait, j'ai commis une erreur...

Une lueur d'amusement pointe dans le regard d'Itay. Il s'attend sans aucun doute à ce que je formule des excuses.

— J'aurais dû plutôt vous accuser de cruauté et de barbarie.

Je pointe un doigt accusateur vers le singe, avant de changer de direction et de désigner Itay.

— Vous êtes indigne d'être un guerrier !

Itay blêmit, la fureur contracte ses traits alors qu'autour de nous un véritable concert de voix choquées s'élève :

— ... scandaleux !

— Comment ose-t-elle ?

— ... sang d'*Ixquen* !

— ASSEZ.

Chapitre 28

Nous nous figeons sur place.

L'ordre du vénéré Apatli, amplifié par la magie de l'Air des adeptes réunis autour de lui, résonne tel le rugissement d'un jaguar sous le haut plafond de la salle. Les nobles les plus proches de l'empereur émettent des cris de douleur, alors que plusieurs, sous le choc, en lâchent leurs couverts.

Yarenan se reprend le premier, se courbant presque en deux.

— Votre Majesté…

— Approchez tous les trois et confiez-moi l'objet de cette querelle qui déshonore votre tablée.

Comme s'il n'était pas déjà au courant ! Cependant, quand notre maître à tous ordonne, nous sommes forcés de lui obéir. Itay me jette un regard noir. Il libère brutalement le singe, qui bondit vers le refuge le plus proche – un rebord de colonne dépassant du mur, là où personne ne pourrait l'attraper, sa laisse traînant derrière lui. Au moins quelque chose de positif aura résulté de toute cette affaire, me dis-je avant d'emboîter le pas à Yarenan.

Plus je m'approche du trône, plus je peux ressentir l'aura qui habite Apatli. Je suis tentée de détourner la tête, de ne pas le fixer dans les yeux, mais ce serait aller à un aveu de faiblesse que je ne veux surtout pas donner.

Je me force à ne pas dévier le regard quand le sien se pose sur moi. Soupesant, jaugeant avec une précision presque insoutenable.

Ce n'est qu'un homme, je me répète.

Une pensée sacrilège, s'il en est. Notre empereur est censé être l'incarnation du Flamboyant sur cette terre. Le collier de turquoise et d'or – une monstruosité qui repose autour de son cou – prouve son statut de privilégié, à mi-chemin entre l'univers céleste et le nôtre.

Mais Apatli peut se parer autant qu'il veut, il n'en demeure pas moins un être de chair et de sang. Mortel – même si c'est là une idée qui pourrait m'expédier tout droit au bûcher. Car c'est devenu un crime que d'évoquer l'idée qu'un jour cet homme, penché en avant pour mieux m'examiner de la tête aux pieds, devra mourir.

Une absurdité de plus.

Je serre les poings.

Une expression rusée joue sur ses traits bruts, une lueur narquoise s'allume dans son regard à la couleur indéfinissable – un marron si profond qu'il en devient presque noir.

Hormis la stature, il n'y a presque aucun point commun entre lui et Ashur. Un constat qui me soulage, de manière futile. Arrivée au pied du siège impérial, je me prosterne, mon front touche terre en une démonstration de respect que je suis loin d'éprouver à son égard.

— Votre Majesté…

Quelques instants de silence, puis :

— Relevez-vous, Zina et confiez-moi donc ce qui est arrivé selon vous.

Itay émet un son étranglé.

— Votre Majesté…

— Je ne vous ai pas donné l'autorisation de parler.

Le guerrier du Jaguar obéit, l'air profondément mortifié. Le fait que moi, une femme, venant de quelque province reculée de l'empire et *Ixquen* de surcroît, puisse m'exprimer avant lui représente un affront terrible pour sa vanité. Le regard qu'il me décoche à cet instant me promet mille représailles. Je l'ignore. Qu'il vienne donc : il ne me fait pas peur.

Je confie, d'une voix la plus claire possible, ce qu'il s'est passé. Apatli me dévisage, impassible. D'aussi près, je peux remarquer des détails qui passent inaperçus : les cheveux gris à ses tempes, les dents gâtées sur un côté de sa bouche, le léger embonpoint qu'il développe.

Itay intervient, m'interrompant avec force :

— Elle m'a traité de voleur, Majesté !

Une intervention qui déclenche de nouveau des exclamations choquées derrière nous. Nul doute que cette cour oiseuse va en faire des gorges chaudes pendant bien des jours. Je me mords l'intérieur de la joue pour ne pas répliquer de manière impulsive, cette fois. Je m'abstiens de jeter un seul coup d'œil dans la direction de celui qui ose arborer le collier de Nawi autour du cou.

— J'avais entendu, réplique l'empereur d'un ton tranchant. Quelle raison vous a poussé à dire une chose pareille, Zina ? Avez-vous des preuves de ce que vous avancez ?

Son regard se transforme, devient d'un noir d'encre. Je devine qu'il est en train de faire appel au pouvoir qui est le sien : celui que lui procure le Flamboyant. Je serre la mâchoire, consciente des flammes qui ne manqueront pas de me brûler. Je me souviens soudain du bûcher d'Ollantay, de la manière dont elle a été consumée. La peur m'étreint.

Une aura rayonne d'Apatli, de manière presque palpable.

Mais, à ma grande surprise, la chaleur qu'elle dégage est… plaisante. Réconfortante. Tel un cocon protecteur.

Je ne comprends pas ce qu'il se passe. Si près de l'empereur, je constate son air irrité. Lui non plus, apparemment, n'avait pas prévu le tour que prennent les choses.

« Je suis là. Fais-moi confiance. »

Cendis !

Comme pour mieux le confirmer, je sens l'empreinte de lèvres souples sur la peau de mon cou, en un baiser chaste et pourtant si sensuel qu'il me fait trembler.

En face de moi, Apatli écarquille les yeux. A-t-il compris que je bénéficie de la protection d'un esprit du Feu ? Va-t-il appeler le Flamboyant en personne ? Mon cœur bat dans ma poitrine, tel un oiseau affolé qu'on vient d'enfermer dans une cage.

Un parfum me chatouille les narines à cet instant – cette même odeur douceâtre, qui me fait plisser le nez d'ordinaire. Cette fois, cependant, elle s'accompagne de relents de pourriture, telle une chose qui se décomposerait lentement sous les rayons de l'astre.

Fleur fantôme. La voix d'Ollantay résonne de nouveau. S'agit-il d'un souvenir ? D'autre chose ?

Je suis prise d'une violente quinte de toux, qui me met à genoux, me privant d'air. J'entends des cris derrière moi, je sens une main sur mon coude. Un contact qui m'apporte fraîcheur autant que soutien.

Quand je peux enfin reprendre mon souffle, pantelante, je croise le regard de Carme penchée sur moi. Les mâchoires serrées, elle exsude une résolution à toute épreuve. Bien loin de la terreur qui brille dans ses yeux sombres et qu'elle s'efforce de cacher.

— Votre Majesté, glapit Yarenan, permettez-moi d'appeler vos gardes ! Cette femme a violé le protocole impérial…

— Je connais mieux que quiconque les règles, réplique l'empereur, je les ai dictées moi-même.

Je lui jette un rapide coup d'œil. Il est redevenu un homme de chair et de sang. Quel que soit le projet qu'il nourrissait à mon égard, il est évident qu'il a échoué. Il se passe une main sur le visage, et l'espace d'un battement de cœur, je vois l'immense lassitude inscrite sur ses traits.

Si Cendis ne m'avait pas soutenue, s'il ne se tenait pas à mes côtés… aurais-je résisté à ce qu'il vient de se passer ?

Chapitre 29

Carme m'aide à me relever, ne me lâchant pas et ignorant les protestations de Yarenan.

— La paix, Grand Prêtre ! finit par s'agacer Apatli. Que Zina nous dise donc pourquoi elle a traité Itay de voleur…

Dire que la réponse se trouve là, sous mon nez et que je ne peux l'exprimer.

— Faire preuve de cruauté avec la possession d'une autre, fût-elle sa fiancée, ressemble pour moi à du vol, j'affirme avec une assurance que je suis loin de ressentir.

Carme resserre son emprise sur mon bras, ses ongles s'enfoncent dans ma peau. La douleur me fait du bien, elle m'ancre dans la réalité. Pas plus que l'empereur, je ne prête la moindre attention aux sons outrés qu'émet Itay.

— Vous êtes très affirmative, Zina, pour quelqu'un d'aussi jeune, finit par déclarer Apatli après un long silence. Je me demande si votre langue demeurera toujours aussi bien pendue si je vous pose une devinette.

Les tambours s'enclenchent immédiatement, emplissant la salle de leur chant primal, et les battements de mon cœur s'accélèrent quand je comprends que la seconde épreuve vient de commencer, à l'instant même.

Tout me donne envie de fuir sans me retourner.

Mais je ne le ferai pas.

Pour Nawi. Pour Carme, que j'ai embarquée dans cette aventure. Pour Ashur, que je veux revoir, toucher, sentir, j'en suis certaine à présent.

Je me redresse de toute ma taille.

— Je suis prête, Votre Majesté.

Prête à risquer ma vie dans ce jeu absurde.

Apatli sourit. Aucune chaleur, aucune convivialité ne se dégagent de lui. Il me dévisage tel un jaguar qui s'amuserait avec une jeune biche.

— Très bien, Zina. Si vous réussissez, non seulement vous resterez en lice pour devenir mon épouse…

L'Obscur m'en préserve !

— … mais vous gagnerez aussi l'objet de votre demande précédente.

Il désigne du doigt le singe, toujours immobile au sommet de sa colonne, et toute la cour se fend d'un éclat de rire tonitruant, comme s'il s'agissait là d'une excellente plaisanterie.

— Si vous perdez, au contraire…

Son sourire s'élargit encore, dans un rictus sinistre.

— … je chargerai Itay de vous décapiter séance tenante.

Une partie de moi-même s'y attendait. Ces mots me frappent pourtant avec toute la violence d'un coup de poing au visage. Itay rayonne littéralement, arborant une expression gourmande avant de s'incliner devant l'empereur.

— Je me montrerai digne de cet honneur, Votre Majesté.

Tu n'auras pas l'occasion de l'exercer.

— Vous acceptez, Zina ? demande Apatli, comme si j'avais le luxe de refuser un tel marché.

Je me raidis un peu plus, Carme en fait de même.

— Naturellement, Votre Majesté.

La cour semble prendre une profonde inspiration alors que le silence se fait autour de nous. Je m'efforce de ne pas trahir mon agitation croissante. Je me demande si Carme se souvient, elle aussi, des conseils d'Emon à ce sujet.

« Il s'agit le plus souvent de cas pratiques, où tu dois démontrer ta compréhension des devoirs que doit remplir une reine, et faire preuve de bon sens. Garde la tête froide ! »

Facile à dire quand on n'est pas dans la situation.

— Zina, vous vous trouvez face à deux portes, commence Apatli, sa voix magnifiée par les adeptes de l'Air l'entourant. L'une d'entre elles vous entraîne au Mictlan, alors que l'autre vous donne accès au domaine céleste du Flamboyant, une destination à laquelle nous aspirons tous…

Murmures approbateurs dans la foule. Je cligne des yeux, interdite. Je ne m'attendais pas à une vraie devinette, mais d'évidence, Apatli a décidé de changer les règles rien que pour moi.

— Aucune différence entre ces deux portes, elles sont parfaitement identiques, continue-t-il. Pour vous guider, deux gardiens, chacun à côté d'une des portes. L'un est un menteur invétéré, l'autre vous révèlera toujours la vérité. Vous ne pouvez leur poser qu'une seule et même question pour savoir quelle porte emprunter. Quelle est cette question ?

Les informations noient mon esprit. J'ai beau essayer de répéter ce qu'il vient de me poser comme énigme, je n'y parviens pas. Alors, trouver la réponse… Itay pousse un léger rire méprisant en s'apercevant de ma confusion.

Du coin de l'œil, je vois sa main se glisser vers l'arme pendant à sa ceinture. Grossière tentative de me distraire. J'ai honte de m'avouer qu'elle fonctionne. Dans mon dos, la rumeur enfle face à mon silence. Carme enfonce ses ongles dans ma peau, je peux entendre sa supplique comme si elle l'exprimait à voix haute.

Concentre-toi, Zina !

Peine perdue. Je n'y arrive pas. Les mots d'Apatli virevoltent dans mon esprit, autant de petites flammes qui me brûlent sans que je parvienne à les saisir.

— J'attends votre réponse.

La sueur perle à mon front, j'étouffe soudain.

La perspective que je vais mourir, et par la main de celui qui a certainement joué un rôle dans la mort de Nawi, qui ose se parer de son collier, s'impose à moi.

Je ne pourrai pas interroger la Parle-aux-Morts, je ne saurai jamais ce qui est arrivé à ma sœur et pourrai encore moins la venger.

Les larmes me montent aux yeux, je les essuie d'un geste rageur. Apatli sourit, de ce rictus que je hais soudain de tout mon être. S'attend-il à ce que je le supplie ? Que je l'implore, que je me traîne à ses pieds ?

Jamais !

Soudain, les portes de la salle du banquet s'ouvrent de l'intérieur en un battement retentissant. Un garde pâlit en se voyant l'objet de toute l'attention de la cour et du déplaisir impérial.

— Votre Majesté, je suis désolé…

Apatli balaie d'un geste de la main impérieux ses excuses.

À cet instant, un courant d'air frôle mes chevilles, si ténu que je me demande si je suis en train de rêver. Mais non – je le sens s'enrouler autour de ma jambe, serpent fantôme, remonter le long de ma cuisse, se dérouler autour de ma taille, décrire un cercle autour de mon bras, pour enfin se nicher au creux de mon épaule.

Je sursaute en entendant soudain la voix d'Ashur.

« La réponse est : quelle porte me désignera l'autre gardien si je lui demande quelle est celle qui mène au domaine céleste ? »

— Zina..., reprend Apatli.

Je peux sentir l'impatience croissante de la cour dans mon dos. Son appétit qui va grandissant autant que celui d'Itay, dont le sourire narquois ne quitte plus sa bouche.

— La réponse est : quelle porte me désignera l'autre gardien si je lui demande quelle est celle qui mène au domaine céleste ?

Je répète mot pour mot ce que la voix du prince vient de me transmettre et j'ai le plaisir de voir Apatli se rembrunir. Carme lâche un son étouffé à mes côtés. Elle doit se demander d'où provient ce miracle de dernière minute.

— Et comment expliquez-vous cette réponse, Zina ?

— C'est simple, Votre Majesté, je reprends, m'efforçant de ne pas trembler.

Heureusement, Ashur ne m'abandonne pas, me glissant, grâce à sa magie de l'Air, la réponse par bribes.

— Si je demande au menteur, il me désignera la porte du Mictlan. Si je demande à celui qui dit tout le temps ma vérité, il me désignera également celle-ci puisque le menteur me l'aurait montrée.

— Ce qui signifie que vous iriez droit dans le monde des morts, rétorque Apatli, mâchoires serrées.

J'esquisse une révérence.

— Tout à fait, Votre Majesté. Mais comme votre brillante cour n'arrête pas de me le seriner, je suis une *Ixquen*, après tout.

Des exclamations choquées surgissent aussitôt dans mon dos, mais je n'en ai cure.

— Je n'aurais donc rien à craindre.

Carme va me trucider quand nous serons de retour dans nos appartements pour avoir osé proférer une telle chose aux oreilles impériales. Pourtant, je ne parviens pas à le regretter. Pas quand je viens une nouvelle fois d'échapper à la mort. Pas quand, en plus, cette fois Ashur a décidé de m'aider, moi.

Mon cœur bat plus vite rien qu'à cette pensée.

Une voile masque les traits de l'empereur, qui paraît soudain avoir pris dix ans. Je m'attends à une autre attaque du Flamboyant, mais rien ne vient. Apatli ne doit pas être en mesure de le supporter physiquement.

— Vous avez remporté votre défi, Zina, prononce-t-il, et je me prosterne à nouveau.

Non sans avoir eu le plaisir auparavant de distinguer Yarenan, qui ne se remet pas de ce verdict ou encore Itay, qui écume littéralement de rage.

Chapitre 30

— J'ai bien cru que tout était fini, cette fois, marmonne Carme entre ses dents.

Je voudrais lui révéler toute la vérité, mais impossible de le faire avec tout ce monde autour de nous. Tant pis, j'attendrai le moment propice. Pour l'heure, je me contente de lui serrer la main sous la table basse que nous avons regagnée.

J'observe Kailani d'abord, Ixchel ensuite, et enfin Huemac, les trois participantes restantes à l'Ayotl, subir à leur tour la seconde épreuve. Suis-je vraiment étonnée de constater que les questions que Yarenan leur pose ne ressemblent en rien à la devinette que j'aurais dû résoudre ? Pas le moins du monde.

— Un ennemi menace les frontières impériales, et votre vénéré époux n'est pas présent à la cour. Que faites-vous ?

J'observe Ixchel répondre sans se démonter – « Je fais appel aux lumières du Conseil officiant en son absence » – et même si j'éprouve du soulagement mêlé de fierté en l'entendant donner la réponse que Yarenan attendait visiblement, une autre partie de moi-même ne peut s'empêcher de ressentir rancune et colère.

Si Ashur ne m'avait pas sauvé la mise…

On a cherché à m'abattre. Ixchel m'avait prévenue, Kailani aussi à sa manière.

Itay est demeuré auprès de l'empereur, je les vois converser alors que, face à Yarenan, Huemac se trouble, hésite, balbutie quelque chose. Le Grand Prêtre fronce les sourcils, son irritation évidente.

— Parlez plus fort !

Mon cœur se serre dans ma poitrine. J'ai réchappé *in extremis* au piège qui m'était tendu. Mais, à chaque épreuve, il faut des vainqueurs… et des vaincus. Je n'ai pas conscience de serrer davantage la main de Carme que je tiens toujours dans la mienne jusqu'à ce qu'elle la retire avec une grimace.

— Huemac, vous avez échoué.

Le verdict tombe, sans appel. J'enfonce mes ongles dans mes paumes alors que Huemac s'effondre à genoux, plaidant sa cause avec l'énergie du désespoir.

— Non, non, je vous en prie…

Ses cris me parviennent, déchirants. J'éprouve la folle tentation d'intervenir, de voler à son secours.

— Arrête, me glisse Carme, qui a deviné mes sentiments rien qu'à me regarder. Tu ne peux pas la sauver.

Je demeure immobile sur mon coussin, et quand les gardes emmènent enfin Huemac, silhouette si frêle sous leurs mains, je ne bronche pas. Jamais je ne me suis sentie aussi misérable.

Sur son trône, l'empereur bâille à s'en décrocher la mâchoire.

Yarenan claque soudain des mains, appelant la cour à célébrer la victoire des trois candidates de l'Ayotl, avant d'ordonner :

— Que les festivités continuent !

Aussitôt, des esclaves surgissent de la pénombre, débarrassant avec une adresse folle les tables chargées de plats, pour la plupart non entamés, et les verres encore à ras bord. Un groupe de musiciens se met à jouer, emplissant l'air de mélodies légères, qui suffisent pour que les sourires se remettent à fleurir sur les lèvres des nobles.

Je me mords l'intérieur de la joue. Il me faudra bien davantage qu'une danse pour que j'oublie ce qui vient de se passer.

D'autres esclaves, aux épaules courbées par le poids des tapis qu'elles portent, arrivent sur ces entrefaites et je devine qu'on s'apprête à recouvrir le sol de pierre pour agrémenter le bal qui ne va pas manquer d'avoir lieu.

L'occasion rêvée pour prendre le large. Carme me décoche un clin d'œil, je la suis le plus discrètement possible vers la sortie. En chemin, j'intercepte le regard d'Ixchel, coincée entre deux nobles qui la félicitent pour sa victoire.

J'éveille en douceur les Ombres, qui, l'espace d'un moment, dissimulent nos faits et gestes aux regards des invités. Largement suffisant pour que Carme et moi puissions enfin nous glisser dehors.

Au bout d'un temps d'attente qui me paraît insupportablement long, mais qui en vérité ne doit durer que quelques minutes, Ixchel apparaît enfin. Je murmure pour attirer son attention :

— Par ici !

Carme dissipe d'un geste les Ombres qui nous masquaient à la vue d'éventuels indésirables. Ixchel nous rejoint en toute hâte.

À ma grande surprise, elle se jette dans mes bras.

— J'ai cru que tu ne réussirais pas !

Carme se détourne pour me cacher son émotion, toujours vive, et je dois avaler à plusieurs reprises pour faire disparaître la boule qui obstrue soudain ma gorge.

— Moi non plus, je chuchote.

Ixchel se dégage en douceur, m'offre un sourire lumineux.

— Le Flamboyant en soit remercié, nous sommes là toutes les deux…

— Vous vous féliciterez après, grommelle Carme. Pour l'heure, nous avons une longue route à accomplir. Suivez-moi !

— Attends ! intervient aussitôt Ixchel. Je vous ai promis de vous aider…

Elle ferme les paupières, adopte un air de concentration. Ses lèvres bougent sans que je puisse saisir le sens des mots qu'elle murmure. Je ressens, après un instant, une présence étrangère qui m'entoure. Elle me frôle d'un air bienveillant, telle une grand-mère qui vous attirerait dans son étreinte. Une douce chaleur enveloppe mes pieds et je réalise alors que la magie de la Terre est à l'œuvre, étouffant mes pas comme elle l'a fait pour Ixchel.

Carme grogne un « merci ». Je devine son impatience à laisser derrière elle ce lieu où j'ai échappé de peu à la mort. Aussi, quand elle prend la tête de notre petit groupe, je m'empresse de la suivre, Ixchel fermant la marche.

Nous nous faufilons, invisibles, dans le dédale des couloirs et des corridors intérieurs. Heureusement que Carme a mémorisé le chemin, car je pourrais m'y perdre des jours durant. Nous ne croisons par bonheur que des gardes désœuvrés, qui mâchent des feuilles de coca ou qui s'abreuvent à leurs gourdes. Vu l'odeur piquante qui s'en dégage, je me doute qu'elles ne sont pas remplies d'eau. Quand nous arrivons en vue de la muraille entourant le domaine impérial, je souffle de soulagement. Rien que l'idée de quitter enfin ce palais, cette prison dorée, me transporte de joie.

Nous nous apprêtons à passer la porte au nez et à la barbe des deux gardiens qui sommeillent, bouche ouverte, quand j'entends soudain un bruit tonitruant derrière moi.

Le son d'une trompette.

Je m'immobilise sur place, mon cœur battant à tout rompre. Ixchel me pousse sur le côté, vers un buisson qui plie sous mon poids. Carme, elle, a juste le temps de bondir à l'abri d'un tronc vénérable, la dissimulant à la vue de celui qui arrive à grandes foulées dans notre direction. Je me tapis au sol, attirant dans un geste réflexe Ixchel vers moi. Elle tremble telle une feuille et je ne suis pas loin de l'imiter. Surtout quand j'entends une voix familière tonner :

— Bande d'ivrognes, c'est comme ça que vous montez la garde ?

Itay.

Nous a-t-il suivies ? Comment, par la grâce de L'Obscur, a-t-il pu retrouver notre trace ? Ma main s'égare machinalement vers le poignard qui ne me quitte pas. Ixchel fronce les sourcils, saisit ma main dans la sienne, arrêtant mon geste. À la lueur des flammes, qui ne dégagent aucune fumée grâce aux adeptes du Feu, je distingue son expression, mélange de panique et d'irritation.

— Arrête, me souffle-t-elle à l'oreille. La magie de la Terre nous protège, elle ne nous laissera pas tomber !

Elle dit vrai, je le sens. Ce qui ne m'empêche pas de demeurer en alerte alors qu'Itay fond sur les gardes, qui se sont réveillés en sursaut, tel un aigle sur sa proie. Mes paumes deviennent moites alors que je distingue ses traits crispés, le feu qui couve dans son regard. La colère affleure dans ses mots alors qu'il se met à les tancer pour s'être endormis à leur poste.

— Vous voulez que j'en parle à votre commandant ? Vous voulez partir pour le Rempart dès demain matin ? Je peux vous jurer que vous le regretterez amèrement le restant de votre vie…

Les fautifs se mettent à le supplier. Itay demeure silencieux un long moment avant de les faire taire :

— La ferme, vous me cassez les oreilles. J'ai besoin que vous me rendiez un petit service…

— Tout ce que vous voudrez, s'écrie l'un d'entre eux, trop heureux de s'en tirer à si bon compte. Vous avez déjà vu l'*Ixquen*, celle qui ose participer à l'Ayotl ?

Mon sang se glace dans mes veines. Le garde hoche la tête.

— On dit qu'elle a réussi la seconde épreuve…, s'exclame l'autre avant de se recroqueviller sous le regard noir d'Itay.

— Plus pour très longtemps, gronde-t-il avant de cracher au sol. Si elle cherche à s'échapper du palais, je compte sur vous pour la retenir et me prévenir directement, d'accord ?

— Mais si elle emploie sa magie ? C'est une *Ixquen*, après tout…

Itay éclate d'un rire sinistre.

— Ne vous inquiétez pas de cela. Elle ne la conservera plus très longtemps.

J'ose à peine reprendre mon souffle. La menace sinistre contenue dans ces mots m'arrache un frisson.

Les deux gardes acquiescent, rassurés. J'éprouve l'envie de leur arracher des cris de peur, en lâchant les Ombres sur eux. On verrait bien alors de quelle manière Itay peut les protéger ! S'il n'y avait pas la certitude, à l'autre bout de notre périple, de parler au spectre de Nawi…

Ixchel, à mes côtés, tourne légèrement la tête, juste assez pour me décocher un coup d'œil épouvanté. Je tente de la rassurer d'un sourire qui doit davantage ressembler à une grimace.

— Je dois retourner auprès de l'empereur, se rengorge Itay. Tenez-moi au courant immédiatement si vous la voyez.

J'attends avec une impatience pénible à maîtriser qu'il s'éloigne enfin. Quand finalement sa silhouette disparaît dans l'obscurité, je me permets un discret soupir de soulagement. Carme m'adresse un signe de la tête. Puis je la vois ramasser quelque chose au sol, avant de l'expédier d'un mouvement souple dans les buissons qui bordent l'autre côté de l'entrée sur laquelle veillent les gardes.

Elle atteint sa cible avec un *ploc !* audible.

Aussitôt, les deux imbéciles se redressent, le regard vigilant, la main serrée sur le manche de leur arme.

— Qui va là ? Montrez-vous !

— Nous sommes armés !

Je réprime à grand-peine un fou rire alors que je me hâte de suivre Carme, qui, avec le concours des Ombres, se faufile sans peine dans leur dos.

Chapitre 31

Chilris offre un tout autre visage que celui que j'ai découvert lors de mon arrivée. C'était il y a à peine quelques jours, et pourtant il me semble qu'une éternité s'est écoulée depuis.

La foule qui inonde les rues, même à cette heure tardive, forme un contraste saisissant avec le silence presque funèbre qui a envahi le palais. Des odeurs de viande grillée, de poisson frit, de maïs sur le grill, mais aussi de l'alcool local, distribué à pleines louches par les vendeurs de rue, flottent dans l'air, tenaces. Carme délaisse immédiatement les grandes artères qui divisent la cité lacustre, préférant emprunter les petites venelles mal éclairées.

Mal fréquentées aussi. En tournant à un carrefour, j'avise soudain deux solides gaillards, dont le regard avide ne quitte pas un marchand, qui, de toute évidence, a trop forcé sur l'alcool. L'homme titube, clame d'un air aussi aviné que joyeux :

— À la… à la santé… de notre… 'preur !

Il récolte une vague de rires et de huées, mais ne semble pas en prendre ombrage. Je le dépasse à grandes foulées,

Ixchel marchant dans mes pas, le regard empli d'appréhension. Devant moi, Carme ne perd pas de temps. Elle navigue, avec une souplesse que je ne peux que lui envier, entre les petits groupes de fêtards, évite les vendeurs à la sauvette et leurs cabrioles qui ont vu des jours meilleurs, tout en ne perdant pas de vue notre objectif : le quartier des docks.

Plus nous nous rapprochons de notre objectif, plus je constate qu'Apatli a tenu promesse concernant le banquet promis à la capitale de son empire. Partout, des tables sont dressées, portant les reliefs des repas distribués à la population. À cette heure, des familles encore debout repartent chez elles, laissant la place à une faune interlope, bien plus dangereuse que les grappes de gamins qui échafaudent des plans pour commettre de menus larcins.

Des hommes à l'œil avide arpentent les rues, les mains dissimulées dans leurs poches, alors qu'aux balcons des maisons de joie, des femmes peu vêtues se mettent à héler les clients potentiels.

Ixchel se colle un peu plus à moi, au risque de me faire chuter. Je ne peux pas lui en vouloir, cependant : Chilris, cette nuit, n'a rien de rassurant. Et cela empire au fur et au mesure de notre progression : les maisons, parfois à étage, blanchies à la chaux et dont le toit plat abrite le potager familial, laissent la place à des logements délabrés, aux façades écaillées, aux fenêtres béantes, faute de rideaux de cuir pour les obturer. J'entends parfois des cris et des pleurs suinter de ces bâtiments en si mauvais état. Mais, le plus souvent, c'est un silence sinistre qui nous accueille. Comme si nous avions pénétré dans le royaume des morts.

Je m'efforce de calmer les battements effrénés de mon cœur.

Au-dessus de nos têtes, la lune, en dernier croissant, joue à cache-cache avec d'épais nuages. Il est heureux qu'elle ne soit pas pleine : sa lumière pourrait dissiper les Ombres qui nous protègent en nous dissimulant à la vue des rares passants.

Je me porte à la hauteur de Carme, lui chuchotant :

— C'est encore loin ?

Je m'attire un regard noir.

— Tu ne veux pas encore le dire plus fort, non ? grogne ma tante, de mauvaise humeur.

Ses traits demeurent crispés et je devine, sans qu'elle ait besoin de le confier, l'effort colossal que lui demande la maîtrise des Ombres à cet instant.

Par la grâce de L'Obscur, faites que nous arrivions bientôt à destination !

— Il n'y a personne, je réplique, à voix basse.

— On dirait que les habitants ont déserté cette partie de la ville, chuchote Ixchel qui s'est empressée de nous rejoindre.

— Priez L'Obscur que ce ne soit pas le cas pour la Parle-aux-Morts ! rétorque Carme.

Au détour d'une ruelle aussi miséreuse que le reste du quartier, Carme s'arrête devant une porte peinte d'un rouge qui a dû connaître des jours meilleurs. La peinture s'écaille, laissant le bois à nu, mais ce qui attire mon attention, c'est le croissant de lune qui est peint au-dessus de la silhouette de panthère sur le linteau.

— Une prêtresse de la lune ? je m'exclame tout haut.

Carme hoche la tête, sourcils froncés.

Aux fenêtres, aucune lumière ne brille. Aucun son ne filtre de la maison, qui, tout comme la peinture de la porte, a connu des jours meilleurs.

— Comment pourrait-elle être une Parle-aux-Morts ? j'insiste.

— Je l'ignore, répond Carme d'un ton perplexe, mais nous n'allons pas tarder à le savoir !

Mon cœur se serre dans ma poitrine face à cette révélation. Les déités sont jalouses de leurs prérogatives comme de leurs fidèles : si l'on sert l'une, il est exclu de pouvoir en servir une autre. Je crains fort que les domestiques qui ont aiguillé ma tante sur cette soi-disant « Parle-aux-Morts » ne se soient joués d'elle. Je me retiens d'émettre une plainte : nous avons risqué tellement pour venir jusqu'ici ! Et tout ça pour trouver…

La porte d'entrée s'ouvre soudain. Les gonds mal huilés émettent un couinement aigu des plus insupportables. À l'intérieur, les ténèbres.

Rapidement dissipées quand j'entends le *whoosh !* d'une lampe à huile qu'on allume. Elle éclaire la haute silhouette d'une femme, qui nous contemple depuis le seuil de la maison.

La surprise de son apparition explique pourquoi je ne me rends pas tout de suite compte qu'elle nous voit.

Alors que Carme n'a pas relâché son emprise sur les Ombres.

— Bienvenue, voyageuses, nous salue-t-elle d'une voix profonde.

Je lâche un son étranglé alors qu'Ixchel se réfugie derrière moi. Seule Carme ne se laisse pas ébranler, même si sa main gauche a plongé en dessous de sa tunique, sans aucun doute pour mettre la main sur l'arme qui ne la quitte jamais.

— Je recherche Nasqui.

— C'est moi, réplique la femme, qui élève la lampe à huile, la seule source de lumière disponible pour le commun des mortels, à hauteur de son visage, nous révélant des traits harmonieux, empreints d'une certaine sérénité.

— Vous… vous… pouvez nous voir ?

Carme lève les yeux au ciel devant l'ineptie de ma question alors que Nasqui éclate d'un petit rire.

— Notre maître…

La manière dont elle insiste sur ces deux mots ne laisse aucune ambiguïté sur la déité qu'elle désigne : L'Obscur, le dieu ténébreux, celui qui règne dans les profondeurs du Mictlan.

— … m'a informée de votre venue. Je vous attendais.

Et sans autre explication, elle recule dans le vestibule étroit de sa demeure, nous invitant à la suivre.

Chapitre 32

L'intérieur de la masure ne change pas de son extérieur. Les peintures sont passées, s'écaillent à grands morceaux au sol, des taches suspectes – d'humidité, je suppose, ce qui n'a rien d'étonnant vu la proximité du lac – s'étalent au plafond et dans les encoignures, alors que des relents d'eau insalubre flottent dans l'air. Je n'en reviens pas qu'une Parle-aux-Morts puisse également être une prêtresse de la lune.

Ni qu'elle vive dans de telles conditions.

Une incompréhension qui se peint aussi sur les traits d'Ixchel, qui se penche vers moi.

— Tu penses qu'on peut lui faire confiance ?

Je hausse les épaules, tout en refermant d'un coup d'épaule la porte d'entrée qui émet un son contrarié.

— Nous allons le voir tout de suite.

Je me fie aussi à l'instinct de Carme, et à sa rapidité à jouer de son poignard si cette soi-disant Parle-aux-Morts essaie de nous entourlouper.

Nous progressons le long du vestibule. J'évite de marcher sur les arêtes abruptes des carreaux de carrelage brisés. La lueur vacillante de la lampe à huile nous emmène tout droit dans une pièce de vie dénudée. Au sol, Nasqui a tracé à la craie un signe qui me serre le cœur tant sa vue est familière : un quadrilatère, plus étroit à une base qu'à l'autre.

Le sigle du Miroir, celui que L'Obscur est réputé posséder pour voir l'avenir et diriger son vaste royaume.

La clé d'obsidienne pulse contre mon sternum.

— Asseyez-vous, nous invite Nasqui, en nous désignant des coussins aux couleurs passées posés à même un tapis aux franges élimées. Prenez place.

Je m'installe au côté de Carme, qui ne lâche pas Nasqui du regard. Je n'ai même pas besoin de la contempler pour deviner qu'elle ne lui accorde aucune confiance. Et notre hôtesse doit le sentir, car un sourire triste plisse ses lèvres.

— Je ne vous tends aucun piège.

— Comment une prêtresse de la lune peut-elle aussi servir l'*Ixquen* ?

Je n'ai pas pu retenir ma curiosité plus longtemps. Carme se tend à mes côtés. Une tension qu'est loin de ressentir Nasqui, à en juger par son expression. Ce qui émane d'elle ressemble plutôt à de la lassitude. De la déception, aussi.

— Vous ne pouvez pas savoir combien de fois j'ai entendu cette question… Et pour vous répondre, je n'en sais rien. (Elle éclate d'un petit rire qui ne gagne pas ses yeux.) Aucune des deux déités que je sers n'a jamais daigné me l'expliquer.

Elle a un geste trahissant sa résignation.

— Je suis née sous le signe de l'*Ixquen*, et pourtant la déesse lune m'a appelée quand j'avais douze ans. Depuis je la sers au temple de Chilris.

Ixchel la dévisage, les yeux ronds.

— Et vous vivez… ici ?

L'instant d'après, le rouge lui monte aux joues.

— Pardonnez mon impertinence, prêtresse, continue-t-elle en usant d'une déférence dont ni moi ni Carme n'avons fait preuve pour le moment. Mais… je viens de Tuxtla, une province reculée de l'empire. Même chez moi, les prêtres du Flamboyant comme les prêtresses de la déesse lune sont mieux logés que vous ne l'êtes ! Pourquoi donc…

— Loger ici ? l'interrompt Nasqui, avec cet éternel petit sourire triste. Parce que c'est tout ce qu'il me reste. (Elle étend les mains, comme si elle voulait englober le triste domaine sur lequel elle règne.) Vous voyez là tout ce que le clergé du Flamboyant m'octroie.

— Que vient-il faire là-dedans ? je demande. Les prêtres n'ont pas à s'ingérer dans les affaires de la déesse et de ses prêtresses !

— Peut-être en va-t-il ainsi encore chez vous, réplique Nasqui. À Chilris, cependant, les choses sont différentes. Quand j'ai commencé à officier ici, chaque clergé se gérait de manière indépendante. Tout a changé quand le Rempart a été érigé, il y a onze ans. Le Flamboyant et ses prêtres ont grignoté tout le pouvoir possible, et ils ne s'arrêteront pas en si bon chemin. À se demander si nous n'allons pas tout bonnement disparaître !

Je ne peux pas en croire mes oreilles. Je lance un coup d'œil alarmé à Carme, qui ne flanche pas – cette femme est folle, folle à lier, certainement. Comment peut-elle oser prétendre que les serviteurs de la déesse lune comme ceux de L'Obscur ne pourraient plus exister en tant qu'ordre religieux ? Il en a toujours été ainsi, depuis la nuit des temps !

Nasqui s'éclaircit la gorge d'un « hum hum » délicat.

— Pouvons-nous commencer ? nous demande-t-elle. Après tout, vous êtes venues ici pour obtenir des réponses et non pas pour parler de ma situation actuelle…

Sous les mots dits d'une voix douce se glisse une subtile ironie. Je me crispe sur mon coussin alors que toute ma méfiance, un instant mise en sommeil, se réveille brusquement.

— Allons-y, ordonne Carme d'une voix brusque.

— Très bien. Venez-vous pour une demande commune ou séparée ? interroge Nasqui en nous contemplant toutes les trois tour à tour.

Je manque de lui rétorquer que, si L'Obscur lui a bel et bien parlé de notre venue, elle devrait le savoir, mais je me ravise. Autant jouer le jeu.

— Séparée, je glisse avant de me tourner vers Ixchel : Veux-tu passer en premier ?

Elle hésite, secoue la tête.

— Non. Toi d'abord.

Je lui retourne un sourire de remerciement. Nasqui s'adresse à moi, se penchant légèrement au-dessus du Miroir d'Obsidienne, tracé à la craie à même le sol entre nous.

— Tu as déjà consulté une Parle-aux-Morts ?

Je secoue la tête.

— Je vais te guider. Place tes deux mains à l'intérieur du Miroir. Voilà, comme ceci. Quoi qu'il se passe, à présent, tu ne dois pas rompre le contact établi, d'accord ?

— D'accord, je souffle, me sentant légèrement ridicule dans cette position – assise, légèrement courbée vers l'avant.

Nasqui ferme les paupières, se met à psalmodier un chant dans une langue inconnue. J'essaie de capter le regard de Carme, mais son attention demeure fixée sur notre hôtesse. Sans doute redoute-t-elle…

Une plainte inhumaine monte soudain des entrailles de la maison. Elle fait vibrer le sol sous mes mains, m'agresse l'ouïe alors qu'elle éveille la chair de poule sur ma peau. Je combats le réflexe de plaquer les mains sur mes oreilles.

Ne pas rompre le contact, ne pas…

La lueur de la lampe à huile s'éteint d'un seul coup. Au même moment, un vent glacial tourbillonne à l'intérieur de la pièce. Me submerge, m'empêchant d'entendre le chant de Nasqui.

Un appel à l'aide demeure bloqué dans ma gorge.

La terre sous mes fesses se met à trembler. De plus en plus fort. Je pense soudain à un de ces séismes meurtriers dont Nawi m'avait déjà fait part, juste avant de partir pour Niec. Elle était tellement fière de pouvoir les maîtriser ! Cruelle ironie de penser que je vais mourir dans ces circonstances, sous les débris d'une masure qui appartient – supposément – à une Parle-aux-Morts…

Je sens soudain un vide sous mes paumes, comme si la terre elle-même se lézardait de part en part. Je pousse un cri – trop tard.

Un *crac !* retentit et je me sens tomber dans les abysses.

Chapitre 33

J'ai à peine réalisé que je suis en train de chuter, avalée par les ténèbres, que mon corps atterrit brutalement. L'impact me coupe le souffle. Heureusement, ma dégringolade a été interrompue par une matière souple, un brin rêche, qui s'effrite sous mes doigts. C'est tout ce que je peux en dire car, autour de moi, règne l'obscurité la plus complète. J'ai beau écarquiller les yeux, aucune lueur à l'horizon. Mon cœur s'emballe, la panique m'envahit. Suis-je réellement tombée dans un trou sombre ou… Une idée plus pernicieuse se fraie un chemin dans mon esprit : et si j'étais devenue aveugle ? Si j'avais perdu la vue ? Le souvenir d'un vieil homme à Coulia, un adepte de l'Eau, un bâtisseur d'aqueducs et de puits avant qu'un accident le touche, lui ôtant la vue, me revient avec force. Je le revois encore, assis, immobile pendant des heures, attendant que quelqu'un d'assez charitable vienne lui parler. Ce que les habitants de Coulia et des environs ne manquaient pas de faire, d'ailleurs : l'alimentant aussi bien des fruits de leurs potagers que des nouvelles qui nous parvenaient du vaste monde. J'ai honte de le dire, mais je ne pouvais pas m'approcher de lui sans ressentir une vague de répulsion. Elle ne le touchait pas, lui, mais plutôt sa cécité. À présent, je prends conscience à quel point cette obscurité perpétuelle, cette nuit éternelle me fait peur.

Quand, soudain, un point lumineux grandit peu à peu au loin, une vague de soulagement telle qu'elle me fait trembler déferle en moi. Je me hâte de me relever, trébuche sur un obstacle inconnu, et me rattrape de justesse à une… paroi ? La matière est lisse, douce sous ma paume. Froide aussi, d'un froid sec, qui m'arrache des frissons. Je plisse les yeux, mais je ne parviens pas à distinguer avec précision ce que c'est. Au loin, le point lumineux m'attire. Mieux vaut me diriger vers lui, quitte à manquer de tomber en chemin, que rester ici, dans ces ténèbres qui me glacent le sang.

Pourvu que d'autres précipices ne s'ouvrent pas sous mes pieds ! Je tâtonne avec prudence, m'aidant autant que possible de mes sens. J'essaie aussi d'éveiller les Ombres. En vain. La magie semble morte à l'intérieur de moi. Je ne ressens aucun picotement au bout de mes doigts, aucune onde de chaleur familière provenant de la clé. La bise qui circule en maîtresse tempétueuse m'arrache des frissons.

Je m'efforce de ne pas paniquer, de garder la tête froide. Nasqui ne m'a pas semblé assez puissante pour avoir la capacité de me tendre un piège, mais les apparences peuvent être trompeuses. Je me rassure en songeant que Carme ne m'abandonnera pas, peu importe le lieu où j'ai atterri. En attendant, il faut que j'essaie de m'en sortir par moi-même.

La lumière qui me guide demeure stable, son éclat me réchauffe autant qu'il m'attire. Je progresse lentement mais sûrement et, au fur et à mesure du chemin parcouru, des détails me sautent aux yeux : la pierre sombre, couleur obsidienne, sous le cuir de mes sandales ; d'aspect extrêmement brut, emplie d'arêtes coupantes sur le bord du chemin (heureusement que je n'y ai pas atterri), elle devient lisse et polie là où je me tiens. Comme si elle avait été façonnée au fil des ans par quelque force inconnue.

Au-delà de la limite du sentier, c'est le vide. Un gigantesque espace circulaire, qui semble plonger au cœur de la terre, vers une destination inconnue.

Dire que j'aurais pu y tomber !

Aucun autre son que le hurlement de la bise ne me parvient. L'endroit paraît aussi désert que le quartier des docks, où réside Nasqui. Un point de similitude que je ne parviens pas à interpréter, mais qui me trouble. Je me rapproche du point lumineux, plissant les yeux. Il semble provenir d'un objet, posé à même le sol, et dont les contours me paraissent familiers… Un, deux pas en avant. Et je comprends ce que c'est.

Un miroir.

Là où devrait se tenir la glace, apparaît la source lumineuse. Tout autour, je distingue un encadrement en obsidienne, sculpté et travaillé de manière si talentueuse qu'il ne peut que susciter l'admiration. Je m'agenouille, me penche en avant pour mieux distinguer les minuscules détails gravés : une femme à la silhouette légère, une lune à son premier croissant peinte sur son front, est dissimulée dans des draperies. L'homme qui occupe l'avant-plan ressemble furieusement à Cendis. Un frisson m'envahit face à cette scène. Un peu plus loin, en retrait par rapport au principal protagoniste, un troisième personnage : la silhouette a volontairement été gravée de manière à ce qu'on ne puisse dire s'il s'agit d'un homme ou d'une femme. Une infinie tristesse se dégage de cet être, sans que je puisse vraiment interpréter pourquoi.

Un raclement de gorge dans mon dos m'arrache un sursaut si violent que je tombe au sol, m'écorchant les paumes au passage. Je n'enregistre que distraitement la douleur. Mon attention tout entière est concentrée sur la haute silhouette qui me fait face, drapée dans une cape. Un capuchon dissimule ses traits.

À la lumière émise par le miroir, tout ce que je distingue, c'est l'étoffe noire du tissu, se confondant avec l'obsidienne qui nous entoure. L'être qui se dresse devant moi va pieds nus, un détail qui me trouble vu l'univers hostile tout autour de nous.

Un filet de sang dégouline le long de sa cheville.

— Que… que vous est-il arrivé ?

Je ne sais pas pourquoi je me focalise autant sur ce détail, alors que j'ignore tout de la personne qui me fait face. Elle émet un rire doux, un peu rauque, comme si elle n'avait plus parlé depuis longtemps.

— Ce n'est qu'un détail, Zina.

Cette voix.

Elle réveille des souvenirs enfouis depuis bien trop longtemps dans ma mémoire. Mon cœur bat à un rythme infernal, je me sens reculer jusqu'à me retrouver collée contre la paroi.

— Ce… ce n'est pas…

Quand l'inconnue soulève les bras pour ôter son capuchon, une partie de moi sait déjà quel visage va s'offrir à ma vue. Une autre partie, cependant, refuse encore de l'assimiler.

— Rien n'est impossible, ma fille.

Je fixe, yeux écarquillés, les traits familiers de ma mère.

— Tu… tu es morte !

C'est la première chose qui me vient à l'esprit, aussi absurde cela puisse-t-il paraître.

— Quelle chance, dès lors, que nous nous trouvions toutes deux dans le Mictlan, le royaume des défunts, rétorque-t-elle d'une voix légèrement taquine. Enfin, ce qu'il en reste.

Une note de nostalgie amère perce dans sa voix, mais je demeure bien trop absorbée par sa personne pour l'interroger à ce sujet. Ma mère. Ici. Seule, dans ce lieu désert et glacé. Elle a changé. L'image que mon moi enfant avait conservée d'elle avant qu'elle me soit brutalement arrachée se superpose à ce que j'ai sous les yeux. Mais j'ai beau essayer de les faire correspondre, cela ne fonctionne pas. Mes souvenirs s'envolent à tire-d'aile, et je ressens toute la douleur de cette perte. Je ravale ma salive.

— Que fais-tu ici ?

— Je t'attendais, me répond-elle simplement, soulignant une évidence qui est loin de m'apparaître. Je savais que ce que tu portes…

Elle désigne d'un doigt ma poitrine et je comprends, après de longues secondes, qu'elle entend par là la clé d'obsidienne.

— … te ramènerait tôt ou tard ici. J'espérais juste être présente quand tu arriverais.

— Je ne comprends pas.

Je ne comprends pas ce que je fais ici, ce qu'elle fait ici, ni ce qu'elle entend par le lien entre cet endroit et la clé que je porte. Ma mère laisse échapper un long soupir. Ses traits sont émaciés, ses joues plus creuses, ses pommettes plus saillantes. Il se dégage d'elle une impression d'appétit non rassasié, de fatigue extrême aussi.

— Si tu étais vivante…

— Je ne le suis pas, m'interrompt-elle. Pas comme tu le penses, du moins.

— Et Nawi ? je demande, mon cœur battant si vite que je tremble de tout mon être.

Si ma mère est ici, pourquoi pas ma sœur ? Mon regard s'égare dans les ténèbres qui nous environnent, seulement percées par la lueur que dégage le miroir. Je m'attends à ce qu'elle apparaisse à tout moment et…

— Oh, Zina.

Un monde de regrets dans ces quelques syllabes. Je me fige sur place. Redoutant d'entendre ce qui va suivre.

— Je suis désolée, ma fille. Elle n'est pas ici.

Chapitre 34

— Je ne comprends pas, je répète.

Ma mère englobe les environs d'un large geste du bras.

— Regarde autour de toi, Zina. Vois-tu nombre d'âmes cheminant ici ? Entends-tu leurs complaintes, leurs rires, leurs chants alors qu'elles progressent jusqu'à mon trône ?

Elle tend la main en direction du gouffre et, aussitôt, des points lumineux, identiques à celui que projette le miroir, se mettent à briller, me révélant en un clin d'œil les véritables dimensions du lieu. Incapable de résister à ce qui me fait peur autant que cela m'attire, je m'avance à la limite des abysses. Je demeure bouche bée quand j'aperçois le royaume dont ma mère semble être la gardienne. Je recule avec prudence, avant de me tourner vers elle.

— Pourquoi est-ce aussi désert ? Où est Nawi ?

Ma mère éclate d'un rire sec, où n'entre aucune joie.

— Voilà exactement la question à laquelle je n'ai aucune réponse.

— Comment peux-tu ne pas le savoir ? Toi qui te retrouves ici, sous cette tunique, jouant à interpréter L'Obscur…

Une colère dont je n'avais pas même conscience me secoue tout entière. Je ne parviens pas à me défaire de l'impression qu'elle nous a abandonnées, Nawi, Carme et moi, qu'elle a accompli ce choix délibérément et…

— Je *suis* L'Obscur, m'interrompt-elle. Ou du moins son incarnation actuelle.

Son regard erre sur la forteresse désolée qu'est le Mictlan.

— Peut-être la dernière…

Je réprime un « je ne comprends pas ». Je l'ai déjà trop dit, sans pour autant obtenir d'explication. Ma mère pousse un soupir, se tourne vers moi. Elle tend le bras dans ma direction, sa main frôle le devant de ma tunique. Juste en dessous se trouve la clé d'obsidienne. Cette dernière émet alors une timide pulsation, qui m'arrache un hoquet. Ma mère sourit, comme si elle s'y attendait.

— Il est temps que je te confie la vérité sur cet héritage, Zina. C'est de lui que dépend le salut de ce lieu, après tout.

Après une telle révélation, mille questions me brûlent les lèvres, mais je me force à observer le silence.

— Sache tout d'abord que mon temps auprès de vous, ton père, Nawi et toi, a été le plus heureux que j'aie connu, débute-t-elle. Je n'avais aucune conscience auparavant du bonheur qu'on peut trouver à répondre à l'amour d'un mortel, à fonder une famille avec lui, à élever des enfants…

Ma gorge se noue à ces simples mots. Les larmes me piquent les paupières. Je les essuie d'un geste rageur et je me concentre sur les mots qui me posent question.

— « Un mortel » ?

Elle hoche la tête.

— Je ne suis pas née humaine. J'étais un esprit. Et je le suis redevenue.

Je secoue la tête. Ce qu'elle raconte n'a aucun sens ! Je suis en train d'halluciner toute cette scène et…

— Tu ne me crois pas, hein ? demande-t-elle avec un petit sourire en coin.

Soudain, je retrouve ma mère, cette expression que je lui ai toujours connue.

— Je… je ne sais pas.

— Que connais-tu du monde des esprits, Zina ?

Une question qui rappelle aussitôt Cendis dans mes souvenirs. Un sujet que je n'ai aucunement l'intention d'aborder avec ma mère.

— Ils obéissent aux dieux ?

— Oui… et non. Les rapports entre nous sont complexes et également influencés par les divinités. Qu'un dieu entre en guerre contre un autre, et le conflit rejaillira immanquablement sur nous, esprits.

— Pourquoi… ?

— Parce que c'est ce qui s'est passé, il y a onze ans, lors de la création du Rempart.

Je dresse aussitôt l'oreille.

— L'équilibre entre les dieux était déjà compromis quand Apatli est monté sur le trône. J'ignore pourquoi. Et il a été définitivement rompu quand le Rempart a été érigé, continue-t-elle, une lueur que je ne lui connaissais pas brillant dans le regard hésitant entre le gris et le vert dont j'ai hérité. N'as-tu pas remarqué que les étoiles, la lune, tout est caché par des nuages noirs la majeure partie du temps ?

— Qu'est-ce que tu insinues ?

— Que le Flamboyant a volé l'énergie de la déesse lune. De quelle manière, je l'ignore. Mais il l'a fait. Et il en aurait fait de même avec L'Obscur si je n'avais pas sauvé auparavant la clé que tu portes autour du cou.

Une révélation qui me laisse bouche bée.

— Tu veux dire que tu étais…

— Un esprit de L'Obscur, oui.

Un sourire empli de fierté se dessine sur ses lèvres.

— Tu tiens ce don de moi.

Un don. Je ne l'ai jamais envisagé comme tel. Qui considérerait comme un don une magie qui n'inspire que méfiance, peur et dégoût ? Qui ternit aussitôt le regard que l'on peut porter sur votre personne ? Ma mère doit le lire sur mon visage, car elle pose une main sur mon épaule.

— La réaction des mortels vis-à-vis de ce que tu es ne doit pas t'enlever de la tête que tu portes une magie puissante en toi.

— C'est pour ça que tu m'as donné la clé ?

— En partie. Tu es née sous le signe de L'Obscur et je savais que, par ton héritage, tu posséderais des aptitudes sans précédent. Ce qui s'avère bien à propos pour ce que tu vas affronter.

— Je rêve ou c'est un avertissement ?

La pression de sa main sur mon épaule s'accentue encore.

— C'en est un. Le Mictlan tombe progressivement en sommeil, les âmes des morts n'y parviennent plus. Quelque chose s'est passé, quelqu'un les retient sans doute prisonnières. Mais où, comment, je n'en sais rien. Ce monde se meurt lentement. Mais, tant que la clé demeure hors de portée du Flamboyant, il n'obtiendra pas la pleine puissance qu'il désire.

— Quel rapport avec le Rempart ?

Le Rempart, où était stationnée Nawi. Qu'a-t-elle vu là-bas qui l'a si profondément troublée ? Est-ce que ça a un lien avec ce que ma mère vient de me révéler ?

— Le déséquilibre dont je te parle, reprend-t-elle, s'est produit au moment de la création du Rempart. Aussi puissant que soit un dieu, il ne peut pas accomplir de miracles. Sauf si quelqu'un œuvre en sa faveur dans le monde des mortels.

Les informations tournent dans mon esprit en une ronde sans fin. Si seulement je pouvais y réfléchir à tête reposée, peut-être y verrais-je un lien logique.

— Pourquoi m'avoir donné la clé ?

Elle lève sa main libre, frôle ma joue en un geste si tendre que j'oublie presque où nous nous trouvons, ce qui nous entoure. L'espace d'un instant, il n'y a plus d'Obscur ou de Mictlan – juste ma mère et moi.

— Je t'ai dit que je n'avais pas prévu de rencontrer ton père, encore moins d'en tomber amoureuse. C'est ce qu'il s'est passé. Je vous ai eues, Nawi et toi, j'étais heureuse. Mais le déséquilibre que j'avais perçu quand Apatli est monté sur le trône s'est soudain aggravé quand Nurbek a été enlevé. J'ai vite compris que le Flamboyant avait volé les énergies des autres divinités. Cela n'aurait pas été possible sans l'aide d'un mortel – mais qui ? J'ai patiemment amassé des informations, j'ai sollicité l'aide des esprits.

Elle hausse les épaules.

— J'ai dû être repérée, sans doute.

Elle me regarde en face et je sais d'avance que je ne vais pas aimer ce qui va suivre.

— Le glissement de terrain qui nous a emportés, ton père et moi, n'est pas arrivé par hasard.

Chapitre 35

— Tu… tu veux dire…

— C'était délibéré, m'interrompt-elle. J'ai perçu l'énergie nécessaire pour qu'un tel événement se déclenche, mais je n'ai pas pu l'éviter à temps.

La tristesse luit dans son regard.

— Les miens ont payé le prix de ma négligence.

D'instinct, je saisis la main qu'elle a laissée retomber à ses côtés.

— Non !

Un mot qui résonne d'un écho sinistre dans les profondeurs désolées du Mictlan.

— Non, je répète plus doucement. Ce n'était pas ta faute et…

Une pensée se fait soudain jour en mon esprit, m'arrachant un frisson.

— Est-ce la même personne qui a tué Nawi ?

Ma mère m'adresse un sourire désolé.

— Là non plus, je ne peux pas te répondre. Peut-être. En tout cas, après mon décès, j'ai repris ma forme originelle d'esprit et je suis devenue la gardienne de ces lieux.

— Mais L'Obscur… le dieu, je veux dire…

— C'est moi. Je l'incarne. Les dieux ne sont que des esprits ayant passé un pacte avec les hommes.

Les mots d'Ashur entendus ce matin même dans le jardin me reviennent en tête.

« Je sais trop bien comment cela fonctionne : la concurrence parmi les esprits du Feu pour habiter l'empereur en titre, le laisser utiliser leur magie en échange du prestige que cela leur apporte. C'est un équilibre subtil qu'Apatli a irrémédiablement foulé aux pieds quand il a demandé la création du Rempart ! »

— Et avec qui as-tu passé un pacte ? je demande, encore abasourdie par ce que je viens d'apprendre.

— Mais avec toi.

Elle me désigne d'un geste complice la clé dont je sens le poids réconfortant autour de mon cou et je comprends alors ce qu'elle représente : pas seulement le pouvoir de manipuler les Ombres, mais aussi et surtout la sauvegarde de L'Obscur, de ce royaume dont elle est devenue le gardien. L'espoir qu'elle représente.

— Tant que tu la portes, elle demeurera en sécurité. Elle demeure même invisible, sa présence autour de ton cou impalpable si tu ne décides pas de la montrer à des yeux extérieurs.

Elle hésite avant d'ajouter :

— Confie-la à quelqu'un d'autre et…

— Tu ne sais pas ce qu'il adviendra, je murmure d'une voix tendue par l'angoisse.

— Exactement.

— Dis-moi ce que je dois faire.

L'horrible sensation du temps me manquant, venant à son terme, m'étreint. Ma mère me sourit, cette fois tristement.

— Oh, Zina… Je n'ai pas à t'ordonner quoi que ce soit, ma fille. Tu es une femme à présent, tu dois prendre tes propres décisions. Tu peux oublier ce que je viens de te dire…

— Jamais !

— Tu pourrais, continue-t-elle. Vivre la vie qui s'offre à toi, profiter de ses plaisirs…

— Et oublier ce qui t'est arrivé ? Ce qui est arrivé à Nawi ?

Je secoue la tête. Voilà qui m'est impossible. Même si je dois me heurter à bien plus puissant que moi – et ce sera certainement le cas, si je contrarie le Flamboyant – je ne pourrai pas renoncer.

Ce n'est pas dans mon caractère.

Je sors la clé d'obsidienne de sous ma tunique, l'agrippe dans ma main. Son simple contact m'apporte un réconfort bienvenu. Les yeux de ma mère brillent à sa vue. À cet instant, elle n'est plus seulement la femme qui m'a portée, qui m'a élevée – elle est aussi L'Obscur, le ténébreux, gardien d'un royaume sans sujets. Et moi… Je peux rectifier tout ça.

— Je découvrirai ce qui est arrivé à ma sœur. Et quand ce sera fait, le Mictlan accueillera de nouveau les âmes des morts, je te le promets.

Une paix profonde m'envahit à ces mots.

Ma mère se penche, dépose un baiser papillon sur mon front.

— Ainsi soit-il. Reviens parmi les mortels, Zina !

À peine a-t-elle prononcé ces mots qu'une vague de ténèbres déferle sur moi et m'engloutit.

— … vas parler, oui ? Qu'est-ce que tu lui as fait ?

— Pour la dernière fois, je vous répète que…

Des échos de voix agressives éclatent à mes oreilles, de plus en plus distincts. Je m'entends grogner en réponse.

— Carme, arrête !

Je connais cette voix.

— Elle revient à elle !

Ixchel.

J'ouvre les paupières. La lueur de la lampe à huile éclaire le visage de l'adepte de la Terre. Il m'apparaît, d'abord flou, puis de plus en plus clair, alors que je cligne des paupières. Je me redresse.

— Comment tu te sens ? demande Ixchel, les yeux écarquillés.

— Bien.

Un flux d'énergie me parcourt de part en part, d'une intensité telle qu'il me fait monter les larmes aux yeux. Je tourne la tête et découvre Carme. Elle a plaqué Nasqui contre le mur et la lame de son poignard est à deux doigts de piquer le menton de la femme.

Un intense soulagement creuse ses traits, vite remplacé par un air irrité.

— Par la grâce de L'Obscur, tu m'as fait une de ces peurs !

Elle se désintéresse de Nasqui, et se précipite à mes côtés. Elle me serre si fort dans ses bras que je crains un instant d'étouffer. Je ne proteste pas, pourtant. Je me surprends à lui rendre son étreinte. Je finis par me dégager après quelques secondes.

— Que t'est-il arrivé ? questionne Ixchel, d'un ton encore empreint de frayeur.

— Je…

Je ne suis carrément pas disposée à révéler ce que j'ai appris. Certainement pas en présence de Nasqui, qui se masse le cou avec une grimace. Carme n'a pas dû se montrer tendre avec elle.

En parlant de ma tante, je lis la question qu'elle n'ose pas formuler à voix haute sur son visage. Une question qui tient en un seul prénom – Nawi.

Une colère froide me saisit. Je me tourne vers la prêtresse.

— Vous saviez ce qui allait se passer, n'est-ce pas ?

La culpabilité jette son voile sur son visage, avant que la résignation la remplace. Elle hoche la tête.

— Oui, mais…

Je ne lui laisse pas le temps de continuer :

— Depuis combien de temps cela dure-t-il ?

— Zina, de quoi parles-tu ? s'écrie Carme.

— Depuis combien de temps avez-vous remarqué que les âmes des morts ne parviennent plus au Mictlan ?

Le silence s'abat sur nous quatre. Puis un hoquet étouffé. Je devine qu'il s'agit d'Ixchel. Ixchel qui attendait de voir l'esprit de sa mère, qui espérait faire la paix avec elle. Elle n'en aura pas l'occasion.

— Des années, répond Nasqui avec un soupir si empreint de regrets que, brièvement, j'ai pitié d'elle.

Carme se dresse soudain à mes côtés, la mine blême.

— Qu'est-ce que vous dites ?

— *Tía*… J'ai été dans le Mictlan.

Ma tante me contemple avec des yeux ronds. Elle doit penser que je suis devenue folle alors qu'au contraire je n'ai jamais réfléchi aussi clairement.

— Nawi n'y est pas.

Une phrase qui lui brise le cœur tout comme il a brisé le mien, dans ses prunelles sombres, et je me déteste soudain de devoir éteindre cette flamme dans son regard.

— Presque personne n'y est. Les âmes des morts sont retenues prisonnières ailleurs.

Et si j'avais encore un doute, l'expression qui se peint sur le visage de Nasqui m'indique bel et bien que L'Obscur ne m'a pas menti.

— Vous le saviez et vous ne nous avez rien dit.

— Vous ne m'auriez pas crue, de toute manière, souffle Nasqui, désabusée.

Je l'observe secouer la tête.

— Tous ces gens qui viennent me voir, qui attendent de moi des réponses, du soulagement, du réconfort… et qui n'obtiennent rien au final !

Elle passe une main lasse dans ses cheveux.

— Au début, j'ai cru que c'était moi, le souci. Que je perdais mes pouvoirs de Parle-aux-Morts, que L'Obscur m'avait désavouée parce que je servais aussi la déesse lune. Puis, quand nous n'avons plus été en mesure d'observer l'astre…

— Vous ne le voyez plus ? demande Ixchel.

— Non. Cela fait des années que je n'ai plus contemplé sa lumière. Chaque fois, un cercle de nuages la masque.

— L'ordre des prêtresses est-il au courant ? intervient Carme.

— Naturellement, répond Nasqui en haussant les épaules. Tout le monde niera, cependant ; elles ont bien trop peur de ce qui pourrait arriver si nous dévoilions la nouvelle.

— Pourquoi ?

— Parce que les prêtres du Flamboyant nous ont interdit d'en parler.

Chapitre 36

L'énormité de ce qu'elle vient de dire me frappe de plein fouet. Si les prêtres sont au courant, cela signifie que…

— L'empereur le sait. Et il ne fait rien.

Tout m'apparaît de manière évidente, maintenant : pourquoi l'empereur m'a posé cette devinette, pourquoi il a voulu me détruire…

Il craint mon pouvoir. Celui-là même qui pourrait percer à jour leur précieux secret.

Mais dans ce cas, pourquoi Cendis m'aide-t-il ? Il lui serait si facile de m'anéantir !

— Je ne comprends pas ce qu'il se passe, admet Ixchel, se frottant le front d'une main. Je croyais que vous pouviez nous faire entrer en contact avec les âmes des morts ?

— Seulement si elles se trouvent dans le Mictlan, avoue Nasqui.

— Mais où pourraient-elles bien être sinon ?

Ixchel a crié ces mots avec toute l'énergie du désespoir. Au fond d'elle-même, elle a saisi qu'elle ne reverra jamais plus sa mère. Mais elle ne veut pas se l'avouer.

Et je la comprends. Si je n'avais pas pénétré dans le Mictlan, si je n'avais pas vu de mes yeux cette étendue déserte, si L'Obscur ne m'avait pas expliqué ce qu'il en était, j'aurais refusé cette réalité, moi aussi.

Nasqui hausse les épaules, d'un air désolé.

— Je… ne peux pas vous le dire.

L'hésitation qu'elle vient de marquer fait aussitôt tiquer ma tante.

— Vous ne pouvez pas ou vous ne voulez pas ? gronde-t-elle, aussi menaçante que son *alter ego* félin. Qu'est-ce que vous nous cachez ?

Elle fait un pas en avant dans la direction de la prêtresse, qui recule immédiatement.

— Je… je risque ma peau si je vous le dis ! Et puis, ce ne sont que des hypothèses…

— Confiez-les-nous, j'interviens. Vous ne pouvez pas continuer ainsi, à faire croire aux gens qu'ils pourront parler avec leurs défunts pour au final les décevoir. Et comment pouvez-vous oser prétendre être une prêtresse de la lune alors que vous ne pouvez même plus l'apercevoir ? Allez-vous continuer à vous bander les yeux pour ne pas voir la réalité ou vous décider enfin à réagir ?

Nasqui me regarde comme si je venais de la frapper. Mes mots se sont révélés plus durs que prévu. Je n'ai aucune envie de les ravaler, cependant. Je commence à en avoir assez de tous ces faux-semblants, ces jeux hypocrites, qui se moquent bien de ce que nous, nous avons subi. J'ai perdu une sœur, Carme, une nièce, Ixchel, sa mère. La dernière chance que nous avions de découvrir ce qui est arrivé à Nawi s'est évaporée entre nos doigts.

Et je ne parle même pas des menaces qui pèsent sur moi quand je rentrerai dans l'enceinte du palais.

— Parlez, ordonne ma tante.

Nasqui nous jette un regard implorant, qui demeure sans effet.

— Vous comprenez que je nous mets toutes en danger, ce faisant ? Vous avez mesuré les risques ?

Je jette un coup d'œil à Ixchel, qui est restée en retrait. Avec un pincement au cœur, je me souviens que non seulement elle ignore les circonstances exactes qui nous ont fait chercher l'appui d'une Parle-aux-Morts, mais qu'en plus elle n'a pas demandé à savoir exactement ce qui se passe. Ses confidences, un peu plus tôt dans la journée, quand elle m'a parlé de ses frères et de ses sœurs, dont elle doit assurer la subsistance, de ses espoirs de les mettre à l'abri si elle devenait reine consort de cet empire, me reviennent en mémoire.

Nasqui ouvre la bouche, je l'arrête d'une main levée.

— Attendez !

J'ignore le regard furibond que me décoche ma tante et je me tourne vers Ixchel.

— Tu n'es pas obligée de rester, tu sais ? Rien de tout ceci ne te concerne directement…

— Pardon ? m'interrompt-elle. Je suis venue ici dans un but bien précis, je te signale. Et je voudrais savoir autant que toi ce qu'il se passe !

Elle a croisé les bras sur sa poitrine en une attitude d'indignation qui me ferait sourire en d'autres circonstances. Je lui saisis le coude, l'attire un peu à l'écart.

— Ixchel, ce n'est pas un jeu. Ce que nous risquons d'apprendre…

J'hésite avant de lâcher :

— Ça pourrait compromettre ta participation à l'Ayotl.

J'ai l'intuition également que cela pourrait bien peindre une cible sur son dos autant que sur le mien, mais je m'abstiens de le préciser. Je ne suis encore sûre de rien, et je n'ai pas envie de l'effrayer sans raison.

— Tu m'as confié tout à l'heure tout ce que cela représentait pour toi et…

— Toi, tu n'as pas été honnête envers moi, m'interrompt Ixchel, les yeux étrécis. Tu n'es pas venue ici pour parler avec tes parents, pas vrai ? J'ai cru que Nawi était ta mère…

— C'est – c'était – ma sœur, je réplique d'instinct. Tu as raison, je t'ai menti. Personne ne devait savoir pourquoi nous sommes ici.

À quoi bon, cependant, continuer de garder le secret ? J'ai déjà fait confiance à Ixchel jusqu'ici et elle ne m'a pas trahie. Je prends une profonde inspiration avant de lui confier en quelques mots ce qui nous a amenées, Carme et moi, à Chilris. Ixchel demeure silencieuse, mais son visage trahit sans peine ce qu'elle ressent : de la peine, de l'empathie, de la colère aussi.

Quand je me tais, ses questions fusent :

— Vous n'avez jamais su pourquoi elle avait été exécutée ? Mais… c'est inhumain ! Comment peut-on priver quelqu'un d'un membre de sa famille de cette manière et le laisser dans le silence le plus absolu sur ce qu'il s'est passé ?

— L'empereur, apparemment, réplique Carme, qui s'est approchée de nous sans que je m'en aperçoive. Et à présent que tu es dans la confidence, un seul mot de toi peut nous faire toutes exécuter.

À ma grande surprise, Ixchel lève les yeux au ciel, dans un mouvement d'humeur.

— J'aurais pu le faire bien plus tôt si ç'avait été là mon intention ! Je vous ai suivies jusqu'ici, pas vrai ? Quand allez-vous enfin me faire confiance ?

La douleur perce sous son irritation, et je réagis aussitôt.

— Je te fais confiance, promis. C'est juste que… Nous avons gardé le secret tellement longtemps, *Tía* et moi, que nous… nous ne savons plus vraiment ce que « confiance » veut dire.

Ixchel finit par hocher la tête, après un long instant.

— Tu sais, ce que je t'ai dit sur mes ambitions de devenir reine… Je ne veux pas monter sur le trône d'un empire qui maltraite à ce point ses sujets. Je ne veux pas devenir complice et devoir me taire.

Mon cœur bat plus fort alors qu'elle s'empare timidement de ma main. Ses doigts serrent les miens.

— Je suis avec vous.

Ses paroles me réchauffent le cœur. Je serre ses doigts à mon tour.

— Merci.

Carme se racle la gorge, je devine son malaise devant cette démonstration de sentiments. Néanmoins, l'admiration danse dans son regard sombre quand elle le pose sur Ixchel.

Une admiration qui me rappelle celle d'Ashur.

Le souvenir de Cendis me percute aussitôt.

Dans notre dos résonne soudain la voix de Nasqui :

— Vous avez évoqué le prénom de Nawi ?

Chapitre 37

La surprise nous cloue sur place, Carme et moi, l'espace d'un battement de cœur.

Puis tout s'emballe. Carme, tel un fauve en chasse, bondit littéralement en direction de la prêtresse, qui se retrouve de nouveau plaquée contre le mur.

— Qu'est-ce que vous savez sur elle ?

Je me rends compte que j'ai crié, mais je m'en fiche.

— Vous avez intérêt à parler, sinon L'Obscur m'en est témoin…

Nasqui lève les mains en signe de capitulation.

— Calmez-vous ! Je vais vous dire tout ce que je sais, mais arrêtez de me menacer !

Carme demeure de pierre face à cette injonction. J'interviens finalement :

— *Tía…*

Quand Carme obéit enfin, je me tourne vers la prêtresse.

— Dites-nous tout.

Elle se racle la gorge, après avoir jeté un regard noir à Carme.

— Il y a un peu plus d'un an, quand j'ai pris mon service au temple de la déesse, j'ai ouï dire qu'il y avait eu un… accident une nuit, commence Nasqui. Une jeune femme était parvenue jusqu'à nous.

J'ai la sensation que mon cœur remonte dans ma gorge alors que je demande :

— Elle s'appelait Nawi ?

Nasqui hoche la tête. Elle est clairement trop perdue dans ses souvenirs pour prêter attention à la raison de notre question. En revanche, ça n'a pas échappé à Ixchel, qui fronce les sourcils.

— Oui… Je l'ai su après. Elle disait venir de Niec.

Niec. La ville où ma sœur a été envoyée pour y exercer ses talents d'adepte de la Terre. La cité près du Rempart. Ce Rempart qui a été créé au moment même où les âmes des défunts n'ont plus trouvé le chemin du Mictlan. Mais pourquoi ? Quel est le lien ?

— Je m'en souviens, poursuit Nasqui, car nous accueillons peu de visiteuses de cette ville.

— Que s'est-il passé ensuite ? insiste Carme, alors que la prêtresse hésite de manière apparente.

— Je n'ai pas eu affaire à elle directement, je n'ai fait qu'entendre des rumeurs…

— Comment connaissez-vous son prénom ?

— Parce que je l'ai vu inscrit dans le registre…

— Quoi ? l'interrompt Carme. Je l'ai vu, il n'y a aucune mention de cette date.

Nasqui esquisse un geste d'agacement.

— Oui, naturellement ! On a déchiré la page et on l'a remplacée par une autre, totalement vierge.

— Que s'est-il passé ?

Une ombre voile le visage de Nasqui.

— Elle a fait confiance à la mauvaise personne.

— On l'a trahie, c'est ça ?

— Oui, déclare Nasqui à contrecœur.

La réticence avec laquelle elle s'exprime témoigne de la difficulté qu'elle éprouve à narrer les évènements.

— Tout ce que je sais, c'est que notre Grande Prêtresse s'est ensuite rendue au temple du Flamboyant et a demandé à voir le Grand Prêtre de toute urgence. Ils se sont entretenus ensemble une bonne heure durant. Quand elle en est ressortie, elle était escortée par une horde de gardes impériaux.

Et je parie qu'Itay était du nombre, je songe, l'image du collier de Nawi autour de son cou ne me quittant pas.

— Nawi n'avait aucune chance de s'en sortir.

Je serre les poings de rage à peine contenue. La main d'Ixchel se pose sur mon épaule.

— Et vous ne savez rien de plus ? ajoute Carme.

Nasqui hésite. Avant de hocher la tête.

— L'une des prêtresses, Yaxiel, adorait écouter aux portes – une pipelette invétérée. Elle était de garde quand Nawi a été reçue par la Grande Prêtresse. Dans les semaines qui ont suivi l'exécution de Nawi, elle a répété à l'envi ce qu'elle avait surpris.

Nasqui passe une main lasse sur son visage, puis poursuit :

— « J'ai gardé trop longtemps le secret, je dois m'en libérer à présent. » « Le salut de l'empire ne mérite pas une telle… »

— Une telle quoi ? j'insiste.

— « … une telle boucherie », souffle Nasqui.

Boucherie. Le mot me cloue sur place. Carme elle-même semble changée en statue.

— Yaxiel m'a dit qu'une drôle d'odeur se dégageait de Nawi, elle lui donnait des haut-le-cœur.

Fleur fantôme. Je suis soudain convaincue que ce parfum écœurant et le dernier murmure d'Ollantay sont liés.

— Et votre collègue, elle est où ? demande Ixchel. Vous en parlez au passé…

La Parle-aux-morts déglutit de manière audible.

— Yaxiel est morte. Quelques semaines après l'exécution de votre sœur. Un accident.

Je ne peux m'empêcher de m'esclaffer à ces derniers mots.

— Parce que vous croyez encore aux accidents ?

Nasqui me décoche un regard assassin. Sans grand effet.

— Vous pensez que c'est facile pour moi ? Pour nous, au temple de la déesse lune ? Nous possédons de moins en moins de liberté, l'emprise du Flamboyant sur notre ordre se resserre chaque jour un peu plus. Même les habitants de cette ville n'en peuvent plus ! Du moins ceux…

Elle s'interrompt brutalement. Son regard la trahit, cependant – tourné vers l'extérieur. Je me souviens soudain du silence absolu que nous avons rencontré en pénétrant dans la zone et un horrible pressentiment se forme dans mon esprit.

— Ceux des docks, c'est bien cela ? je demande. Qu'est-il advenu de vos voisins, Nasqui ? Pourquoi ce quartier se révèle-t-il si silencieux ?

Elle reste de marbre un long instant.

— À votre avis ?

Ixchel plaque une main sur sa bouche, réprimant un cri de justesse alors que Carme hausse les sourcils.

— Vous ne voulez quand même pas dire… ?

— Je n'ai plus aucun voisin. Frappez donc aux portes de cette rue, vous verrez bien si vous obtenez une réponse.

L'ampleur de ce qu'elle vient de révéler me frappe de plein fouet. Les habitants d'une rue entière éliminés. Et je devine que le phénomène ne s'est pas arrêté là. Je glisse la main à l'endroit précis où la clé est nichée tout contre ma peau. Sa présence m'a toujours réconfortée, mais, à présent que je sais sa valeur, tout ce qu'elle représente, je comprends que c'est elle, ma priorité.

Et non pas cette mascarade d'Ayotl. Je refuse de me plier plus longtemps à la comédie organisée par ceux qui ont tué ma sœur sans état d'âme.

— L'Ayotl, c'est fini pour moi, je l'interromps.

Les mots ont fusé de ma bouche avant même que j'en sois consciente et je réalise alors à quel point les prononcer me fait du bien. Me libérant d'un poids, d'un carcan devenu presque insupportable. Un sourire se fraie un chemin jusqu'à mes lèvres et je le laisse éclore.

Carme me regarde avec une étincelle particulière dans ses yeux sombres.

— La vie de palais n'était pas faite pour toi.

— Définitivement pas ! je renchéris.

— Vous vous rendez compte de ce que cela signifie ? intervient Nasqui, l'air grave. Si vous renoncez, et que vous êtes prise par les guerriers, vous serez sacrifiée sur les marches du temple. Vous et tous ceux qui vous auront aidées dans cette entreprise. (Elle hausse les épaules.) Ils ne reculeront devant rien, vous savez, le moindre prétexte est bon.

— Oui, j'avais saisi, je maugrée entre mes dents.

Ixchel est demeurée silencieuse après ma déclaration, et je comprends, rien qu'à voir sa mine grave, en devinant la tension qui habite tout son corps, que ma décision lui pèse.

— Ixchel, je l'interpelle doucement. Je suis désolée. Je ne peux pas…

— J'avais compris, m'interrompt-elle avec un sourire qui n'atteint pas ses yeux. Tu t'es fixé une mission et tu iras jusqu'au bout.

— Et toi, que comptes-tu faire ?

— Je n'en sais rien, avoue-t-elle d'une petite voix.

— Tu as un moyen de rentrer chez toi ? l'interroge Carme.

Ixchel secoue la tête.

— Aucun. Je suis venue seule ici, je n'avais pas les moyens d'entretenir quelqu'un d'autre durant ce voyage.

— Je pourrais demander à Ashur de nous aider.

Je fais face au regard déconcerté d'Ixchel et à celui, moqueur, de Carme.

— C'est lui qui m'a soufflé la réponse à la devinette de l'empereur, je me défends. S'il ne l'avait pas fait, Itay m'aurait déjà décapitée.

Toutes trois demeurent ébahies devant cette révélation. Nasqui intervient en premier :

— Vous feriez quand même mieux de vous méfier de lui. On le dit fort proche de Yarenan, on parle même de projet de fiançailles entre Kailani et lui.

— Si c'était vrai, pourquoi participerait-elle à l'Ayotl ? je réplique.

— On dit que c'est là une demande personnelle de l'empereur, répond Nasqui d'un ton doux. Il n'en demeure pas moins qu'Ashur se rend souvent au temple du Flamboyant. J'ignore pourquoi il vous a aidée lors de l'épreuve, mais ne vous fiez pas entièrement à lui.

Un sage conseil, sans aucun doute. Cependant, il vient trop tard. Mon cœur me porte déjà vers lui. J'évite cependant de le dire à voix haute.

— Nous n'avons pas le choix, je déclare. Personne d'autre ne pourra nous aider.

Carme hoche la tête.

— En attendant, nous ferions mieux de regagner le palais. L'aube ne va pas tarder à se lever et la magie des Ombres est bien plus difficile à manier en plein jour.

Chapitre 38

Nous regagnons le palais juste à temps. Au-dessous de nos têtes, le ciel se pare de couleurs délicates, que j'admirerais sûrement si j'en avais le temps. Nous avons traversé Chilris à une allure record. Le fait que la capitale semble déserte et que les rares habitants que nous ayons croisé souffrent d'une gueule de bois monstre nous a sans aucun doute aidé. Nous nous faufilons sans bruit par l'entrée principale, la déesse lune enceinte nous souriant sereinement. Bien différente de la figure voilée, presque anonyme, dans l'encadrement du Miroir de L'Obscur.

Soudain, j'ai envie d'effacer du mur cette silhouette sereine, au ventre rond, qui semble protéger tous ceux qui s'aventurent au sein du palais impérial.

Un mensonge de plus.

L'appréhension me gagne alors que Carme nous guide à travers le dédale de couloirs et de cours intérieures. Si nous croisons quelqu'un, si cette personne réalise notre présence ou notre usage de la magie des Ombres… Nous ne rencontrons pas âme qui vive, cependant. Grâce à la magie de la Terre manipulée par Ixchel, nos pas n'émettent aucun son. Les membres de l'illustre cour impériale doivent cuver dans un coin, au même titre que les autres habitants de Chilris. Un silence qui devrait me rassurer, mais qui, au contraire, renforce encore ma méfiance. Pourquoi ai-je l'impression que nous nous jetons dans la gueule du jaguar ?

Il me faut parler à Ashur. Le persuader de nous aider.

Nous touchons presque au but : je reconnais le couloir qui mène droit à nos appartements. Devant moi, Carme se fige soudain.

— Que se passe-t-il ? je chuchote.

Elle me fait signe de me taire. Je tends l'oreille. Rien. Le chant discret de l'eau, dans la fontaine du jardin, trouble seul le silence qui m'oppresse. Je ne reprends mon souffle que lorsque ma tante finit par se détendre.

— Fausse alerte, grogne-t-elle. Avançons.

Nous sommes presque arrivés à la porte de notre logement quand je remarque que quelque chose y est attaché.

Carme s'approche en premier, sourcils froncés. Je l'entends pousser un juron.

— Qu'est-ce qu'il y a ? demande Ixchel derrière moi.

— N'approchez pas ! nous ordonne ma tante, mais c'est trop tard.

J'ai reconnu ce qui est littéralement cloué sur la paroi de bois.

Le petit singe d'hier soir, celui dont j'aurais dû sauver la vie lors de mon « pari » avec Itay.

Je contemple, mâchoires serrées, le cadavre, un poignard planté dans la poitrine. Ixchel pousse un cri étouffé.

— Qui… ?

Je sais d'instinct qui est le coupable. Et je gronde son prénom alors que j'arrache d'un geste sec l'arme fichée dans le bois, tout en retenant de l'autre main le petit singe mort. Je m'agenouille ensuite pour déposer le corps de l'animal au sol. Ce simple mouvement me sauve la vie.

Au même moment, Carme pousse un cri d'avertissement alors qu'un sifflement aigu perce l'air. Le bois de la porte vibre. Je lève la tête : à l'endroit où je me tenais un instant plus tôt est fichée une lance à la pointe d'obsidienne. Pas le temps de réagir : des silhouettes armées jaillissent du jardin intérieur, où elles se tenaient en embuscade, et fondent sur nous. Carme se reprend en premier. Dans la pénombre qui se dissipe à grands pas, la forme familière de son jaguar apparaît. Il bondit sur l'assaillant le plus proche et le saisit à la gorge. Un homme se dirige droit vers moi.

Itay.

Un sourire sadique aux lèvres.

Il brandit son bâton fiché d'échardes d'obsidienne. Face à une arme aussi puissante, mon poignard ne va pas peser lourd. J'esquive de justesse son assaut. Les lames d'obsidienne demeurent coincées dans le bois de la porte, ce qui me donne l'opportunité de me porter au secours d'Ixchel, prise en tenaille par deux guerriers du Jaguar. Elle s'est recroquevillée contre le mur, yeux agrandis de terreur. Heureusement pour moi, ses attaquants ont décidé de jouer avec elle comme on joue avec une souris.

— J'ai toujours rêvé de me faire une…

Le reste s'étouffe dans le sang qui jaillit du cou de l'un d'eux : je viens de lui planter la lame du poignard dans la chair découverte. Le guerrier s'effondre. Ixchel hurle. Je sens un mouvement derrière moi. D'instinct, je me saisis du second guerrier par les épaules, le fais pivoter devant moi.

Il pousse une plainte étouffée, ses yeux roulent dans ses orbites.

Itay vient de lui planter son arme dans la poitrine. La rage déforme ses traits alors que je repousse l'agonisant vers lui, me procurant quelques précieuses secondes.

— Espèce de monstre, gronde-t-il. Quand j'en aurai fini avec toi, tu n'auras plus figure humaine !

Je ne perds pas mon temps à lui répondre.

— Ixchel, fuis !

— Non !

Je n'ai pas le temps de répliquer. Avec un cri de fureur, Itay effectue un bond prodigieux. Son signe du Jaguar doit l'y aider. Je veux l'éviter, mais je calcule mal ma trajectoire. Je trébuche sur une pierre qui ressort légèrement de son logement, et m'étale de tout mon long. Le choc me coupe le souffle. Je me tourne sur le côté d'instinct… mais je ne suis pas assez rapide. Une traînée de feu s'ouvre sur mon côté gauche et la douleur me noue la gorge.

Ixchel hurle mon nom.

Itay brandit à nouveau son arme. Me laissant une ouverture que je saisis avec l'énergie du désespoir : je recroqueville mes jambes, avant de frapper dans ses parties intimes.

Il lâche son arme, se plie en deux avec un gémissement plaintif. Je lui assène un coup de poing sur le côté du crâne, qui le fait basculer au sol. Je sais que ce ne sera pas suffisant. Les guerriers du Jaguar bénéficient d'un temps de récupération exceptionnel. J'ai pu le prendre par surprise, mais je n'aurai plus cet avantage désormais. Sans compter que la douleur irradie mon côté gauche ; je me redresse tant bien que mal. À quelques mètres de là, le jaguar est aux prises avec un véritable colosse. Mon cœur manque un battement quand je vois la fourrure sombre tachée de sang.

Je crie le nom de Carme, mais tout ce qui sort de ma bouche à ce moment s'apparente à un croassement pitoyable.

Un bruit derrière moi m'avertit qu'Itay se relève. Je me retourne. Du sang lui coule de la bouche, maculant son menton, ajoutant une touche encore plus sinistre à son visage, qui n'en avait nullement besoin.

— Tu vas me le payer !

Je serre le manche du poignard, que je n'ai heureusement pas lâché, dans ma main. Si seulement je pouvais le viser en plein cœur.

Un tremblement sous mes pieds. Le sol se met à vibrer et l'espace d'un battement de cœur, je suis transportée des années en arrière, quand Nawi commençait à exercer ses pouvoirs d'adepte de la Terre, ce qui n'allait pas sans risques.

Déséquilibrée, je mets un genou à terre. L'arme d'Itay vrombissant au-dessus de ma tête émet un sifflement lugubre. Un feulement retentit – celui du jaguar qu'est Carme.

— *Tía !*

Le jaguar me lance un coup d'œil… et se prend en pleine gueule le poing du colosse qui lui fait face. Je le vois chuter lourdement à terre.

— *TÍA !*

Un grondement sourd me répond. Une voix qui monte des entrailles du sol, enflant telle une tempête. Les arbres du jardin frémissent, les branches s'agitent, perdent leurs feuilles. Les pierres du couloir externe s'extraient de leur logement, le sable tremble. C'est alors que je vois Ixchel. Yeux fermés. Mains tendues.

Son teint devient rouge sous l'effort colossal qu'elle produit.

À quelques pas de moi, incapable de bouger, Itay me fusille du regard. Ses lèvres bougent mais je n'entends rien. Le collier de Nawi n'a pas quitté son cou. L'envie de lancer mon poignard droit vers lui me démange. Je doute cependant d'y arriver. Comme pour me donner raison, la terre entre en convulsions violentes, se fracture. Les arbres du jardin s'effondrent, les colonnes d'albâtre se lézardent de part en part. Des tourbillons de poussière envahissent mon champ de vision, le submergent. M'agressent les paupières. Je ne vois plus rien.

— IXCHEL !

Je hurle son nom. J'entends des cris, des appels à l'aide lointains. Si je n'arrête pas Ixchel, elle va tous nous ensevelir !

J'avance péniblement à quatre pattes, ignorant la brûlure qui envahit ma gorge, descend le long de mes côtes. Un grondement plus fort que les autres. Quelque chose cède sous moi. Je ne parviens pas à éviter la chute. Le choc m'ébranle tout entière. Un éclair me foudroie et les ténèbres m'engloutissent.

Chapitre 39

Je reprends conscience brutalement. L'air me manque, je ne parviens plus à respirer. Je tousse, je crache, mes yeux se noient dans un torrent de larmes. Quand enfin je parviens à discerner ce qui m'entoure, je ne reconnais rien. Le jardin intérieur n'existe plus : un monstre semble avoir déraciné les arbres, semé le chaos parmi les plantations soigneusement ordonnées. Les troncs gisant au sol, les branches éparpillées aux quatre coins de la cour intérieure, les pierres qui ont volé d'un bout à l'autre de l'espace disent assez la violence de ce qu'il s'est passé ici. Je me relève, repoussant les larges feuilles qui me recouvrent. Je serre les dents quand la douleur explose dans mon côté gauche, me coupant le souffle. La robe confectionnée par les petites mains d'Hyphia est en loques. Je m'en débarrasse aussitôt. La tunique légère, qui se trouve dessous, me permet d'évaluer d'un coup d'œil les dégâts : j'ai eu de la chance, l'arme d'Itay a dû me frapper de biais. Il n'empêche que la plaie n'a pas un bel aspect. Je ravale mon angoisse. J'aurai tout le temps de me faire soigner par la suite – du moins, je l'espère. Le plus urgent, pour le moment, c'est de retrouver Ixchel et Carme. Je trébuche sur des débris de terre, de végétaux et de pierre mêlés. J'avance prudemment, essayant de me repérer dans ce chaos.

— Ixchel ? Carme ?

Un éclat de lumière attire mon attention.

— Ixchel !

Je m'agenouille, retire frénétiquement ce qui recouvre le tissu chatoyant de sa robe.

Je dégage son corps inanimé. Je contemple avec effroi le sang qui macule son visage – elle a une large plaie au crâne, un débris doit l'avoir assommée. Je lui assène quelques tapes sur ses joues rebondies. En vain. Elle ne se réveille pas. Les battements de son cœur et le rythme de sa respiration m'apaisent un peu, cependant. Je regarde autour de moi : les colonnes d'albâtre tout le long de la cour se sont fissurées, certaines se sont même effondrées. Des bruits inquiétants me parviennent. Il faut que je parvienne à localiser Carme, que je la tire de là ! Je m'aventure vers le lieu où je pense avoir vu ma tante pour la dernière fois. J'évite de penser à la manière dont le jaguar s'est effondré au sol, après le coup porté par son adversaire. J'évite de songer que peut-être, si je n'avais pas crié, il n'aurait pas été surpris de cette manière.

— Carme ?

Ne me répond que l'écho du vent, qui charrie des sons et redouble mon anxiété : des bribes de paroles, des ordres prononcés d'une voix cassante. Pas assez clairs pour que je les comprenne, mais il n'en est nul besoin, après tout. Il est évident que la démonstration de pouvoir d'Ixchel n'est pas passée inaperçue, au palais.

La sueur perle à mon front alors que je me penche. Avec frénésie, je me mets à déblayer tout ce que je peux.

Je m'écorche les mains sur les arêtes des pierres sorties de leur logement, des épines et des échardes me rentrent sous la peau.

Je ne m'arrête pas, pour autant.

— Carme… Carme !

L'angoisse me monte à la gorge, formant un nœud dont je ne parviens pas à me défaire. Je tremble de tout mon être.

Non, ce n'est pas possible ! Pas elle, pas maintenant…

Mon cœur fait un bond dans ma poitrine quand un faible miaulement me parvient. Là-bas ! Sa fourrure sombre se confond avec le charnier végétal qui l'entoure.

— Oh, Carme…

Le fauve me répond en montrant les crocs. La douleur perce dans ses prunelles d'ambre, la méfiance aussi.

— Carme, c'est moi…

Nouveau feulement. Comme si son *alter ego* refusait de me reconnaître.

Je tente une nouvelle approche.

— Carme, je sais que tu m'entends…

J'avance la main prudemment. Prudence qui me sauve, car l'instant d'après une patte massive, armée de griffes acérées, balaie l'air.

— C'est n'importe….

Je m'arrête soudain. Un bruit de pas rapides, se rapprochant, me parvient. La panthère couche ses oreilles sur son crâne, se tapit contre le sol. Quant à moi, je m'empare d'une pierre acérée et je file me cacher derrière les gravats d'une colonne, qui s'est fracassée contre le mur d'enceinte.

Mon cœur bat tellement fort, j'ai l'impression que tout le palais peut l'entendre. À plus forte raison, l'intrus qui se dirige à présent droit vers ma cachette. Je serre la pierre contre ma poitrine, m'efforce de réguler mon souffle. Ma seule consolation, c'est que, de là où je suis, je peux surveiller Ixchel, toujours inconsciente. La panthère peut largement se défendre elle-même, elle l'a prouvé. Si l'étranger – car je ne doute pas que ce soit un homme, vu l'écho de ses pas – veut atteindre Ixchel, il devra passer par moi…

Le bruit de pas s'arrête brutalement. J'entends un juron étouffé. Puis :

— Zina ?

Ashur.

Je demeure figée sur place. Déchirée entre la voix de mon cœur, qui me hurle de lui faire confiance comme je l'avais décidé tout à l'heure en quittant la demeure de Nasqui, et le souvenir de ce que m'a dit la prêtresse.

« *Vous feriez mieux de vous méfier de lui.* »

« *Ashur se rend souvent au temple du Flamboyant.* »

Qu'est-il venu faire ici ? S'assurer que la besogne d'Itay et de ses complices était achevée ? Ou veut-il encore et toujours me sauver, comme hier soir ?

Il répète mon prénom, plus fort. Je me mords la lèvre inférieure. Le silence lugubre qui règne ici, recouvrant le désastre tel un linceul, disparaît abruptement. Je tends l'oreille alors qu'un puissant courant d'air m'effleure les cheveux. Ashur marmonne des mots à voix basse. Un par un, les gravats les plus lourds, qui recouvrent ce qui fut le jardin interne, s'élèvent, comme s'ils étaient devenus aussi légers qu'une plume, avant d'être déposés sur les bas-côtés de la cour.

Incapable de demeurer silencieuse plus longtemps, je me redresse, tremblante. À quelques pas de moi, Ashur se tient, yeux fermés, mains tendues. Il me rappelle Ixchel quand elle a déclenché le tremblement de terre.

— Ashur…

Ma voix se résume à un murmure rauque. Il ne l'entend pas.

Alors, clopin-clopant, je franchis la distance qui nous sépare. J'hésite un instant, au moment de poser ma main sur son avant-bras.

Je ne peux pas rester toute seule face aux obstacles qui se dressent sur ma route. Et puis… j'ai envie de sa compagnie. Envie de revoir son regard, de ranimer ce lien que j'ai ressenti hier soir, avant qu'il quitte la salle. Dans ce nid d'hypocrites et de menteurs, Ashur m'apparaît comme une lumière salvatrice.

Il sursaute violemment au contact de ma paume sur sa peau nue. Son regard s'écarquille. J'y lis de la surprise d'abord, du soulagement ensuite.

En dépit de la dévastation qui nous entoure, je ne peux pas m'empêcher de lui sourire.

Et quand sa main effleure mes cheveux, descend sur ma joue, son pouce traçant le contour de ma pommette, je ferme les yeux.

Chapitre 40

Son être tout entier vibre d'une émotion dont je devine l'intensité.

— J'ai cru que je t'avais perdue, chuchote-t-il.

Je secoue la tête alors que des larmes me piquent les yeux.

— On ne se débarrasse pas de moi aussi facilement.

Je rouvre les paupières, incapable de me passer longtemps de son regard. D'un noir intégral, qui me rappelle le monde du Mictlan, ce gouffre où descendaient autrefois les âmes des disparus. À la différence près qu'il y brille une telle douceur, une telle volonté de me réconforter que l'envie me prend de me glisser dans ses bras et de tout oublier.

Mais je ne peux pas me réfugier dans cette illusion.

— Je commence à le comprendre, murmure-t-il avec un sourire en coin.

Avant de se pencher et d'embrasser mon front, en un geste qui me trouble à un point tel que ça en devient presque gênant. Ou peut-être ne l'est-ce pas tant que ça, finalement.

Ashur a arrêté ses efforts pour déblayer la cour. Il me prend la main et, si prévenant se montre-t-il, je ne peux pas m'empêcher de grimacer.

— Tu es blessée ?

— Mon côté…

Ses yeux s'écarquillent à la vue de la plaie.

— Qui… ? Que… ?

Il s'interrompt brutalement, la tête penchée sur le côté. La tension envahit ses traits.

— On vient. Une troupe nombreuse. On ne peut pas rester ici.

Il cherche à m'entraîner vers le couloir qu'il a pris pour venir ici, je résiste.

— Attends ! Je n'étais pas seule…

Je désigne Ixchel, d'abord.

— C'est elle qui… a déclenché tout ça. Elle m'a sauvé la vie. Et…

Je n'ai pas le temps de l'avertir. L'*alter ego* de ma tante se précipite vers nous à une vitesse effarante, compte tenu de son état. Les prunelles d'Ashur s'écarquillent à sa vue. À son crédit, il ne recule pourtant pas, même quand le jaguar s'arrête à quelques pas de moi, le considérant d'un regard méfiant.

— Qu'est-ce que… ?

— Je t'expliquerai. Pour le moment…

— Occupons-nous d'Ixchel.

En dépit de sa réticence à me laisser approcher d'elle, Carme a dû le comprendre, car le jaguar fonce vers Ixchel. Ashur m'aide à négocier les obstacles et quand nous arrivons à la hauteur de mon amie, il se penche vers elle. Pose deux doigts à la base de son cou. Carme nous contemple d'un air empli de défi.

— Elle a reçu un rude choc, marmonne-t-il en contemplant sa blessure. C'est la candidate de Tuxtla ?

Je hoche la tête. Inutile de lui dissimuler quoi que ce soit, à présent. Nous devons faire vite.

— Il faut vous cacher. Si vous restez ici, vous n'en sortirez pas vivantes.

Autrefois, cette phrase aurait réveillé toutes mes angoisses. À présent, elle ne parvient même pas à m'arracher un frisson. Au contraire, même : elle suscite ma colère, celle-là même que j'ai ressentie en contemplant le monde de Mictlan désert. Vidé de ses habitants. En imaginant l'âme de Nawi, celle de la mère d'Ixchel, ainsi que toutes celles auxquelles le Flamboyant, pour une raison que j'ignore encore, a enlevé le droit de trouver le repos.

Je trouverai, je t'en fais la promesse, Nawi.

Ashur soulève Ixchel avec précaution ; je le suis, Carme sur mes talons.

— Ils arrivent ! marmonne-t-il.

En effet : je peux entendre le martèlement des sandales dans les couloirs. Je marche le plus vite que je peux, guidée par la haute silhouette d'Ashur, qui porte dans ses bras Ixchel. Il grimpe sans effort apparent l'escalier menant à l'étage supérieur.

— Fais attention, il est instable, me glisse-t-il.

Sans blague, je songe, à la vue des lézardes qui le parcourent. La douleur choisit ce moment-là pour se réveiller. Tout mon côté gauche me semble baigné de flammes dont le contact me devient vite intolérable. Je grimace. Carme vient buter de sa tête contre ma jambe, m'encourageant à avancer. Elle fait bien : la pierre s'effrite sous mon poids, l'édifice est parcouru de convulsions sinistres. Je me hâte de le laisser derrière moi. L'escalier s'effondre en un bruit de fin du monde, quelques instants après.

J'entends des exclamations provenant de la cour que nous venons de quitter.

— Au moins, ils ne pourront pas nous poursuivre par là, me glisse Ashur.

Je hoche la tête : j'ai trop mal pour répondre quoi que ce soit. Une lueur angoissée point dans son regard.

— Nous n'en avons plus pour très longtemps. Tu vas pouvoir tenir ?

— Il le faudra bien, je halète.

Le corps solide du fauve est une présence réconfortante à mes côtés.

— Tu… me… supportes, maintenant ?

Le fauve lève les yeux au ciel, en une mimique qui m'arrache un rire autant qu'une grimace.

La douleur pulse à son propre rythme. Des étincelles dansent devant mon regard et je devine que je suis à deux doigts de tomber, moi aussi, dans l'inconscience. Je serre les dents, mes doigts s'accrochent à la clé d'obsidienne.

— Encore un effort, me glisse Ashur. Nous sommes presque arrivés.

J'ai beau faire de mon mieux, je me sens inexorablement ralentir. Mon corps se rebelle contre ma volonté d'avancer.

— Zina, je t'en prie… Je sais que tu peux le faire !

Je remarque à peine que nous quittons le corridor, que nous franchissons une porte peinte en rouge vif. Ashur disparaît dans une petite pièce, juste sur la droite.

Mes jambes se dérobent sous moi, je me rattrape de justesse à la silhouette de la panthère, qui pousse un grondement sourd tout en enroulant son corps contre le mien. Je voudrais crier mais je n'en ai plus la force. Un gémissement emplit l'air – le mien.

Le néant me cerne de toutes parts, me chuchotant à l'oreille de renoncer, de fermer les yeux et de me laisser aller.

C'est à peine si je distingue la silhouette d'Ashur.

— Zina !

Ses mains sur les miennes.

Ses bras autour de moi.

Je souris alors que mon corps prend enfin le dessus, sombrant dans l'inconscience.

Chapitre 41

Je descends degré par degré dans le cœur du Mictlan. Les profondeurs sans fond du gouffre m'appellent, le vent siffle à mes oreilles, mais je n'ai pas peur. Ma main ne tremble pas, mes pieds ne trébuchent pas sur les pierres qui roulent parfois sous mes sandales en cuir. Je continue mon chemin, de plus en plus vite, car je sais que, là-bas, quelqu'un m'attend.

La descente paraît interminable, et pourtant je ne ressens ni fatigue ni douleur. Au contraire : l'apaisement m'emplit de manière inexorable, à chaque mètre franchi, à chaque degré que j'atteins. Quand, au terme d'un escalier taillé à même la roche, je laisse la dernière lueur bleu pâle derrière moi, je suis que j'approche du but.

Un bruit d'eau me guide, de sa symphonie légère. Répétitive.

Ploc.

Ploc.

Des gouttes qui atteignent le domaine des morts après un très long voyage. Le temps n'a plus de prise ici. Son existence même effacée des esprits des défunts. Il ne demeure que l'éternité, aussi insondable que le lac gigantesque qui s'offre soudain à ma vue.

Un point lumineux brille tel un soleil depuis l'autre rive. Tout me pousse en avant, à entrer dans l'onde et à franchir à la nage l'étendue liquide. L'instinct de survie seul me retient. Me soufflant à l'oreille que je pénètre là dans un monde interdit aux vivants, que je dois jouer selon d'autres règles, dictées dans des temps immémoriaux par des êtres dont nous ne connaissons plus rien, même le nom.

Ici, en cette caverne obscure, primitive, à l'atmosphère glaciale, des puissances se sont endormies. Des créateurs dont je ne dois pas troubler le repos.

Alors, j'attends.

Et quand un frémissement trouble l'onde paisible, quand un bruit liquide d'abord léger, puis de plus en plus régulier, me parvient, je sais que j'ai fait le bon choix.

Une barque en bois sort des ténèbres. Une humble embarcation de pêcheur, sans aucun ornement dessiné sur sa coque, sans aucun confort à l'intérieur. À sa proue, se tient une silhouette encapuchonnée, revêtue d'une longue cape qui lui descend jusqu'aux pieds. Les mains qui manient les rames sont gantées. Elle ne prononce pas un seul mot en accostant juste devant moi. D'un geste, elle m'invite à monter. J'obéis, le cœur serein. Nous repartons en silence – la seule langue qui ait cours dans cet abîme. Prononcer la moindre syllabe, je le devine, aurait des conséquences catastrophiques en ce lieu, d'où il émane encore une aura étrange, qui me picote le bout des doigts.

La barque ne semble pas bouger, hors de l'espace, hors du temps. Dans ces ténèbres liquide, tout est figé. Immobile. Seul le point lumineux qui me sert de repère dément cette impression. Quand nous atteignons enfin l'autre rive, je réalise, sans être vraiment surprise, que la lumière émane d'un miroir. Une partie de moi-même le savait déjà, comme si j'avais déjà foulé cet endroit auparavant. Je salue le miroir avec une déférence que je n'ai jamais éprouvée pour un être vivant, fût-il assis sur un trône.

Autour du miroir posé à même le sol règne le dénuement le plus total. De la pierre noire, où les reflets lumineux se perdent, se décuplent. Je me retourne vers le lac, la barque du passeur a disparu. Personne à l'horizon. Aucun son, aucun mouvement. Et pourtant, je sais que je ne suis pas seule.

Quelqu'un se trouve non loin.

Quelqu'un s'approche.

Mes poils se hérissent, me donnant la chair de poule.

— Zina…

Un murmure, si ténu que je crois l'avoir rêvé.

— Zina…

Une silhouette entre dans mon champ de vision. Je la reconnaîtrais entre mille : Nawi. L'émotion me submerge soudain alors que ma sœur s'arrête à quelques pas de moi. Vêtue de cette tunique bleue, sa préférée, le collier de jade autour de son cou. Ses cheveux, si semblables aux miens, nattés en une longue tresse. Ses yeux hésitant entre le vert et le gris, captant la lumière du miroir. Je reconnais tout en elle, jusqu'au fin sourire qui plisse les coins de sa bouche.

J'ai tellement envie de la serrer dans mes bras.

Le spectre secoue la tête, d'un air triste.

— Je ne peux pas, pas vrai ? je demande.

Mes lèvres bougent, ma gorge vibre et pourtant, je n'entends aucun son rouler sur ma langue. Comme si cet endroit même me privait de ma voix.

— Non, Zina, me répond Nawi, et rien que le son de ses mots est une torture des plus exquises. Les larmes me montent aux yeux.

— Les lois du Mictlan ne le permettent pas.

— Mais tu n'es pas au Mictlan, je proteste. Je t'y ai cherchée.

— J'y suis le temps de ton rêve.

Ces mots me serrent le cœur dans un étau effroyable.

— Dis-moi où tu te trouves, Nawi. Dis-le-moi, je t'en supplie !

— La réponse se trouve juste sous tes yeux, répond-elle d'un ton serein.

Elle détourne légèrement la tête, la penche sur le côté. Comme si elle écoutait quelque chose qu'elle était seule à percevoir.

— Tu te souviens, quand nous étions petites, juste après la mort de papa et maman ? Quand nous courions jusqu'au potager examiner les légumes, les fruits et les fleurs ?

Je hoche la tête. Où veut-elle en venir ?

— Tu te rappelles notre jeu ?

Des tréfonds de ma mémoire remonte une farandole de souvenirs : Nawi prenant une profonde respiration, avant de désigner de l'index une plante au hasard.

« Elle est attaquée par un insecte, il faudrait la traiter ! »

Ou encore : « Elle manque d'eau, viens, nous allons l'arroser. »

Une décision qui donnait invariablement lieu à une bataille à la fontaine, d'où nous ressortions trempées. Combien de fois Carme nous a-t-elle retrouvées dans cet état !

— C'était un jeu auquel tu jouais toute seule, je lui fais remarquer. Je n'ai jamais compris comment tu y arrivais.

Nawi éclate d'un rire perlé.

— Je sais, réplique-t-elle. Tu ne captais aucune odeur, aucun parfum alors que moi, j'entrais dans un monde auquel seule, j'avais accès. La magie de la Terre me parlait et toi, tu n'entendais rien. J'adorais te faire enrager !

Ma grande sœur, si brillante. Les mots fusent de mon cœur.

— Tu me manques. Tu me manques tous les jours. Vivre sans toi… C'est atroce.

On dit que le temps apaise toutes les douleurs, les endort sous un linceul de nostalgie. Qu'au fil des années, il ne reste plus que le souvenir de tout ce que nous avons partagé avec nos défunts.

Encore une illusion.

— Nawi, dis-moi ce qui t'est arrivé. Je t'en prie…

Je suis prête à me mettre à genoux, à la supplier. Le fantôme secoue la tête.

— Tu ne m'écoutes pas. La réponse… une part de toi la connaît déjà.

Nawi hésite avant d'ajouter :

— Fais-toi confiance, Zina. Et rappelle-toi ce que je viens de te dire, d'accord ?

— Je ne comprends pas. Comment ce souvenir…

— Rappelle-toi, murmure-t-elle, m'interrompant.

Nawi recule d'un pas. Puis un autre.

— Non, je t'en prie ! Ne me quitte pas, pas maintenant !

— Je ne te quitterai jamais, Zina. Où que tu sois, tu m'emporteras avec toi.

Le spectre se brouille sous mes yeux. La silhouette de Nawi s'effiloche, lambeaux évanescents qui disparaissent aussitôt.

— Nawi ! NAWI !

Le silence seul me répond.

Un instant de néant.

Et tout disparaît.

Chapitre 42

— Nawi !

J'entends un cri : mon agitation soudaine a dérangé la personne se trouvant à mes côtés. L'espace d'un battement de cœur, je crois qu'il s'agit de Carme. Je cligne des yeux et aussitôt l'illusion se dissipe : c'est une inconnue, au visage rond, qui m'offre un sourire hésitant.

— Qui êtes-vous ?

— Du calme, murmure-t-elle d'un ton qui se veut rassurant. Vous devez vous reposer.

— Je ne veux pas…

— Et surtout, continue-t-elle, parler à voix basse. Trop d'oreilles peuvent traîner dans les couloirs du palais.

Ce dernier mot ranime tous mes souvenirs.

L'agression dont nous avons été victimes, Itay, Ixchel déclenchant le tremblement de terre, Carme et enfin… Ashur.

Ashur qui n'est pas là. Je fixe l'étrangère, agenouillée près de ma couche. Dans sa main gauche, elle tient un bol d'où monte un parfum familier : celui de la décoction de plantes que Carme préparait chaque fois que je revenais, enfant, avec un bobo à soigner. Je refoule sans pitié la vague d'émotion qui monte en mon for intérieur : je n'ai que trop pleuré.

À peine ai-je esquissé un mouvement pour me relever que mon corps me rappelle à l'ordre. Une langue de feu s'enroule autour de mes côtes, m'arrachant une grimace.

— Où croyez-vous donc aller ? s'exclame la guérisseuse, qui me fixe d'un regard sévère. N'avez-vous donc pas entendu ce que je viens de vous recommander ?

— Je n'ai pas le temps, je réplique, ni pour le repos ni pour le calme !

Aussi bien l'expression de l'inconnue que la douleur qui pulse dans mon corps tout entier m'indiquent néanmoins que je vais devoir obéir.

De manière inattendue, la guérisseuse laisse échapper un petit gloussement.

— Vous vous êtes bien trouvés.

— Qui donc ?

— Ashur et vous. Quand il n'était pas plus haut que ça…

Elle tend la main un peu au-dessus de sa tête.

— … il m'affirmait déjà qu'il n'avait pas besoin de dormir. « Dormir, c'est pour les faibles ! » Je le retrouvais en général endormi à poings fermés dix minutes après.

Je tâche d'ignorer du mieux que je peux la sensation délicieuse qui m'envahit à ces mots.

— Vous étiez…

— Sa nourrice, achève-t-elle. On me nomme Bilol. Et maintenant, je suis sa complice quand il s'agit de vous cacher, votre amie et vous, aux yeux des gardes impériaux. Donc silence et repos.

De toutes ces phrases, je n'en retiens qu'une seule.

— Ixchel va bien ?

Un large sourire fend le visage de Bilol.

— Elle a repris conscience plus tôt dans la journée, oui. Elle vient de se rendormir, elle en a besoin ! Votre… jaguar la veille.

En dépit des circonstances, je ne peux m'empêcher de sourire à cette idée.

— Sa blessure ne sera bientôt plus qu'un mauvais souvenir, continue Bilol. Le véritable danger, c'était l'épuisement dont elle a été victime en puisant trop fort et trop vite dans sa magie. Heureusement, elle est jeune, de constitution robuste, elle s'en remettra.

Son regard sévère est de retour.

— Cependant, il ne faudrait pas qu'elle commette de nouveau un tel exploit dans les jours qui viennent, compris ?

Je hoche la tête, même si je doute d'être capable d'arrêter Ixchel si elle se remet en tête de donner libre cours à ses capacités magiques.

Après un moment de silence, Bilol reprend, d'un ton plus hésitant :

— Je me demandais comment, par la grâce du Flamboyant, deux candidates de l'Ayotl s'étaient retrouvées mêlées à un tel incident…

Je scrute ses traits, me demandant si je peux lui faire confiance. Après tout, si elle avait voulu me dénoncer, elle l'aurait fait depuis longtemps. Et si Ashur se fie à elle, je peux aussi avoir confiance.

— Ce n'était pas un incident, je réponds. Ixchel a provoqué ce séisme pour nous sauver, ma tante et moi.

J'hésite avant de me forcer à déclarer :

— Je ne suis pas là pour l'Ayotl, en vérité. Ma sœur a été exécutée pour haute trahison. Je veux savoir ce qu'il s'est réellement passé…

Un son, soudain, retentit depuis le seuil de la pièce. Mon cœur manque un battement alors que je découvre Ashur, qui me dévisage, un air insondable sur ses traits.

Un instant de flottement s'écoule. Il est rompu par Bilol, se raclant la gorge.

— Je vais vous laisser, souffle-t-elle en se relevant. Je reviendrai plus tard examiner cette blessure.

Elle me quitte sur un clin d'œil complice.

— Merci, Bilol, murmure Ashur.

Il s'installe sur le seul siège disponible – le coussin rapiécé où Bilol s'était agenouillée. Son regard demeure fixé sur le bout de ses sandales.

— Je suis venu voir comment tu te portais.

Je hausse les épaules.

— Bien mieux que lorsque tu m'as trouvée.

L'ombre d'un sourire sur ses lèvres.

— Vous êtes en sécurité ici, affirme Ashur, qui joue de manière absente avec la frange effilochée du coussin. Mon père a déclaré interdite toute la zone autour du lieu où s'est produit l'incident…

Je ne peux m'empêcher d'émettre un son moqueur à ce mot. Le sourire d'Ashur se fait plus franc, avant de disparaître aussi vite qu'il est apparu.

— Nous avons combien de temps ? je demande. Avant qu'ils nous recherchent.

— Je ne sais pas, avoue-t-il.

L'appréhension me gagne. Ixchel, Carme et moi avons beau avoir de la magie à revendre, nous n'en demeurons pas moins isolées, sans alliés et blessées de surcroît. Ixchel comme Carme ne sont pas en état de prendre une décision, tout le poids des responsabilités repose sur mes épaules.

Le silence qui se prolonge entre Ashur et moi devient insupportable.

— Je…

— Nous…, commence-t-il au même moment.

Oh, par la grâce de L'Obscur ! Comment est-on parvenus à une telle situation, où chacun d'entre nous semble avoir du mal à parler à l'autre ? Soudain, je voudrais retourner aux premiers jours de l'Ayotl, quand je n'éprouvais aucune difficulté à me livrer à lui, même en prétendant être ce que je n'étais pas. Au moins, à cet instant, les mots me venaient librement. Pourquoi, alors que nous nous retrouvons finalement en tête à tête, ai-je autant de mal à me confier ?

Il émet un petit rire sans joie.

— J'allais dire que nous devrions établir un plan. Mais je ne sais pas si ce « nous » existe ailleurs que dans mon esprit.

— Qu'est-ce que tu veux dire ?

Il passe une main lasse dans ses cheveux, laissés libres.

— Je ne t'espionnais pas, je le jure par la grâce du Flamboyant. Mais j'ai entendu ce que tu viens de dire à Bilol.

Un sourire ironique plisse ses lèvres.

— Dire que je t'ai demandé à plusieurs reprises ce qui t'amenait ici et que tu n'as jamais voulu me répondre.

Je comprends sans peine le reproche qu'il m'adresse : je me suis fiée à une quasi-inconnue, lui avouant la vérité alors que j'ai continué à mentir à Ashur pendant des semaines. Le rouge me monte au front.

— Tu n'es pas obligée de me le dire, tu sais, continue-t-il de cette même voix douce, où entre à présent une déception difficile à supporter. Néanmoins, je ne peux pas t'aider si je ne sais pas ce qui t'anime, Zina.

Il fait mine de se relever et, soudain, j'ai peur. Peur de le laisser s'enfuir loin de moi, si loin que je ne puisse pas le rattraper.

— Attends !

J'ai saisi, d'un geste instinctif, son poignet. Ashur s'immobilise.

— Je vais tout te dire.

Chapitre 43

Se livrer à quelqu'un est terrifiant. Alors que je raconte en détail ce qui nous a amenées ici, Carme et moi, je guette chaque réaction sur le visage si expressif d'Ashur. Tout dans son regard, les émotions qui se reflètent sur ses traits tels les nuages à la surface de l'eau un jour de belle saison, m'apprend ce qu'il ressent. Ce qu'il pense.

— Je me suis réveillée et j'ai trouvé Ixchel. Je ne suis pas parvenue à la ranimer. C'est alors que tu es arrivé et… tu connais la suite, je finis maladroitement mon récit.

L'appréhension de savoir comment il va réagir se dispute en mon for intérieur à l'exaltation de lui avoir enfin tout révélé. Je réalise combien j'en avais besoin, quel poids ce secret avait fini par m'imposer, jour après jour, depuis que j'ai posé le pied à Chilris.

Ashur relâche son souffle de manière audible. Ses prunelles sombrent brillent d'empathie… et d'une autre sensation, que je m'interdis de nommer. Parce que, si je me trompais, cela me ferait trop mal.

Il se détourne légèrement de moi et mon cœur s'emballe dans ma poitrine. Aurais-je fait le mauvais choix ?

Quand je vois cependant ce qu'il tire de sa poche, j'en demeure confondue.

Le collier de jade de Nawi ! Il me le tend.

— Je pense que ceci doit te revenir.

Je m'en saisis avec avidité, submergée par l'émotion.

— Itay est mort. Sans doute dans le séisme…, continue Ashur.

— Tant mieux, je réponds d'un ton vif.

Je n'éprouve aucun remords envers celui qui a voulu me tuer.

— Comment as-tu su pour le collier ?

Il hausse un sourcil.

— Vu comment tu le regardais lors du dîner la veille…

— Je pensais que tu étais parti du banquet ?

Le regard d'Ashur brille d'une douceur à laquelle je pourrais facilement m'habituer.

— Comment aurais-je pu t'aider si je l'avais fait ? J'étais toujours là, tu sais. Juste… Ça m'était insupportable de te voir en candidate de l'Ayotl. (Il ravale sa salive.) Et puis il y a eu ton affrontement avec Itay. Tu sais que c'était le petit protégé de Yarenan ?

— J'aurais pu m'en douter, je grommelle.

Une raison de plus pour que le Grand Prêtre jure ma perte.

Ashur reprend, d'un ton plus rauque :

— Je savais que tu cachais quelque chose, depuis la première épreuve. Mais je ne m'attendais pas à… ça.

— Je suis désolée de t'avoir menti, je ne…

— Zina.

Mon prénom autant que l'index qu'il pose doucement sur mes lèvres me réduisent au silence. Son regard demeure braqué sur ma bouche, avant qu'il finisse par s'en détourner. Il enlève sa main d'un geste vif, comme si ce contact l'avait brûlé.

— Je comprends, poursuit-il en s'éclaircissant la gorge. Tu n'as pas à être désolée. J'aurais fait pareil à ta place… Ou plutôt, je me plais à le croire parce que en vérité, je ne sais pas si j'aurais eu ton courage. Ton audace.

Il secoue la tête, comme s'il ne parvenait pas à y croire. Des milliers de papillons semblent prendre leur envol dans ma poitrine. Je ne peux pas détacher mon regard de lui.

— Je suis désolé pour ta sœur. Tellement désolé.

J'acquiesce, la gorge trop nouée soudain pour articuler quoi que ce soit. Ashur hésite, avant d'ajouter :

— Écoute, si tu veux mon aide…

— Bien sûr ! je m'écrie. Comment peux-tu en douter ?

Cette fois-ci, il pose sa main sur la mienne. Je n'ai aucune envie qu'il la retire. Je peux sentir les cals que le maniement des armes a laissés sur sa peau, un contraste frappant avec la douceur avec laquelle il entrelace ses doigts aux miens. Les papillons dans ma poitrine prennent leur envol alors qu'une émotion enfle telle une vague en mon for intérieur. J'ai tellement envie de me réfugier dans ses bras, comme lorsqu'il m'a découverte dans la cour ravagée par le séisme. Tellement envie de me sentir en sécurité. D'éveiller aussi le désir dans son regard, ce même désir que j'ai déjà aperçu juste avant qu'il quitte soi-disant la salle du banquet.

Pourtant, une chose me retient encore. Un détail, mais qui me trouble. Je me penche en avant. Ses yeux s'assombrissent. Il demeure immobile pourtant.

— J'ai besoin que tu me dises…

— Demande et je te répondrai.

Son regard brille de sincérité.

— Pourquoi as-tu aidé Kailani lors de la première épreuve ?

Les avertissements de Nasqui me reviennent en tête, tel un hurlement lugubre de coyote.

« *Vous feriez bien de vous méfier de lui.* »

Ashur prend une profonde inspiration.

— J'aurais dû te le dire dès le premier soir, quand je t'ai interpellée dans le jardin...

Je resserre ma pression sur ses doigts.

— Yarenan..., commence-t-il. Je ne sais pas ce que l'on a pu te raconter à son sujet, ni sur les relations entre nous, mais je n'ai pas d'estime particulière pour lui. Il ment tout le temps, il change d'allégeance comme il changerait de tunique... Tu savais que c'est l'ancienne reine, Ollantay, qui a manœuvré pour qu'il soit nommé Grand Prêtre du Flamboyant ?

— Carme me l'a dit, oui.

— Elle lui a tout donné : les richesses, le statut, l'accès auprès de mon père, continue-t-il, d'un ton où gronde l'irritation. Et en réponse, quand il aurait fallu la soutenir, juste après que le meurtre de mon demi-frère, Nurbek, a été découvert, Yarenan n'a pas levé le petit doigt pour l'aider. Au contraire : c'est lui qui a soufflé à l'oreille de mon père cette idée d'Ayotl...

Il secoue la tête.

— Comme si le quartier des femmes ne regorgeait pas déjà de concubines !

La douleur éclate dans sa voix à cet instant. Révélant une blessure qui ne s'est jamais refermée. Je brûle de lui demander ce qu'il s'est passé, qui est sa mère, si elle se trouve toujours parmi toutes ces concubines dont il vient de parler.

— Bref, reprend-il après un silence. C'est un vrai serpent et je ne verserai pas une seule larme si mon père décidait de lui reprendre tout ce qu'il lui a donné. Néanmoins…

Son regard se braque de nouveau sur moi.

— … personne ne mérite de voir sa fille mourir. Et encore moins de sa propre main.

— Kailani…

Il hoche la tête.

— Yarenan possède une seule qualité, parmi tous ses défauts : il adore Kailani. Sa fille unique, son joyau, comme il l'appelle. Mon père le sait, comme toute la cour. Aussi, quand il a accepté de lancer l'Ayotl, il a forcé Yarenan à y inscrire Kailani.

Je ravale ma salive. Carme ne s'était donc pas trompée à ce sujet.

— Yarenan était catastrophé, comme tu peux t'en douter, continue Ashur. Il ne pouvait pas s'opposer à la volonté de mon père, cependant. En panique, il est venu me trouver : il savait ma magie assez puissante pour que je l'exerce sans que quiconque ou presque…

Il m'adresse un clin d'œil, qui me fait fondre.

— … puisse la repérer. J'ai accepté de l'aider lors de la première épreuve, celle de la danse. Je savais que Kailani pouvait la remporter par elle-même mais…

Il soupire.

— J'ai eu pitié, je suppose. Pitié de cet homme qui, en trahissant les autres, se retrouvait pris à son propre piège. Et puis…

— Et puis quoi ? j'insiste, quand il demeure silencieux.

— Kailani possède de l'ambition à revendre. Elle a toujours voulu s'élever au-dessus de sa condition, obtenir le pouvoir. Je me suis dit qu'elle irait très bien avec mon père. J'étais d'autant plus motivé après t'avoir vue ce matin-là, sur l'estrade.

Le souvenir de notre première rencontre refait surface. J'incline légèrement la tête sur le côté, glisse en un souffle :

— Moi ?

— Toi, répond-il immédiatement.

Chapitre 44

Un feu s'allume dans ses prunelles sombres, qui ne me lâchent pas. Son pouce entame un lent mouvement de va-et-vient sur le dos de ma main, ce qui me fait frémir.

— Tu n'as aucune idée du tourment dans lequel je me suis retrouvé juste après t'avoir vue, chuchote-t-il, son souffle balayant mon visage, mon cou en une caresse. Te voir, t'entendre proclamer haut et fort ta magie d'*Ixquen*… J'avais envie de massacrer cette foule qui n'avait pour toi que des insultes à la bouche.

Il dégage doucement ses doigts des miens, lève les mains en un geste si lent qu'il me donne envie de crier de frustration. Quand enfin elles se posent sur mes joues, je ne peux pas retenir un gémissement. Quelle est donc la magie de cet homme, qui me dévore des yeux, pour me faire réagir telle une vierge que personne d'autre n'aurait touchée auparavant ?

— J'ai cru devenir fou toute cette journée, continue-t-il. Je brûlais d'envie de te revoir, autant que je redoutais que le soir vienne et avec lui, l'épreuve de la danse. J'ai suspendu mon souffle quand ton tour est venu…

Je ne vois plus que lui.

Je ne veux plus que lui.

Et il le sait, vu le petit sourire taquin qui fleurit sur sa bouche. Une bouche que j'ai furieusement envie de sentir sur la mienne.

— Ce soir-là… Tu m'as envoûté. Corps et âme. J'ignorais à quel point on peut avoir envie d'appartenir à une personne avant de te rencontrer. Si ce n'avait pas été l'Ayotl, je t'aurais enlevée.

— Tu aurais dû, je chuchote en retour. Je n'ai aucune envie de devenir la consort…

— Tant mieux, réplique-t-il. Sois à moi.

Le temps des mots est révolu. Je glisse mes bras autour de son cou, l'attire à moi et l'embrasse.

Nous oublions toute tendresse. Nous avons faim l'un de l'autre et cet appétit ne fait que grandir. J'écrase ma bouche contre celle d'Ashur, et je pourrais pleurer de soulagement, de satisfaction tant j'ai attendu ce moment. Un goût doux-amer, reste de la décoction que j'ai avalée plus tôt, se mêle de ma langue à la sienne, je l'entends pousser un gémissement. Jamais je ne me suis sentie aussi vivante. Mes doigts s'agrippent à ses épaules. Des frissons se répandent le long de ma colonne vertébrale. Cédant à une impulsion, je renverse la tête en arrière, dévoilant mon cou. Je veux qu'il continue à m'embrasser et pas seulement sur la bouche. Comme s'il avait lu dans mes pensées, Ashur mordille la peau de mon cou, avant de la lécher en une caresse obscène qui m'arrache des frissons. J'ai l'impression de me transformer en flamme, en torche vivante qu'aucun prêtre n'aurait le pouvoir d'éteindre.

La magie craque et crisse dans mes veines. J'ai tellement besoin de…

— Zina, murmure-t-il d'une voix rauque.

Nos regards se croisent.

Dans nos prunelles, la même question.

Qui trouve une réponse dans le sourire jumeau qui illumine nos visages.

Je comprends que nous sommes sur la même longueur d'onde.

Ashur m'attire de nouveau à lui, plus fermement cette fois. Comme si je représentais l'air dont sa magie se nourrit. Le baiser qu'il me donne à ce moment me coupe le souffle. Le désir me perce de sa flèche et je ne peux pas y résister. Ignorant les tiraillements sourds qu'émet ma blessure sur le côté gauche, je m'accroche à lui, mes doigts s'enfonçant dans sa chevelure. Un grondement vibre dans sa gorge et encore davantage quand j'embrasse à pleine bouche son cou, savourant le contraste entre les muscles puissants et la peau si douce.

— Tu vas me rendre dingue…, souffle-t-il.

— Parce que ce n'est pas déjà le cas ? je réplique, m'étirant d'un mouvement félin.

Je m'assieds sur lui et je pousse un soupir quand je sens son sexe dur contre moi.

— Tu es blessée…, murmure-t-il contre mes lèvres.

— Tu penses que ça va m'arrêter ?

Je paie ma réplique bravache d'une grimace l'instant d'après, quand un pic de douleur me rappelle mon état actuel. Ashur n'a rien perdu de la scène, il se met à rire doucement. Je tape son torse d'un revers de la main.

— Ne te moque pas de moi.

— Jamais…

Il m'embrasse à nouveau, avec douceur.

Mais je suis impatiente, j'en veux plus. Toujours plus.

— Ma féroce, murmure Ashur contre mes lèvres, les léchant délicatement en une caresse qui me fait chavirer. Si cela ne tenait qu'à moi, je ne te relâcherais plus jamais…

Je frissonne, me colle un peu plus contre lui, contre la chaleur de son corps.

— S'il te plaît, s'il te plaît…

La supplique s'envole de ma bouche contre la sienne.

Je joue des muscles de mes jambes, de mon ventre, je me frotte contre lui, je ne le laisse pas partir. Ashur ferme les yeux, murmure mon prénom avec ferveur, comme s'il récitait une prière. Le plaisir monte doucement mais sûrement dans tout mon être. Je retrousse d'un geste impatient la tunique dont Bilol a dû me vêtir dans mon sommeil, découvrant mes cuisses.

— S'il te plaît…

Je n'ai pas besoin de supplier plus longtemps.

— Mon impatiente…, rétorque-t-il.

Je l'entends à peine. Tout ce qui compte, c'est le trajet de ses mains sur ma peau nue, remontant le vêtement avec une lenteur insupportable, avant de finalement me l'enlever. Il contemple mon corps avec cette révérence que j'avais déjà entendue dans sa voix.

Seule la clé d'obsidienne pend autour de mon cou.

Mais Ashur, pas plus que les autres, ne la voit. J'ignore pourquoi je ne la dévoile pas à son regard. Puis j'oublie quand sa bouche parcourt mes seins, mon ventre, trace des sillons de feu sur ma peau.

D'un mouvement souple, il me fait basculer sur la couche que je viens de quitter.

— Je peux t'embrasser ?

Il me faut de longues secondes pour réaliser ce qu'il vient de dire.

— C'est un peu tard pour demander la permission !

Il me décoche un sourire carnassier.

— Je n'ai jamais dit que je visais ta bouche.

Je réprime l'envie de me jeter à son cou une nouvelle fois. À la place, j'ouvre les jambes en grand. Ashur ne peut empêcher son regard de glisser vers ce que je viens de lui révéler, sans aucune pudeur.

— Fais de ton mieux, je lui jette en guise de défi.

Un défi qu'il relève haut la main, comme il me le prouve dans les minutes qui suivent.

Chapitre 45

Nous demeurons enlacés, le souffle court.

Une expérience inédite, pour moi : aucun de mes amants passés n'aurait voulu être surpris dans une telle situation avec moi.

Je relève le menton vers Ashur, tranquillement allongé à mes côtés, les yeux mi-clos. Nous nous tenons serrés l'un contre l'autre pour profiter de l'unique couche de la pièce, ce qui ne marche pas vraiment mais nous n'en avons cure. Et puis c'est agréable de sentir son corps tout contre le mien, sa chaleur se communiquer à la mienne.

Un instant de répit, de paix et d'harmonie dont j'avais besoin. Lui aussi, à en juger par l'apaisement sur ses traits. Je dépose un baiser papillon sur son épaule, je me redresse sur un coude. Même si une partie de moi-même a envie de conserver l'illusion de ce moment hors du temps, hors du monde, je sais que je ne peux pas me le permettre. J'ai une mission à accomplir, une vérité à trouver. Ashur doit le percevoir, car il se redresse à moitié, son regard sombre rencontrant le mien.

— Tu te sens bien ?

— Mieux que bien… idiot, je réplique avant de l'embrasser doucement.

Un contact que je voudrais prolonger. À la place, je m'éloigne après quelques secondes.

— Je pense deviner le cours de tes pensées, me chuchote-t-il dans le cocon que nos corps forment l'un contre l'autre.

— Ah bon ? je réplique, feignant l'étonnement.

— Mmmmm. Tu te demandes ce que nous allons faire maintenant.

— Touché, je souffle en posant mon front contre son épaule.

— Eh bien, laisse-moi te répondre.

Ses lèvres frôlent mon oreille, provoquant des chatouillements délicieux. Je réprime un rire, qui me monte naturellement aux lèvres. J'ignorais que l'après pouvait se passer… comme ça.

De manière si légère, si naturelle.

Si complice.

Ashur passe un index sous mon menton, m'obligeant à le regarder. Je fronce les sourcils quand je vois une ombre voiler son expression.

— Qu'y a-t-il ?

— Rien. Juste… Je ne veux plus être séparé de toi.

J'ai envie de lui répliquer que moi non plus, mais il ne m'en donne pas le temps.

— Promets-moi que, quoi qu'il se passe, nous resterons ensemble, d'accord ?

— Une promesse facile à tenir, je réponds.

Un éclair d'hésitation dans son regard. Comme s'il doutait de ma sincérité. Je m'empresse de le rassurer en lui donnant un long baiser, qu'il me rend aussitôt. La sensualité de ce moment nous entraînerait facilement tous les deux vers de nouveaux ébats, mais je coupe court.

Ce qui ne m'empêche pas de soupirer de frustration.

— Je voudrais…

— Je sais, m'interrompt-il, passant une main tendre sur ma joue. Plus tard.

Deux mots qui résonnent, eux aussi, tel un serment.

— Plus tard, je répète.

Il s'assied à mes côtés, rassemble ses longs cheveux d'une main, découvrant sa nuque à mon regard. Je le dévore des yeux, avec ce qui doit certainement être un sourire bête aux lèvres. Sa peau est tellement douce que je voudrais…

Une marque sombre attire soudain mon attention.

Sur le côté droit, à un endroit dissimulé d'ordinaire par sa chevelure, ce que je devine être un tatouage. Curieuse, je me redresse.

— Alors, que faisons…, commence Ashur.

— Je n'avais pas vu ça ! je m'exclame, le coupant net.

Je caresse du bout du doigt le dessin se découpant si nettement sur sa peau, une teinte plus claire que la mienne. Plus je l'examine, plus quelque chose dans cette marque me trouble.

Ashur se raidit à ce contact.

Il se racle la gorge, avant de croasser :

— Ce n'est rien. Une stupide erreur quand j'étais… plus jeune.

J'émets un « mmm » distrait. Je trace de mon ongle un des pétales stylisés, à la base large, qui s'étrécit de plus en plus jusqu'à former une pointe.

Mon souffle se bloque dans ma gorge quand je comprends ce qu'elle m'évoque.

Une fleur.

Fleur fantôme.

— Zina ?

Ashur se tourne vers moi, sourcils froncés.

— Ça va ?

Je hoche la tête, par réflexe.

La coïncidence est troublante, mais cela reste une coïncidence. Ashur repousse sa chevelure en arrière, me barrant la vue.

Il me contemple en silence. Il lève les mains, enserre mon visage dans une étreinte si tendre qu'elle m'amène les larmes aux yeux.

— Laisse-moi t'aider, souffle-t-il contre mes lèvres. D'accord ?

— D'accord, je souffle en retour, avant de sceller notre alliance d'un long baiser.

Dès qu'Ashur quitte notre repaire, je me laisse aller de tout mon long sur la couche qui vient de nous accueillir. La tiédeur du tissu me donne envie de m'y pelotonner, les traces de son odeur également. Tout serait si facile si je pouvais ne penser qu'à lui, à ce que nous venons de vivre, à l'avenir qu'il semble envisager pour nous deux…

Une vague d'émotion enfle en mon for intérieur, et je résiste – difficilement – à la tentation de laisser échapper l'exclamation de joie qui me monte aux lèvres. En lieu et place, je me relève, enfile la tunique demeurée au sol.

— Zina ?

Ixchel ! Je me précipite le plus rapidement possible dans la pièce voisine.

Chapitre 46

Allongée de tout son long sur la couche, Ixchel papillonne des paupières en me voyant arriver. Un faible sourire étire ses lèvres et je m'agenouille tant bien que mal sur l'unique coussin. Juste à côté repose le jaguar. Je réprime un sourire en le voyant aussi profondément endormi.

— Comment te sens-tu ? je demande à Ixchel.

Elle tousse un peu, ravale sa salive avec une grimace.

— J'ai connu mieux.

Par réflexe, j'attrape la cruche d'eau que la prévenante Bilol a laissée sur la table basse non loin, en verse un plein gobelet.

— Attends, je vais t'aider à te relever… Voilà…

Ixchel boit à grandes gorgées, avant de me rendre le récipient. Je me sens rassurée en voyant à quel point son regard est clair, et la manière dont elle me sourit.

— Que s'est-il passé ? demande-t-elle. Bilol m'a parlé d'un séisme…

— Tu ne t'en souviens pas ?

Elle secoue la tête.

— Des images me demeurent en tête, mais… tout est flou. J'entends des cris, des appels à l'aide. Puis plus rien.

J'effleure du bout du doigt la plaie pansée de son crâne. J'espère que Bilol a dit vrai, qu'elle guérira sans aucun problème.

— Tu nous as toutes sauvé la vie, je chuchote en réponse. Nous avons été attaquées quand nous sommes revenues à l'appartement.

— Attaquées ? s'écrie Ixchel. Mais par qui ? Et pourquoi ?

— Itay, je grogne, une flambée de colère m'envahissant à son seul souvenir. Il était accompagné de plusieurs gardes. Ils nous ont agressées par surprise, et si tu n'étais pas intervenue… je pense que je ne serais plus là pour te le raconter.

Sans un mot, Ixchel me tend la main, je la serre fort dans la mienne.

— Et je ne sais pas pourquoi, en fait. Peut-être ont-ils découvert que nous avions déserté le palais…

Ou ils en ont eu assez de voir une adepte de L'Obscur parader parmi les candidates de l'Ayotl. Tu avais humilié cet Itay dont tu parles devant toute la cour.

— Peut-être, souffle Ixchel, perdue dans ses pensées.

Après un instant, elle glisse un coup d'œil au jaguar roulé en boule :

— Tu sais pourquoi elle…

— … elle reste sous cette forme ?

Je hausse les épaules.

— Il s'est passé la même chose quand nous avons appris la mort de Nawi. Je pense qu'elle s'efforce de gérer ses émotions au mieux et que, parfois, ça passe par le fait d'endosser un autre corps.

J'hésite avant de dévoiler :

— Carme… Elle a déjà perdu tellement.

Ixchel hoche la tête, son regard pensif fixé sur le fauve qui semble monter la garde auprès d'elle.

Un raclement de gorge attire notre attention. Bilol se tient sur le seuil de la pièce, un air navré sur le visage.

— Désolée de vous déranger. J'ai pensé que vous deviez être tenues au courant…

La guérisseuse fait quelques pas hésitants, s'assied en tailleur à mes côtés. Ixchel me prend la main, serre mes doigts plus fort entre les siens, comme pour me dire : « Je suis là. » Heureusement. Carme choisit cet instant pour se réveiller, dévoilant ses crocs en un bâillement. Bilol inspire profondément :

— La rumeur court que ce soir, au moment d'allumer les feux au sommet du temple pyramide du Flamboyant, l'empereur se présentera en personne pour effectuer une déclaration. Je ne vous cache pas que les paris vont bon train dans le palais.

Je ne peux m'empêcher de ricaner. À quoi s'attendre d'autre de la part des nobles ?

— Quel est le sujet de ces paris ?

— Le séisme que tu as déclenché a été ressenti bien au-delà des frontières du palais impérial, répond Bilol, l'air embarrassé. Vous ne le voyez pas car vous devez demeurer ici, mais il subsiste de nombreux dégâts… Ixchel se met à rougir d'embarras.

— … dans le palais mais aussi dans la ville même. Il suscite aussi de nombreuses questions : tout le monde sait que ce n'est pas un tremblement de terre ordinaire. On en a déjà vécu, on sait ce que c'est.

— Ce qui veut dire que l'empereur doit s'expliquer sur le sujet, j'achève. Je dois y assister.

S'il y a quelque chose à apprendre de ce discours, je veux être là pour l'entendre. Bilol et Ixchel s'exclament d'une même voix :

— Non !

— C'est beaucoup trop dangereux, intervient mon amie.

— Et puis, comment feriez-vous pour être présente ? s'écrie la guérisseuse. Vous seriez repérée en quelques…

Elle s'interrompt brutalement quand je sors de sous ma tunique la clé d'obsidienne. J'ignore pourquoi précisément je l'expose délibérément à leurs regards alors que je l'ai tenue secrète jusqu'ici, même envers Ashur. Peut-être tout simplement parce que son contact me rassure. Me dit que je peux y arriver.

— Je n'ai jamais vu un tel objet…, murmure mon amie.

— Le seul héritage de ma mère.

Je serre la clé plus fort dans ma paume.

— Cela va m'aider à convoquer les Ombres. Je pourrai passer inaperçue dans la foule.

Bilol ne flanche pas le moins du monde à l'évocation des Ombres, mais ne paraît pas pour autant convaincue par mon plan. Ixchel esquisse une moue.

— Pourquoi dois-tu y assister en personne ? Quelqu'un d'autre pourrait te rapporter ce qui va se dire…

J'écarte aussitôt cette idée. Mon instinct me souffle que, cette fois, je dois y assister. Je relâche la main d'Ixchel, avec un sourire que j'espère rassurant.

— Ne t'inquiète pas trop.

— C'est toi qui me dis ça ? réplique Ixchel, avec une grimace éloquente, qui me fait rire.

Bilol s'éclaircit la voix.

— Je déteste être la porteuse de mauvaises nouvelles, commence-t-elle, mais de toute manière, je venais aussi vous trouver pour vous dire que vous ne pouvez pas rester ici. L'empereur va certainement lancer les recherches de manière plus active après son discours de ce soir, surtout s'il admet que le séisme a une cause humaine et non naturelle…

— Et comment comptiez-vous nous faire évader ?

Un sourire malicieux éclaire la face ronde de Bilol.

— Grâce au réseau de tunnels creusés sous le palais…

Elle laisse échapper un rire face à nos mines étonnées.

— Le sous-sol en est truffé, avoue-t-elle. Notamment en cas d'invasion. Quand le fils de l'empereur, Nurbek, a été enlevé, même avec la protection du Rempart, l'empereur a tenu à se ménager des accès de sortie si le pire devait se produire.

Au moins une sage décision de sa part, je songe.

— Où irons-nous nous cacher ? l'interroge Ixchel. Dans ce sous-sol ?

— Exactement. Personne ne songera à vous y rechercher, vous serez en sécurité et même si une grande partie de ces souterrains est désormais hors limite…

Ixchel prend une mine terrifiée – au vu de ses capacités magiques, je ne pensais pas qu'un séjour sous terre lui ferait peur. J'interviens, posant la question qui doit brûler les lèvres de mon amie :

— Pourquoi ?

Bill hausse les épaules.

— Risque d'affaissement, il paraît. Yarenan l'aurait ordonné et l'empereur s'est exécuté.

— Vous êtes rudement bien renseignée…

— … pour une ancienne nourrice ? réplique Bilol.

— Ce n'est pas ce que je voulais dire, je m'empresse d'ajouter, levant une main en signe d'apaisement. Comment savez-vous tout cela ?

— C’est Ashur qui a eu l’idée des souterrains, esquive Bilol tout en me regardant par en dessous, avec un air malicieux indéniable.

Elle doit être au courant ou du moins subodorer la nature exacte du lien qui existe entre le prince et moi.

Ixchel hausse les sourcils, étonnée.

— C’est lui qui nous a sauvées, je marmonne. Je t’expliquerai, j’ajoute tout en me promettant d’en dire le moins possible.

Non que je veuille cacher ce qui nous unit. Mais pour le moment, j’ai envie que cela reste entre lui et moi. Notre secret, notre intimité.

Chapitre 47

Je laisse Ixchel et Bilol en pleins préparatifs pour changer de repaire. Le plan est de se retrouver ici, une heure au plus tard après la proclamation publique d'Apatli.

— Pas plus tard, me met en garde Bilol d'un ton sévère, sinon les gardes risquent de reprendre leurs rondes !

— Promis, je glisse avant de retourner près de ma couchette.

La clé d'obsidienne se balance autour de mon cou, cachée sous le col de ma tunique. Son simple contact me donne de la force et du courage pour ce que je m'apprête à affronter.

Sortir seule.

En public.

À quelques mètres de ceux qui ont voulu me tuer.

J'enserre la clé dans ma main. La chaleur, désormais familière, pulse dans ma paume, comme si elle désirait m'enrober d'une bulle réconfortante.

— Zina.

Je sursaute en découvrant la haute silhouette d'Ashur dans l'encadrement de la porte.

— Tu m'as fait peur.

— Désolé…

Il s'avance vers moi, un peu hésitant. Je ne peux pas m'empêcher de fondre face à sa maladresse. Et de résoudre son dilemme en lui passant les bras autour du cou.

Le baiser que nous échangeons est bref, mais intense. Assez pour me donner envie de l'entraîner vers la couche.

Ashur se dégage en premier, ses mains serrées autour de ma taille. Un profond soupir sort de ses lèvres.

— Qu'est-ce qu'il se passe ? je chuchote, ma joue posée contre son torse.

— Cette proclamation publique… Tout le palais grouille de rumeurs.

Je devine sa lassitude, rien qu'à l'entendre. Son angoisse, aussi. Si l'on apprend le rôle qu'il a joué en nous protégeant…

J'inspire profondément… et je prends soudain conscience de l'odeur qui me titille le nez depuis quelques instants.

Je la reconnais instantanément : douceâtre, au point d'en être écœurante.

Celle-là même que j'ai déjà sentie au sein de ce palais, sur la personne d'Itay.

« *La réponse se trouve juste devant toi…* »

« *Une partie de toi-même la connaît déjà.* »

« *Tu te souviens, Zina, quand nous étions dans le jardin de Lakti, quand je pouvais discerner les parfums des plantes alors que toi, tu demeurais incapable de sentir quoi que ce soit ?* »

Les propos de Nawi – de son fantôme – me reviennent en tête, aiguisés come des lames. Ils s'enfoncent sous ma peau, se fraient un chemin jusqu'à mon cœur.

« *La réponse se trouve juste devant toi…* »

Cette odeur…

— Zina ? Ça ne va pas ?

J'entends ses mots sans les comprendre, je le contemple sans le voir. Devant mes yeux défilent une dizaine de

Nawi, mon aînée de quelques années, déjà si fière de son affinité pour la terre, tournoyant en riant au sein d'un jardin en fleurs…

— Zina !

Soudain, d'autres propos me reviennent en mémoire – ceux de Nasqui, quand elle nous a dévoilé ce que la prêtresse curieuse avait déclaré au sujet de ma sœur.

« *Yaxiel m'a dit qu'une drôle d'odeur se dégageait de Nawi, elle lui donnait des haut-le-cœur…* »

Fleur fantôme.

Des mains fermes me secouent sans ménagement, je reviens à moi en un hoquet. Ashur répète mon prénom, ses yeux brillent d'inquiétude. Je pose mes mains sur ses poignets, lui décoche un sourire rassurant.

— Ce n'est rien, je…

— Comment ça, ce n'est rien ! s'écrie-t-il. Tu ne répondais plus, j'ai cru que je t'avais perdue…

J'encadre son visage de mes mains, il tourne la tête de manière à embrasser ma paume droite. Mon cœur fond à ce geste.

— Ashur, je…

Je n'ai pas l'occasion d'en dire davantage, il m'interrompt :

— Je te promets que nous finirons par tout savoir, me chuchote-t-il à l'oreille.

Comme savoir pourquoi cette odeur colle à tes vêtements à présent ?

Ce même parfum que Yaxiel a dû remarquer chez ma sœur.

Ce qui ne peut signifier qu'une seule chose : le secret pour lequel Nawi est morte est ici, à Chilris.

À portée de main.

Et j'entends bien le résoudre.

Chapitre 48

Le cœur battant, je me faufile à l'extérieur. Je m'en rends compte à présent : ces heures de confinement dans le refuge que nous a déniché Ashur m'ont fait un peu oublier le monde qui nous entoure. Ce dernier s'invite à nouveau à mon esprit de manière désagréable : avec ses odeurs, ses bruits de conversation dans le complexe du palais, et surtout le danger omniprésent de me faire repérer. Contre ma peau, sous la tunique que je porte, la clé pulse à intervalles réguliers, diffusant une chaleur bienvenue. Autour de moi, les Ombres glissent, bouclier sans faille entre mon corps et les personnes que j'évite, le plus adroitement possible, dans le couloir où je me suis faufilée.

Si je me souviens bien, il s'agit du chemin le plus direct vers la sortie du palais.

Hélas, c'est aussi le plus fréquenté.

Je retiens de justesse un juron quand je me cogne contre l'épaule d'une courtisane, pomponnée, habillée avec faste, suivie de tout son petit monde.

J'effectue un bond en arrière, priant L'Obscur que je ne lui ai pas donnée l'alerte. La jeune femme pousse un petit cri, tourne la tête dans ma direction, fronce les sourcils quand elle ne distingue que le vide.

Le dos collé au mur, je reprends mon souffle avec autant de discrétion que possible. Les Ombres me dissimulent à sa vue, mais pas à son ouïe. Heureusement, les sons qui se répercutent de toutes parts, provenant des couloirs voisins comme des salles qui bordent ce côté-ci du palais, tissent une cacophonie dans laquelle je passe inaperçue. Et quand une autre courtisane se précipite sur celle que je viens de bousculer, l'entraînant vers la sortie dans un babil relatant les dernières rumeurs dont bruisse la cour, je soupire de soulagement, avant de reprendre ma route.

C'est un miracle que je parvienne sur l'esplanade du temple pyramide sans que personne n'ait été alerté de ma présence. Comme au jour de ma présentation officielle, lors de la proclamation de l'Ayotl, une foule épaisse encombre les lieux. La chance qui m'a soutenue jusqu'ici paraît m'abandonner : jamais je ne pourrai me faufiler aux premiers rangs. Mon attention est soudain attirée par des gamins en guenilles, qui n'hésitent pas à grimper sur un muret bordant le site.

Excellente idée.

Je fais de même, me tenant à l'écart. Les paumes déjà moites de sueur. Que s'apprête à révéler Apatli ? Comment va-t-il expliquer ce qu'il s'est passé – ou plutôt de quelle manière va-t-il tourner ça à son avantage ?

Les questions fusent de tous côtés dans mon esprit et la panique me gagne au fur et à mesure que le temps s'écoule.

Sans compter l'angoisse plus insidieuse qui ne me quitte pas depuis que j'ai quitté Ashur.

Comment expliquer cette odeur qui émanait de ses vêtements ? Une partie de moi-même ne voudrait rien tant que m'être trompée, pouvoir me dire que c'est là une illusion olfactive et qu'Ashur n'est en rien mêlé à ce que je soupçonne.

Mais, au fond de moi-même, je ne peux pas ignorer ce que j'ai ressenti.

Un bruit de tambours résonne de plus en plus fort. Un silence impressionnant s'abat sur l'assemblée alors que, sur cette même esplanade où je me suis tenue il y a à peine quelques jours, des esclaves s'empressent d'installer le trône impérial.

Quelques instants plus tard, Apatli apparaît en personne.

Son visage reflète une lassitude sans fond, il a perdu de sa superbe.

Je fronce les sourcils.

Je me mords l'intérieur de la joue, ma main agrippe, en un réflexe presque inconscient, la clé suspendue autour de mon cou.

L'empereur s'assied, les tambours se taisent et sans aucune surprise, j'aperçois Yarenan, porteur d'un parchemin, s'avancer au bord de l'estrade. Toujours en première place quand il s'agit de se montrer, celui-là.

Le Grand Prêtre s'éclaircit la voix. Dans son dos, des adeptes de l'Air se tiennent prêts à répercuter ses moindres mots aux quatre coins de la place.

— Chers sujets, nous nous adressons à vous en ce jour, tel un père réconfortant ses enfants…

Je ne peux m'empêcher de lever les yeux au ciel en entendant pareille ineptie.

— La terre tremblant sous vos pas au petit matin n'était pas une illusion, pas plus qu'un cauchemar. En témoignent la frayeur que vous avez ressentie ainsi que les dégâts qui ont heureusement été circonscrits aux environs du palais. Nous pourrions penser qu'il s'agit là d'une convulsion naturelle, notre mère Terre à tous.

Yarenan marque une pause, relève le nez de son texte. Il dévisage, lui aussi, les concitoyens suspendus à ses lèvres. Une volée de frissons me donne la chair de poule.

Essaient-ils de repérer si je suis présente ?

À ce moment, je ressens un courant d'air chaud le long de mes chevilles, un contact rêche, qui me râpe la peau, me donnant l'impression qu'un serpent s'est enroulé autour de ma jambe. Je presse mes lèvres l'une contre l'autre pour ne pas trahir ma surprise.

La magie de l'Air alliée à celle du Feu. Ils tentent de me débusquer.

J'enserre plus fort le médaillon de la clé. Le rempart des Ombres se renforce encore autour de ma personne, en une danse à la fois fluide et impénétrable. Des picotements presque douloureux courent sur ma peau. Si ma magie flanche maintenant…

Reste concentrée, me souffle une voix qui ressemble à s'y méprendre à celle de Cendis. Je serre les mâchoires, demeure focalisée sur les Ombres, qui finissent par s'apaiser. Le courant d'air chaud, lui, disparaît après quelques secondes et j'ai la satisfaction de voir le déplaisir s'afficher sur les traits de Yarenan, qui reprend son discours :

— Hélas, il n'en est rien ! Ce qui s'est produit n'est pas un séisme naturel, il a été provoqué par une traîtresse à la solde des Mézétains, qui a réussi à s'infiltrer au sein de notre palais.

Des exclamations horrifiées retentissent, savamment amplifiées par les adeptes de l'Air. Je demeure pétrifiée. Ils ne vont quand même pas…

Yarenan hoche la tête d'un air pénétré.

— Nous avons été trahis, mes chers sujets, de la plus odieuse des manières. Et cela se reproduira encore, si nous ne parvenons pas à arrêter la coupable !

Un garde apparaît à ses côtés, lui remettant un autre parchemin. Yarenan le prend avec emphase, le déroule avant de le brandir à bout de bras, offrant son contenu à la foule.

— Observe, peuple de Chilris, l'immonde serpent qui a trompé ta vigilance ! Celle qui voudrait tuer notre empereur bien-aimé, alors que l'or des Mézétains résonne encore dans sa poche !

C'est moi.

Mon portrait s'étale en larges lignes noires sur l'espace vierge du parchemin.

Je demeure bouche bée, incapable d'effectuer un seul geste, hormis celui de contempler mon propre visage.

Celui désigné comme appartenant à une traîtresse, ayant désiré attenter à la vie d'Apatli.

Ce dernier, installé sur son trône, ne réagit pas. Il semble étrangement apathique.

— Contemplez, les invective Yarenan, et observez ! Elle peut se cacher n'importe où dans notre belle ville. Si vous la voyez, n'intervenez pas vous-mêmes car elle est dangereuse, née sous le signe de l'*Ixquen*…

Des cris outragés, choqués s'envolent vers le ciel qui s'assombrit, à l'approche de la nuit.

— De plus, continue le Grand Prêtre, il y a tout lieu de penser qu'elle n'a pas agi seule. Redoublez de vigilance !

J'enfonce mes ongles dans la paume de mes mains alors que des cris de « à mort ! » retentissent. Je sais qu'ils sont tous manipulés. Ça ne m'empêche nullement de sentir la rage me posséder. En cet instant, si j'en avais le pouvoir, je me vengerais d'eux tous, un par un.

Yarenan lève une main, réclame le silence.

— Nous comprenons votre impatience, mes chers sujets. Sachez que nous avons à cœur votre sécurité et que nous mettrons tout en œuvre pour la garantir. Nous les attraperons, ses complices et elle et nous leur ferons payer cher leurs offenses !

Chapitre 49

La foule se retire peu à peu de la place, des murmures menaçants me parvenant par bribes :

— J'ai toujours su que ces *Ixquen*…

— … n'auraient jamais dû être tolérés…

— Que va-t-il advenir de l'Ayotl ?

J'aperçois aussi les gardes qui s'activent pour coller les avis de recherche, chacun d'entre eux reproduisant mon visage. Les scribes impériaux ont dû travailler toute la nuit pour livrer autant d'exemplaires. Nul doute que d'ici demain matin Chilris en sera couverte. Je ne pourrai plus faire un pas à l'extérieur sans être aussitôt reconnue.

La pénombre jette son manteau sur la ville tout entière et je prends alors conscience à quel point notre avenir est fragile.

Tu ne peux pas rester ici, me souffle Cendis.

Je regarde de tous côtés, mais je ne l'aperçois pas.

D'autant plus que tu vas finir par t'épuiser, à manier les Ombres de cette manière.

Il n'a pas tort. La pratique de la magie se révèle exténuante à la longue. Le cœur battant dans ma gorge, je me décide à sauter du muret. Les Ombres ont beau danser autour de moi en un ballet protecteur, la clé d'obsidienne a beau reposer sur mon sternum, je ne me suis jamais aussi sentie vulnérable.

Blessée, aussi.

Blessée qu'on puisse m'appeler traîtresse et que pas une seule personne ne s'exprime pour me défendre ou douter de ce qu'on vient de lui dire à mon sujet.

La douleur pulse dans mon cœur alors que je refais le trajet en sens inverse, à pas lents.

Que faire maintenant ? Où aller ? Si je rejoins Ixchel et Bilol dans notre repaire et qu'on me surprend en leur compagnie, elles seront sans aucun doute condamnées au même sort que moi.

L'envie de regagner le palais, de trouver coûte que coûte Ashur et de me blottir dans ses bras me tenaille.

J'ai besoin de quelqu'un à mes côtés.

C'est bien beau de rendre hommage à Nawi, et d'accomplir la mission que m'a donnée L'Obscur. Mais j'ai aussi envie de vivre. De profiter du soleil sur ma peau, du vent dans mes cheveux, des bras d'Ashur autour de moi. Un sentiment profond d'injustice m'ébranle de la tête aux pieds, alors que les Ombres dansent de plus belle, se nourrissant sans vergogne des émotions puissantes qui m'assaillent. Si je continue à me laisser submerger, je vais me retrouver épuisée plus vite qu'il ne faut pour le dire.

Au prix d'un immense effort et au bout de longues minutes, je parviens à me calmer. Assez en tout cas pour que les Ombres se stabilisent.

Je ne peux plus retourner au palais, c'est une évidence. En revanche, il me faut avertir Ixchel et Bilol. Si elles commettent la moindre imprudence par ma faute, je ne me le pardonnerai jamais.

Et je sais précisément à qui m'adresser.

Nasqui ouvre la porte de sa demeure, sourcils froncés. Je m'attendais à ce qu'elle distingue ma présence, à ce qu'elle perce à jour la magie qui m'entoure comme elle l'a fait quand nous sommes venues lui rendre visite la première fois. Je repousse la vague de chagrin qui m'inonde à cette pensée.

— Il… il y a quelqu'un ? demande la prêtresse d'une petite voix.

— Moi, je réponds en dissipant les Ombres d'un geste.

Nasqui tressaille avec violence, les yeux agrandis par la frayeur.

— Zina ?

— Qui d'autre ? je réplique, jetant des coups d'œil à gauche et à droite.

Même si nous nous trouvons dans un quartier vidé de ses habitants, si j'en crois ce que m'a raconté Nasqui, je ne peux m'empêcher de me sentir complètement exposée. À la merci du premier regard indiscret venu.

La prêtresse m'imite, avant de reculer pour me laisser entrer. Je pénètre dans sa demeure avec un immense soulagement. Elle s'empresse de refermer la porte branlante derrière nous.

— Qu'est-ce que tu viens faire ici ? s'écrie-t-elle. Tu es recherchée dans toute la ville !

Je réprime à grand-peine la réplique cinglante qui me vient aux lèvres. Je me rappelle que Nasqui vit dans la peur depuis des années et que je la mets encore plus en péril en m'adressant à elle. Je n'ai pas le choix, pourtant : je ne peux faire confiance à personne d'autre. Oh, si seulement j'avais eu le moyen de contacter Ashur !

— Je sais, je réponds de mon ton le plus conciliant, et je m'en excuse. Tu es la seule à pouvoir m'aider, cependant.

Les yeux de la prêtresse s'arrondissent encore et elle secoue furieusement la tête.

— Je ne sais pas ce que tu as en tête, mais je ne veux pas…

— Je te demande juste d'avertir Ixchel. Elle était avec moi quand nous sommes venues ici, tu t'en souviens ?

En dépit de l'angoisse qui la tenaille, Nasqui me jette un regard équivoque.

— Naturellement que je m'en souviens.

Je ravale ma fierté.

— S'il te plaît… Peux-tu lui dire de ne pas m'attendre ? Elle doit partir dès maintenant. Elle est encore au palais et si elle se fait prendre…

Une myriade d'émotions se reflètent sur les traits de Nasqui, sans que je puisse en déchiffrer une seule.

— Elle t'a aidée ? Je veux dire… C'est bien elle qui a provoqué ce… séisme ?

Difficile de nier. Nasqui connaît la magie d'Ixchel. J'ignore d'ailleurs pourquoi les gardes ne semblent pas s'intéresser à elle – sans doute parce qu'ils m'ont dans le viseur.

Je hoche la tête.

— Elle nous a sauvées, j'ajoute. Sans elle, nous serions mortes à l'heure qu'il est !

Nasqui demeure silencieuse, visiblement en proie au doute.

— Je t'en prie, je répète à voix basse. Je ne peux m'adresser à personne d'autre…

Si elle refuse…

Nasqui reste immobile avant de pousser un long soupir.

— D'accord. Je vais aller la prévenir. Où est-elle, exactement ?

La joie qui m'envahit à cet instant palpite au creux de mon ventre. Je me retrouve au bord des larmes, simplement parce que quelqu'un accepte enfin de m'aider. Je lui décris brièvement où devrait se trouver Ixchel, sans mentionner Bilol.

— Où comptiez-vous vous réfugier ?

— Les souterrains. Quelqu'un nous a fait part du réseau qui s'étend sous le palais.

Nasqui hausse les sourcils, réplique un « je vois ».

— Bon, je vais faire de mon mieux, poursuit-elle. Tu as de la chance que je me sois trouvée ici, mon service au temple va bientôt commencer.

Elle lève une main hésitante. Je sursaute quand elle la pose sur mon épaule. Nasqui me décoche un petit sourire.

— Tu as besoin de reprendre des forces, je le vois. Pourquoi ne restes-tu pas ici te reposer ? (Elle émet un petit rire ironique.) Je sais que je n'ai pas grand-chose à offrir, mais tu trouveras de quoi te restaurer ainsi qu'une couche pour dormir, si tu veux.

Je hoche la tête à nouveau, la gorge trop nouée par l'émotion pour parvenir à articuler le moindre mot.

C'est à peine si je croasse un « merci » quand Nasqui enfile sa cape. Elle me décoche un dernier sourire et se faufile à l'extérieur.

Chapitre 50

La fatigue s'abat sur moi dès que je me retrouve seule. J'étouffe un bâillement dans ma main, tout en me dirigeant vers le cœur de la maison. Je jette un regard envieux à la couche qui, comme Nasqui me l'a indiqué, ne semble attendre que moi.

Je me sers un gobelet d'eau, le bois à grandes rasades avant de me diriger vers le garde-manger.

Je croque dans une tomate qui me tombe sous la main, le jus acidulé se répandant sur mon menton. Si Carme me voyait, elle serait horrifiée par mon manque de manières. Tant pis, j'ai trop faim !

On vient ! s'exclame soudain Cendis d'un ton d'urgence, qui me pétrifie sur place.

— Comment… ?

Je me tais abruptement. De la rue montent des bruits de pas rapides, délivrés à une telle cadence que je n'ai guère de doute sur ceux qui vont envahir mon repaire d'un instant à l'autre.

Ce qui reste de mon en-cas s'écrase au sol alors que je me réfugie vers l'arrière de la maison. Priant pour qu'un accès vers l'arrière existe bel et bien. Mon cœur s'affole quand, au lieu de la porte tant espérée, je ne vois que des pièces aveugles, sans même une fenêtre. Piégée, je suis piégée et je…

Là !

Je ne cherche même pas à savoir pourquoi l'esprit du Feu intervient à cet instant. Dans ma panique, je suis passée à côté de l'échelle qui donne accès au toit en terrasse. Je me dépêche d'y monter alors que du rez-de-chaussée me parvient une cacophonie : des cris, des plaintes, des ordres.

Les gardes ont enfoncé la porte d'entrée, se répandent dans la maison de Nasqui telles des fourmis cernant une proie. L'air frais de la nuit me cueille de son étreinte. Heureusement, aucune maison dans ce quartier ne comporte d'étage – personne n'a eu les moyens de s'en faire construire et c'est tant mieux. Je saute d'un toit à l'autre, emportée dans une folle course vers une destination que j'ignore. Tout ce qui importe, c'est d'échapper à mes poursuivants, dont je sens l'haleine dans mon cou tant ils sont proches.

Sur mon sternum, la clé d'obsidienne bat un tempo affolé. Si seulement je pouvais invoquer les Ombres… Mais dans l'état où je suis, c'est impossible.

— Là !

— Attrapez-la ! rugit quelqu'un depuis la rue en contrebas. Rappelez-vous qu'on la veut vivante !

Ça explique pourquoi les gardes lancés à mes trousses n'ont pas encore dégainé leurs bâtons. J'escalade des murets, je saute, je grimpe, je vais le plus vite possible.

Les feux gigantesques allumés au sommet des temples pyramides guident mon chemin de leurs flammes.

J'acquiers vite la certitude que je peux me montrer aussi rapide, aussi leste que je le peux, ce ne sera pas suffisant. Ceux qui me pourchassent sont trop nombreux, bien entraînés. Trop motivés, également. J'entends leurs souffles rauques, les ordres qu'ils se crient l'un à l'autre. Ils chassent en meute, et je vais tomber dans leur nasse.

Le désespoir ôte mes forces aussi sûrement que l'épuisement. Je trébuche, m'étale de tout mon long sur le toit-terrasse.

— Je la tiens ! s'écrie quelqu'un alors qu'une main enserre soudain ma cheville.

Il a crié victoire trop vite – je lui décoche un coup de pied au visage, utilisant les forces qui me restent.

L'homme pousse un cri de douleur, me relâche juste assez pour que je puisse m'enfuir. Mais plus pour très longtemps.

Je suis parvenue au bout de la rue.

Devant moi, un espace vide que je ne peux pas traverser d'un bond.

Et tout autour, les soldats haletants.

— Rends-toi, ordonne l'un d'eux. C'est fini.

Non, non !

Je recule jusqu'à l'extrême limite du toit. Un pas de plus et c'est la chute.

Ce serait sans doute préférable au sort qui m'attend.

Les gardes progressent avec lenteur, non pas parce qu'ils sont prudents, mais bien pour faire durer le plaisir de la poursuite dont je suis l'objet. Je le vois dans leurs yeux, dans les sourires de jaguar affamé qui déforment leurs traits.

Je sens soudain une présence dans mon dos. Des bras puissants se nouent autour de ma taille.

— Tu me fais confiance ?

Cendis.

J'émets un rire brisé.

— Si tu peux me sortir de ce pétrin…, je réponds à voix haute, ignorant ce que pourront bien penser les hommes qui se rapprochent inexorablement de moi.

— Je le peux. Laisse-moi t'aider, murmure-t-il.

Je hoche la tête.

Un garde se précipite vers moi.

Au même instant, je sens un flux d'énergie se répandre dans mon corps tout entier, une force irrépressible, un flot auquel je ne peux pas résister. Je m'y abandonne tout entière.

Et je tombe à la renverse.

Chapitre 51

Mon corps ne m'appartient plus. Un engourdissement se répand à une vitesse hallucinante, me privant de toute sensation. Un souvenir me percute : quand Nawi et moi, au détour de nos explorations d'enfants, avions trouvé un endroit où nous baigner. L'eau était glacée, mais tellement claire, nous n'y avions pas résisté, nous avions sauté dedans. Je me souviens de ce monde aquatique qui m'a submergée quand j'ai plongé, des bulles frôlant ma peau, de ma vision trouble, du froid qui m'a gelée jusqu'à l'âme. Je suis parvenue à remonter à la surface, crachant et claquant des dents. Nawi, qui se tenait sur la rive, les lèvres bleuies, m'a tendu la main et, grâce à son aide, je suis parvenue à sortir de l'eau.

Nous avons reçu une réprimande monstre de la part de Carme quand nous sommes rentrées à la maison. Pourtant, malgré le danger que notre insouciance nous avait fait courir, je n'ai jamais regretté cet épisode.

Je retrouve toutes ces sensations en cet instant même, magnifiées, sublimées, alors que je n'en finis plus de tomber.

Des cris me parviennent d'en haut, mais je n'y prends pas garde.

Tout ce qui m'importe, c'est le murmure de Cendis : *Prends ton envol, petite âme.*

J'étends les bras, comme si j'étais réellement dotée d'ailes, que j'allais pouvoir m'envoler loin au-dessus de cette ville maudite qui m'a déjà tant pris et qui menace de le faire encore.

Le flux qui gronde dans mes veines se propage jusqu'au bout de mes doigts.

Un picotement qui se mue presque en douleur, mais que j'accueille avec plaisir.

J'atterris en douceur sur la terre battue. Bras toujours tendus, un genou au sol. Quand je relève la tête, ce qui me fait battre le cœur n'est plus la terreur ressentie quand je m'enfuyais, ni l'angoisse qui m'a tenaillée toute cette journée. Non, c'est la détermination. Aussi solide que la clé d'obsidienne que je porte autour du cou, aussi immuable que la volonté de L'Obscur d'accueillir les âmes des morts.

Et il y a autre chose également : un feu noir qui couve dans mes entrailles, nourri de ma colère… mais aussi de celle de l'esprit qui a, de manière si inattendue, décidé de m'aider.

Des bruits de course, des pas qui ébranlent la terre alors que je me relève et que je fais face à mes ennemis – nombreux, si nombreux.

Je n'ai plus peur.

J'entends un rire froid, comme s'il sortait du Mictlan même. Il me faut un moment pour réaliser que c'est bien ma gorge qui le produit. Je vois les soldats hésiter un bref instant.

— Qu'est-ce que vous attendez ? rugit celui qui est certainement en charge de cette opération.

Obéissant à ce coup de fouet, ils se ruent vers moi.

Déploie tes ailes.

J'oublie ce qui devrait me tétaniser, me transformer en statue apeurée face à ces hommes. J'oublie que je suis désarmée.

Je fais confiance à celui qui est déjà intervenu à de si nombreuses reprises en ma faveur.

J'étends les bras et des ailes d'un feu sombre se déploient autour de moi.

Elles cueillent le premier adversaire à la gorge. Une gerbe de sang se déploie en arc de cercle alors qu'emporté par son élan il s'échoue derrière moi, agonisant déjà. Après lui… je perds le compte. Les ailes tranchent, poignardent, coupent. Je les fais danser de manière aussi fervente que je l'ai fait lors de la première épreuve de l'Ayotl, il y a de ça une éternité. La mélodie des tambours et de la flûte a été remplacée par les plaintes des blessés et ce rire, toujours le même, qui s'échappe de ma gorge.

Je ne sais plus qui je suis. Ce que je suis.

Tout ce que je sais, c'est que je vais gagner – contre toute attente.

Soudain, je me retrouve seule, au milieu des corps de ceux qui sont tombés sous mes coups. Je croise le regard des soldats qui n'osent plus s'avancer.

La peur a changé de camp.

— Regardez ça…

— Elle les a massacrés !

— C'est une *Ixquen*, elle porte la magie noire en elle !

Leur chef a beau leur hurler dessus, les exhorter au combat, il a perdu tout pouvoir sur eux. Les gardes refluent en désordre, s'enfuyant dans la rue d'où ils sont venus, si sûrs de leur victoire.

Cendis s'esclaffe et je l'imite.

C'est alors que j'entends un gémissement, si ténu que je pourrais croire avoir rêvé si mon instinct ne me disait pas le contraire.

— Qui est là ?

Je m'avance vers ma proie. Elle s'est tapie dans une poche de pénombre, recroquevillée sur elle-même. Nasqui offre un spectacle si pitoyable que je m'arrête à quelques pas d'elle. Son souffle s'échappe en plumets affolés de sa bouche, elle y a enfoncé son poing – en vain – pour étouffer ses pleurs. Je contemple celle qui m'a vendue à ces hommes.

— Pourquoi es-tu restée là ? je chuchote.

Nasqui secoue la tête.

— Je ne voulais pas… Mais ils ont retrouvé ma trace, ils m'ont menacée…

Je voudrais lui dire que ça n'a aucune importance, que tout ce qui compte, c'est ce qu'elle a fait. Mais je n'y parviens pas. Je comprends la peur, je l'ai trop bien vécue. Je suspends mon geste. Le flux d'énergie qui m'a parcouru tout à l'heure, freinant ma chute, me donnant la force d'anéantir mes ennemis, s'éteint soudain. Les ailes disparaissent.

Je ne frapperai pas cette femme à terre, celle qui a vécu ces dernières années la trouille au ventre et que ces hommes étendus derrière moi, sans vie, ont manipulée sans vergogne.

En lieu et place, je relève la tête.

Là-bas, dans les ténèbres, m'attend ma véritable cible : le palais impérial. Et en son sein, Ixchel et Carme.

— Zina ? !

Ixchel me contemple, yeux ronds, bouche ouverte. Le jaguar à ses pieds se relève aussitôt. Bilol arbore la même expression choquée, m'examinant des pieds à la tête.

— Tu es blessée ? s'écrie mon amie.

Elle me prend la main mais je la retire aussitôt. Un éclair de déception, de douleur aussi dans les prunelles sombres d'Ixchel.

— Ce n'est pas mon sang, je murmure en évitant leur regard.

Ixchel répète machinalement mes mots, d'un air incrédule. Heureusement, Bilol prend le relais avant que je doive m'expliquer.

— Que s'est-il passé ? Tu devais revenir ici après la proclamation de l'empereur. Ixchel et sa… compagne…

Le jaguar feule de plus belle à l'adresse de Bilol, qui recule d'un pas.

— … ne voulaient pas bouger, reprend-elle, sinon…

Sinon elles seraient déjà à l'abri dans les souterrains. Je réprime un soupir de frustration et d'affection mêlées.

— Vous auriez dû y aller.

Ixchel laisse échapper un son outragé et je me dépêche de raconter tout ce qu'il s'est passé depuis que j'ai entendu la déclaration d'Apatli. Les deux femmes sont suspendues à mes lèvres alors que l'*alter ego* de Carme laisse échapper un grondement. L'expression de Bilol s'assombrit au fur et à mesure de mon récit, alors qu'Ixchel plaque une main sur sa bouche en apprenant la trahison de Nasqui.

— Jamais je n'aurais pensé qu'elle nous livrerait ! Comment t'en es-tu sortie ?

Les mots demeurent soudain bloqués dans ma gorge, au moment de narrer l'intervention de Cendis. De quelle manière il a joint nos forces, nos magies en une union qui n'aurait jamais pu avoir lieu et pourtant… Même si je ne l'entends plus, je peux toujours sentir sa présence dans un coin de mon esprit. Je frotte machinalement mes mains l'une contre l'autre. La sensation du sang séché sur ma peau me pousse à me gratter.

— Je… je les ai tués.

Le silence retombe entre nous trois et je m'empresse d'ajouter :

— C'était eux ou moi, je n'avais pas le choix, je…

Ixchel m'interrompt en prenant mes mains dans les siennes.

— Je ne te blâme pas, tu sais, me dit-elle d'un ton doux. C'est juste que…. je ne m'attendais pas à…

— À ce que je doive tuer ?

Je contemple les doigts d'Ixchel enserrant les miens, maculés de traînées d'un pourpre sombre.

— Ixchel… Tu sais ce que cela signifie, de toucher les mains souillées d'un meurtrier ?

Un sourire sans joie plisse ses lèvres. Dans ses prunelles rayonne toute l'affection du monde.

— Oui, chuchote-t-elle. Nous avons la même coutume à Tuxtla. Cela signifie que j'endosse aussi la responsabilité de ton acte.

Elle hésite avant de continuer :

— Nous avons toutes les deux ôté la vie pour nous défendre.

Je sais qu'elle pense à Itay à cet instant.

Ixchel presse plus fort mes mains.

— Nous sommes liées, toi et moi.

Chapitre 52

— Venez, à présent, nous exhorte Bilol qui a pris la tête de notre petit groupe, suivie de près par la panthère. Ashur doit déjà nous attendre dans les souterrains.

Mon cœur se serre à l'évocation de son nom. Soudain je donnerais n'importe quoi pour ne pas me présenter devant lui dans cet état. Une boule obstrue soudain ma gorge en songeant à tout ce que nous avons partagé, lui et moi, à la lumière dans ses yeux quand nous étions allongés l'un à côté de l'autre, nos peaux se frôlant en une délicieuse caresse. S'il apprend ce que j'ai fait… son regard sur moi ne va-t-il pas changer ? Je me rappelle, avec une clarté effrayante, les propos des soldats après que j'ai tué leurs camarades.

Et si Ashur me voyait de la même manière ? Si lui aussi ne me considérait plus que comme un monstre ?

Mes mains se crispent.

Non, je songe. Non. Ce que nous ressentons l'un pour l'autre ne peut pas être balayé d'un revers de la main, simplement parce que j'ai refusé de devenir une énième victime de son père et de sa tyrannie. Je lui expliquerai, je trouverai les mots justes. Je lui donnerai du temps, aussi. Il comprendra que je ne pouvais pas faire autrement.

Bilol nous entraîne dans les entrailles du palais. Moi qui craignais que nous soyons obligées de nous cacher – heureusement que j'ai récupéré assez de forces pour convoquer à nouveau les Ombres ! –, nous ne croisons pas âme qui vive. L'immense complexe impérial paraît s'être vidé de ses occupants. Ixchel n'a pas osé mobiliser sa magie pour étouffer nos pas – je pense qu'elle n'en a pas encore le courage et je ne peux pas l'en blâmer. Néanmoins, chaque son que nous produisons résonne avec un vacarme effrayant.

Bilol me réprimande d'un « chut ! » sévère, sourcils froncés. Je tente de l'apaiser en m'excusant d'un sourire – en pure perte. Carme la surveille, un éclat meurtrier dans ses prunelles d'ambre. J'ai l'impression que ce que j'ai avoué, le massacre de ces gardes, n'a inspiré que de l'horreur à Bilol. La sensation – celle d'être isolée, seule au monde, sans que personne puisse comprendre ce que je ressens – m'envahit à nouveau. Je refuse d'y prêter attention, cette fois-ci.

Après un temps infini, où je me sens comme un rongeur pris au piège, nous empruntons enfin un escalier plongé dans les ténèbres. La respiration d'Ixchel s'accélère alors qu'elle suit Bilol sans rien dire. J'ai tellement envie de la réconforter en ce moment, de trouver les mots justes pour l'apaiser, comme elle a su les trouver en devenant solidaire et complice de mon crime.

Mais était-ce vraiment un crime ? Ou une mesure de survie ?

Seul le silence me répond. L'absence de Cendis me pèse cruellement en ce moment.

— Je ne comprends pas, chuchote Bilol en parvenant enfin dans une salle. Ashur devrait être là…

Je déglutis, scrutant les alentours à la lumière de l'unique flamme que Bilol porte. De la terre battue à perte de vue, soutenue par de solides poteaux en bois. La pièce où nous nous trouvons n'a rien d'exceptionnel, elle sert visiblement de rebut. On a entassé dans un coin de lourdes caisses en bois, à l'inscription à moitié effacée sous les marques d'usure, que Carme s'en va aussitôt flairer.

La voix d'Ixchel tremble quand elle demande, d'un ton si ténu que j'ai du mal à l'entendre, même dans le silence oppressant qui nous submerge :

— Nous… allons rester ici ?

Bilol se tourne vers elle, agacée.

— Parce que vous croyez que j'ai beaucoup de solutions à vous proposer ? Vous avez oublié dans quel pétrin vous vous êtes mises toutes les deux ?

Ses mots aigres font l'effet d'une douche froide sur Ixchel, qui se recroqueville un peu plus dans sa coquille. Une vue qui réveille ma colère.

— Vous n'aviez pas à nous aider, je rétorque. Vous l'avez décidé…

Bilol m'interrompt d'un éclat de rire sauvage.

— Ashur me l'a demandé ! Et si j'avais su que j'assistais des…

Elle s'arrête juste à temps. Trop tard, cependant. Je devine ce qu'elle allait dire et cette fois-ci, je ne ressens aucun coup au cœur. Juste une fureur froide. Je lui prends le flambeau des mains, ignorant son hoquet scandalisé.

— Qu'est-ce que… ?

— Partez, j'ordonne. Nous attendrons ici Ashur. Toutes seules, j'insiste.

Bilol me contemple, bouche bée.

— Et je compte sur votre discrétion, j'ajoute. Vous avez vu ce que je peux faire à ceux qui me trahissent…

Les yeux de l'ancienne nourrice s'arrondissent de surprise, alors qu'elle bredouille :

— Vous… vous osez me menacer, moi ? Après tout…

— Je vous ai dit de partir.

Carme feule un avertissement. La peur s'insinue dans le regard de Bilol. Elle recule en direction du souterrain que nous venons d'emprunter.

— Vous vous en mordrez les doigts ! crie-t-elle. Je vous le garantis !

Je demeure silencieuse. Mais je ne la lâche pas du regard avant qu'elle disparaisse.

Il se passe un instant avant qu'Ixchel lâche un long sifflement.

— Tu ne fais pas les choses à moitié !

— Tu regrettes ?

Elle éclate de rire, avant de me frapper légèrement l'épaule.

— Sois pas idiote ! Je ne voulais pas demeurer en sa compagnie plus longtemps…

La main qu'elle tend vers la tête du fauve qui ne la quitte pas ne m'échappe pas. Pas plus que l'air de contentement qui s'inscrit dans le regard du félin.

Intéressant.

En dépit de l'assurance avec laquelle Ixchel prononce ses mots, je ne manque pas le coup d'œil effrayé qu'elle jette aux alentours, comme si elle s'attendait à ce qu'un monstre sorte de la pénombre, gueule ouverte.

— Qu'est-ce qui ne va pas ? je chuchote.

— Rien, rien…

Je hausse les sourcils d'incrédulité. Ixchel tient seulement quelques secondes avant de soupirer et d'admettre :

— Je déteste me trouver dans ce type d'endroit. Je sais, c'est complètement stupide pour une adepte de la Terre de ressentir un truc pareil…

— Rien n'est jamais stupide quand on parle de peurs et d'angoisses.

Carme me l'a appris. Ixchel me renvoie un regard reconnaissant.

— Je ne supporte pas. J'ai tout essayé… mais je n'arrive pas à surmonter mon angoisse.

La peur perce dans chacun de ses mots.

— C'est pour cette raison que je n'ai pas été envoyée au Rempart. Normalement, j'aurais dû y aller, mais…

Elle hausse les épaules, perdue dans les souvenirs d'une autre vie. Je fronce les sourcils.

— Comment ça, au Rempart ? Je ne comprends pas… Il y a des souterrains là-bas ?

Elle me retourne un regard surpris.

— Oui, bien sûr ! En tout cas, c'est ce que les adeptes qui y ont été envoyés m'ont raconté. Tu vis sous terre la plupart du temps, tu ne peux remonter à la surface que lorsque le soleil est au zénith…

— Pourquoi ?

Moi qui imaginais que les guerriers envoyés là-bas patrouillaient toute la journée entre les épines géantes formant l'obstacle formidable qui empêche nos ennemis mézétains de nous envahir…

— Aucune idée, finit par avouer Ixchel. Tu sais, on n'avait pas trop le droit d'échanger des informations à ce sujet. Les autorités ne tiennent pas à ce que des secrets puissent tomber dans des oreilles indiscrètes.

Je hoche la tête mais, au fond de moi-même, je me demande ce que cela cache.

— En attendant, on ne peut pas rester ici…

— Et le prince, alors ? Comment va-t-il savoir où nous trouver ?

Bonne question. Je fouille la pièce du regard, avant de l'arpenter en long et en large. Il doit bien y avoir un moyen de lui laisser un message lui indiquant…

Je m'interromps. Carme ronronne de satisfaction en me voyant piler net devant les caisses. Comme si elle avait déjà découvert ce que je viens à peine de réaliser.

Je prends une profonde inspiration et je comprends que mon odorat ne m'a pas trompé.

L'odeur, la fameuse odeur que j'ai déjà ressentie ici à plusieurs reprises, me chatouille de nouveau le nez. Affaiblie, mais bien présente. Je fixe les caisses empilées dans un coin et je comprends que c'est de là qu'elle provient.

— Zina ?

Ixchel me rejoint, inquiète.

— Que… ?

— Tu la sens, toi aussi ?

Elle me regarde interdite et, l'espace de quelques secondes qui me paraissent durer une éternité, je redoute d'être la seule qui puisse discerner sa présence. Je deviens dingue, ce n'est pas possible…

— Oui, bien sûr.

— Quoi ? je m'écrie. C'est vrai ?

— Bien sûr, bredouille Ixchel, qui ne comprend visiblement pas où je veux en venir. Je suis adepte de la Terre, tu te souviens ?

Le souvenir de Nawi – ou plutôt de son fantôme – évoquant le souvenir d'enfance, quand nous nous trouvions toutes deux dans notre jardin, me revient en mémoire et je me traite d'imbécile de ne pas avoir fait le lien auparavant.

— Désolée, je… Attends, tu sais ce que c'est ?

— Je pense, oui, répond-elle. J'avais demandé à Kailani lors des premiers jours de l'Ayotl.

— Et elle t'a répondu ?

Un fin sourire orne les lèvres de mon amie.

— Elle était très fière de m'apprendre que c'est la plante préférée de son père. Il l'appelle la fleur fantôme, il en prend un soin jaloux.

Fleur fantôme.

Je suis foudroyée sur place. Je lance un regard vers le jaguar, qui ouvre la gueule en une grimace équivoque.

Prise d'un doute affreux, je déplace une caisse, la laisse tomber à terre. Un nuage de poussière s'en dégage et le parfum de la fleur fantôme m'assaille. Je suis prise d'une quinte de toux, des larmes envahissent mes yeux.

Je cligne des paupières à plusieurs reprises.

— Pourquoi tu me poses cette question ? demande Ixchel. En quoi est-ce important ?

— Parce que…

Je me tais abruptement quand j'aperçois l'inscription sur la seconde caisse que je viens de dévoiler. Il n'y a aucune trace d'usure, elle se détache nettement sur le bois clair.

Ce n'est pas une inscription – c'est un dessin.

Celui d'une fleur, aux pétales élancés.

Le même que j'ai déjà pu voir, tatoué, sur l'épaule d'Ashur.

Chapitre 53

— Zina ? Zina !

Carme s'agite alors qu'Ixchel agite une main sous mes yeux. Je cligne des paupières.

Non, ce n'est pas possible.

Je vis un cauchemar éveillé.

— Zina ? Réponds-moi !

Je voudrais bien, mais la faculté de parole semble m'avoir désertée. Tout ce que je vois, c'est cette fleur stylisée.

Tout ce que j'entends, c'est Ashur m'assurant que c'était là une « bêtise de jeunesse ».

Ashur, qui a combattu sur le Rempart, qui devait savoir ce qu'était la fleur fantôme. Et qui ne m'a rien dit quand je lui ai confié la vérité sur ce qui était arrivé à Nawi.

Pourquoi ?

Tout se mélange dans ma tête, tels les fils brillants d'une tapisserie. J'ai beau l'avoir sous les yeux, je ne parviens pas à déchiffrer le motif principal.

— Ixchel…

— Je suis là, chuchote-t-elle, le ton empli d'inquiétude.

— Tu te souviens quand nous étions chez Nasqui ? Quand elle a parlé de ma sœur ? Elle a révélé que Yaxiel, la prêtresse qui avait espionné son entrevue avec la Grande Prêtresse, avait parlé d'une odeur qui collait à la peau de Nawi…

Ixchel s'exclame :

— Oui, je m'en souviens à présent. Tu…

Son regard va de la caisse que je viens de révéler à ma personne.

— Tu penses qu'il s'agissait de la fleur fantôme ?

Carme lève les yeux au ciel en un geste qui m'arrache un sourire, en dépit des circonstances. Un amusement qui disparaît aussitôt quand je déclare :

— Je pense qu'elle est morte à cause de cette fleur.

Même si je ne comprends pas encore la raison exacte. Il me manque un maillon essentiel entre la fleur fantôme et le fait que les âmes des morts ne parviennent plus au Mictlan, entre le secret qui entoure le Rempart et la mort de Nawi.

Une chose est certaine : la réponse est toute proche.

Je me relève, la tête me tourne encore.

— Ixchel, je suis désolée, mais je ne veux pas quitter cet endroit. Je sens… Je sens que ce que je cherchais en venant à Chilris…

— … se trouve ici, termine mon amie à sa place.

Elle hoche la tête. L'angoisse brille toujours dans ses prunelles sombres. Je me sens mal de la lâcher au moment où elle a le plus besoin d'aide. D'un autre côté, si je quitte ce lieu maintenant sans avoir résolu le mystère autour de Nawi, je ne me le pardonnerai jamais. Elle déglutit de manière audible, sa main se pose sur le crâne massif de la panthère.

— Je reste avec toi.

Les mots me surprennent tellement que je marque un temps d'arrêt. Un « quoi ? » étranglé sort de ma bouche sans même que j'en prenne conscience. Ixchel émet un léger rire face à mon étonnement.

— Pas la peine de chercher à me dissuader. Je t'ai accompagnée jusqu'ici, je ne vois aucune raison de m'arrêter !

— Mais… tes angoisses…

Elle secoue la tête, déterminée.

— Si je te dis que je peux le faire, c'est que je suis sûre de moi. La question est : que faisons-nous maintenant ? Nous attendons le prince ou nous… ?

Elle tend le bras vers les ténèbres qui nous entourent de toutes parts. Avant que je pénètre dans le Mictlan, elles auraient éveillé ma crainte.

À présent, je les trouve réconfortantes, d'une certaine manière.

— Laissons un message à Ashur. Et continuons notre périple.

Je n'ai aucune idée de la direction à prendre, ni même d'où nous nous trouvons. Je ne possède aucune certitude, à vrai dire : avons-nous bien agi en quittant la pièce où j'ai trouvé les caisses ? N'aurions-nous pas dû attendre Ashur ? La prudence voudrait que nous revenions sur nos pas. Pourtant, quelque chose en moi me pousse en avant, dans ce territoire inconnu. Si proche du palais impérial et de son luxe ostentatoire, si différent cependant : ici, tout n'est que terre battue, poutres de soutènement solides et boyaux étroits où règne une odeur de renfermé.

Je pourrais presque penser que nous nous égarons, que nous allons pénétrer dans un lieu qui nous est interdit et nous y perdre à tout jamais, si les notes du parfum émises par la fleur fantôme ne me soutenaient pas dans ma décision et si Carme ne me confirmait pas ce que je ressens, grâce à son formidable odorat.

Les traces sont ténues, presque inexistantes et pourtant, je les sens à présent. Je lève la main, serrant la clé d'obsidienne. Ixchel fait de son mieux pour ne pas trahir la peur qui la tenaille. Elle donnerait presque le change, si ce n'était pour le tremblement qui agite ses membres. Carme l'encourage à plus d'une reprise, frottant sa tête contre sa jambe en un geste affectueux. Vingt fois je suis sur le point de lui dire que nous allons renoncer, vingt fois je me tais. Elle a pris sa décision et, en dépit de son apparente fragilité, Ixchel m'a prouvé à plus d'une occasion toute sa détermination.

Nous arrivons soudain à un embranchement multiple. Devant nous, trois couloirs. Et aucun indice pour que je sache lequel choisir. Le parfum de la fleur fantôme me semble omniprésent. Il pourrait provenir de n'importe où…

Ixchel m'attrape le bras, me faisant sursauter.

— Regarde !

À une vingtaine de pas de nous, sur le sol du couloir central, de larges sillons ont été creusés dans la terre meuble. Comme si l'on y avait traîné une lourde masse.

— Des caisses, articule Ixchel.

C'est heureux qu'elle ait parlé tout bas car soudain, provenant de cette même direction, me parviennent soudain de bribes d'une discussion.

Mon cœur bondit dans ma poitrine : je reconnais la voix d'Ashur.

Mon premier réflexe est de me précipiter vers lui, de me jeter dans ses bras et de le serrer contre moi. Il est venu, il ne m'a pas oubliée ! Sans que je me l'avoue, je mesure à quel point j'ai redouté cette possibilité. Je pousse un cri inarticulé. Je suis prête à l'appeler quand Ixchel me plaque soudain la main sur la bouche.

— Chut ! Écoute !

Une seconde voix, que je crois reconnaître, se fait aussi entendre.

Ixchel me souffle la réponse de l'énigme, tout en retirant sa main :

— Yarenan.

Une flambée de colère m'envahit à ce seul nom.

Yarenan, celui qui a proclamé tout à l'heure en public ma « traîtrise ».

Celui qui a laissé ma sœur être exécutée sans sourciller.

Le laquais aux ordres de son empereur, qui n'ose rien lui refuser même quand il s'agit de sa propre fille.

Je jette un coup d'œil vers Ixchel, qui me souffle à son tour :

— Nous devons nous rapprocher d'eux.

Je secoue légèrement le flambeau que je porte à bout de bras. Ixchel doit comprendre là où je veux en venir, car je la vois mordre sa lèvre inférieure, en un geste qui trahit toute sa nervosité à la seule idée de se priver de lumière. J'attrape sa main en un réflexe.

— Je ne te lâcherai pas, je te le promets.

— T'as intérêt, réplique-t-elle avec une grimace.

Carme se colle à ma cuisse. Les ténèbres se referment sur nous.

Avancer dans cette nuit impénétrable me semble durer un temps insupportablement long. Tout ce qui me soutient, c'est la main d'Ixchel, tremblante, dans la mienne, le froufrou de la fourrure du jaguar contre ma peau et, surtout, la perspective de retrouver Ashur au bout de ce périple. Je me concentre sur ce que je ressens. La terre sous ma paume, les poutres de bois heurtant mes doigts à intervalles réguliers, le bruit étouffé de nos pas. Je garde les yeux grands ouverts, l'obscurité semble peser de toutes ses forces sur mes paupières. Je tiens bon, cependant.

Nous finissons par être récompensées de notre ténacité quand j'aperçois brutalement, loin devant nous, une lueur minuscule, mais bien présente. Je serre la main d'Ixchel, qui halète à présent.

— Nous avons réussi !

Nous négocions un tournant serré et, soudain, la lumière nous éblouit. Je cligne des paupières à plusieurs reprises. À mes côtés, Ixchel essuie les larmes qui lui coulent sur les joues.

— Ça va ? je lui demande.

Elle hoche la tête.

— Oui, je… Oh ! Zina, regarde !

Nous sommes parvenues à un promontoire, qui surplombe de trois bons mètres une installation gigantesque. À nos pieds, aussi loin que porte la vue, s'étalent les plants de fleur fantôme. Le parfum qu'ils dégagent me suffoque soudain. La fleur en elle-même correspond trait pour trait au dessin que j'en ai vu : des pétales larges à la base, qui s'effilent ensuite. La forme exacte d'un poignard végétal, d'un blanc insupportable. Je contemple bouche bée ce champ. Une bouffée de chaleur m'engouffre tout entière dans son étreinte ardente. Guère étonnant, je songe, quand j'aperçois des feux gigantesques parsemés entre les plantes. Des feux qui ne dégagent aucune fumée, sans aucun doute allumés par les adeptes du Feu. Je jette un coup d'œil au haut plafond qui se perd dans la pénombre, et je devine les bouches d'aération qui doivent remonter à la surface, approvisionner en air cet univers aussi clos que secret.

Un monde à lui tout seul, uniquement dévolu à cette fleur.

Je ne comprends pas : une plante a besoin de lumière, d'être à l'air libre ! Pourquoi l'enterrer ici ?

Je jette un coup d'œil à Ixchel, qui est tout aussi médusée que moi par cette installation.

— Tu savais que… ?

Mes mots demeurent bloqués dans ma gorge.

Car, en contrebas, s'élève la voix d'Ashur.

— Es-tu sûr que nous pouvons discuter en toute liberté ?

Chapitre 54

Mon cœur fait un bond dans ma poitrine.

J'ai envie de lui crier que je suis là, que je l'ai retrouvé, que tout va bien.

Mais, avant que je puisse réagir, j'entends :

— Naturellement. Sinon t'aurais-je proposé de nous retrouver ici ? Bien que tu ne m'aies pas laissé beaucoup le choix…

Yarenan.

Ixchel s'est dissimulée d'instinct derrière la rambarde en pierre qui sépare l'espace où nous nous trouvons du reste de la salle, procurant ainsi un garde-corps bien nécessaire. Carme la suit aussitôt. Me voyant immobile, elle tire sur le bas de ma tunique d'un coup de dent insistant.

Je me résigne à la rejoindre.

— Je ne comprends pas pourquoi…

— Shhhh ! m'intime mon amie. Écoute, il parle de toi !

Je tends l'oreille.

— … à sa poursuite. Les gardes seront occupés, continue Yarenan de cette voix que j'ai appris à détester, et nous pourrons nous charger de nos petites affaires !

Un rire moqueur s'élève.

— La seule affaire qui puisse nous lier, toi et moi, c'est ce que tu m'as promis ! s'exclame Ashur d'un ton ardent. J'en ai assez de tes excuses et de tes prétextes. Tu ne cesses de te dérober à chacun de nos entretiens. Je veux que tu remplisses ta part du marché, entends-tu ?

Je fronce les sourcils. Par réflexe, ma main se crispe sur la clé d'obsidienne. Une douce chaleur pulse contre ma paume.

— Calme-toi, maugrée Yarenan. Tu devrais t'estimer déjà heureux que je te raisonne…

Il s'interrompt soudain sur un cri étranglé. N'y tenant plus, je jette un coup d'œil par-dessus la rambarde et je demeure saisie. Ashur a saisi au collet le Grand Prêtre, le soulevant de terre telle une poupée de chiffons. Ce dernier se débat – en vain. Il perd même une de ces sandales dans ses efforts.

— Je t'interdis de me traiter comme un de tes subalternes. Je t'interdis de traiter tout ça…

Il désigne d'un vaste geste du bras le champ des plantes autour d'eux.

— … comme si cela ne coûtait pas des vies en ce moment même ! Encore hier, nous avons perdu deux apprentis de la Terre, complètement épuisés par l'entretien que réclame cette fichue fleur !

Il secoue rudement Yarenan, dont le visage a viré à l'écarlate. Une vue que j'apprécierais certainement si ce que venait de révéler Ashur ne tournait pas en boucle dans ma tête.

Coûter des vies.

« *Une boucherie* », avait soufflé Nasqui.

Une traîtresse, oui, mais pas une menteuse. Pas à ce sujet.

Voilà donc pourquoi les apprentis de la Terre s'effondrent comme des mouches.

— Zina ! On va nous voir ! insiste Ixchel d'un murmure qui se révèle de moins en moins discret.

Heureusement, l'affrontement se déroulant en contrebas fait assez de bruit pour qu'elle passe inaperçue.

Ashur relâche Yarenan après une dernière secousse. Le Grand Prêtre manque de tomber, finit par retrouver l'équilibre de justesse, jetant un regard courroucé à Ashur.

— Nous devons en finir avec ce massacre, Yarenan, déclare ce dernier d'un ton si las, si triste aussi que mon cœur se brise rien que de l'entendre. À quoi nous sert de protéger cet empire si nous le vidons de ses habitants ? Si nous l'asservissons aussi sûrement que les chaînes des Mézétains ?

Une onde de chaleur pulse plus fort contre ma main. La clé vient de me parler aussi sûrement que si elle avait une voix.

Yarenan éclate d'un rire grinçant.

— Épargne-moi ta complainte, Ashur. Je sais très bien pourquoi cette cause te tient soudain tant à cœur. Tant que le système mis en place fonctionnait, je ne t'ai jamais entendu t'en plaindre.

Il s'approche d'Ashur, mains sur les hanches. Loin d'être intimidé par ce qui vient de lui arriver, il réplique, en une audace que je n'attendais pas chez lui :

— Tant que cela concernait la lie de notre société – les condamnés à mort, les prisonniers, les inaptes au travail…

Un frisson se coule entre mes omoplates.

— Tu la fermais, comme toutes les autres personnes impliquées, poursuit Yarenan. Mais à présent que la défense de l'empire nécessite des sacrifices…

— Des sacrifices ? Des meurtres, oui ! l'interrompt Ashur. Le seul qui en réchappera, c'est Apatli qui se croit immortel, qui pense pouvoir contraindre le dieu qu'il prétend incarner.

Les mots de ma mère me reviennent en mémoire.

« Les dieux, ce sont des esprits qui ont passé un pacte avec les hommes. »

Et je comprends soudain, avec une intensité effrayante, que Cendis m'a trompée.

Il n'a jamais été un simple esprit du Feu.

Il s'agit du Flamboyant en personne.

Mais pourquoi m'avoir sauvée, moi qui incarne son antithèse, tout ce qu'il redoute et hait ?

La clé pulse de nouveau, les Ombres me murmurent à l'oreille dans une langue que je peux seule décoder.

Pour elle. Pour la clé. Pour ce qu'elle représente : l'accès au monde des Morts.

Si je faisais pleinement confiance au Flamboyant, si je lui montrais la clé… Il gagnerait aussi la maîtrise totale du Mictlan. L'Obscur n'aurait plus aucune raison d'exister. Et les âmes des morts demeureraient en sa possession à jamais, sans aucun espoir de trouver la paix.

En contrebas, Yarenan émet un hoquet outragé.

— Ton blasphème ne restera pas impuni.

Un étrange sourire, mélange de résignation et de colère envers soi, flotte sur les lèvres d'Ashur.

— Je suis déjà puni pour ce que j'ai fait, Yarenan. Pour ce que je continue à faire. Aussi, ce n'est pas pour moi que je te le demande, mais pour tous ceux qui peuvent encore être sauvés : donne-moi ce que tu m'as promis.

Il tend la main vers le Grand Prêtre.

— Donne-moi le Livre des Morts.

Le Livre des Morts.

J'échange un coup d'œil abasourdi avec Ixchel, qui secoue la tête. Elle non plus ne semble avoir aucune idée de ce dont Ashur parle.

Yarenan demeure un instant silencieux. L'expression, d'ordinaire si hautaine, de son visage ne reflète en cet instant qu'indécision. Quel que soit cet ouvrage, il le plonge dans un dilemme. Il finit par soupirer.

— Je ne l'ai pas.

Un instant de flottement. Puis :

— Quoi ? s'écrie Ashur. Ce n'est pas possible, tu m'as montré…

— L'unique moitié que le temple de Chilris détient. L'autre moitié… Elle s'est perdue on ne sait où.

Mon cœur se contracte douloureusement dans ma poitrine quand j'aperçois la dévastation sur les traits d'Ashur.

— Tu m'as trompé.

Yarenan paraît extrêmement mal à l'aise, tout en hochant la tête.

— Bien sûr que je l'ai fait. Garantir la survie de ma fille unique grâce à ton aide durant les épreuves de l'Ayotl en échange du Livre ? N'importe quel père en aurait fait autant.

Ashur éclate d'un rire brisé.

— Tu n'es vraiment qu'un sale escroc !

— Mesure tes paroles, gronde Yarenan. Je pourrais fort bien arrêter de me taire et livrer à l'empereur mes soupçons concernant ton implication avec cette *Ixquen*, dont on n'a pas retrouvé la trace après le séisme, alors qu'elle était visiblement blessée, vu les traînées de sang.

— Zina, qu'est-ce que tu fais ? murmure Ixchel en me frappant la main droite.

Celle qui tient déjà le poignard qu'inconsciemment j'ai dégainé de son fourreau. Je secoue la tête alors qu'un plan s'ébauche dans ma tête.

— Tu pensais avoir été discret en la dévorant du regard lors du banquet de la seconde épreuve ? continue Yarenan, qui semble prendre un malin plaisir à débiter son petit discours, face au mutisme soudain d'Ashur. Ou encore quand tu lui as soufflé la réponse à l'énigme posée par notre très vénérable empereur ?

Le Grand Prêtre dégage un papier de la poche de sa tunique.

— Sais-tu seulement qui elle est ?

— Naturellement que je le sais ! s'exclame Ashur, son ton vibrant de colère à peine contenue trouvant un écho presque douloureux chez moi.

— Oh, vraiment ? Elle t'a révélé les liens qui l'unissent à Emon, Grand Prêtre de Coulia, et la raison pour laquelle il l'a choisie pour l'Ayotl ? Ce dernier a disparu avant qu'on puisse lui mettre la main dessus mais, heureusement, des langues ont fini par se délier…

Le soulagement m'envahit : Emon a réussi à s'échapper !

— Elle t'a avoué quel objectif elle poursuivait en venant ici ? poursuit Yarenan, une joie perverse dans ses prunelles sombres. Elle venait venger sa sœur, exécutée pour haute trahison !

Toute la compassion du monde brille dans les prunelles sombres d'Ixchel, alors que ces mots résonnent, lugubres, sous la haute voûte de la salle où nous sommes cachées.

— Tu n'as qu'un mot à dire et j'engloutis cette salle, me souffle-t-elle.

— Et nous avec ? je réplique en un sourire.

Carme gronde sourdement alors que j'éprouve une folle envie de la serrer dans mes bras, cette amie que je n'attendais pas. Mais je n'ose pas bouger davantage. Pas avant que Yarenan ait craché tout ce qu'il sait au sujet de Nawi.

— Une jeune femme innocente que tu as fait exécuter pour sauvegarder ton secret, répond Ashur, incisif.

— Mon secret ? glapit le Grand Prêtre. N'essaie pas de me faire passer pour le seul coupable, dans cette histoire ! Tu n'as peut-être pas plongé le poignard dans la poitrine d'un sacrifié, mais tu as les mains aussi souillées que les miennes !

C'est plus que je ne peux en supporter.

Chapitre 55

Le hurlement franchit mes lèvres, alors que je me redresse et que, d'un bond, je franchis la rambarde. J'ai à peine le temps de voir les visages des deux hommes levés dans ma direction, la surprise le disputant à l'incrédulité, avant que le choc de ma chute me coupe le souffle. Heureusement, mon corps se souvient des leçons de Carme : j'effectue un roulé-boulé en direction de Yarenan, qui recule en poussant un cri aigu.

Il n'est cependant pas assez rapide pour m'échapper.

Je me relève, l'attrape au col, avant de le maintenir dans une clé de bras et d'apposer la lame de mon poignard sur sa gorge à la peau fripée. Il se débat de toutes ses forces, s'épuisant lui-même à petit feu avant de s'immobiliser quand la pointe de mon arme perce sa peau, lui arrachant un filet de sang.

— Arrêtez…, déclare ma victime en un murmure étranglé.

— Je ne pense pas, non.

Je ne reconnais plus ma voix. Mais ça n'a pas d'importance.

— Tu vas arrêter tes mensonges, tes accusations sans fondement et tu vas me dire toute la vérité, je gronde à son oreille.

— Zina !

Je jette un coup d'œil vers Ashur, qui tend les mains dans ma direction.

— Arrête, je t'en prie ! Relâche-le !

— Pourquoi voudrais-tu que je fasse preuve de clémence envers celui qui est prêt à te trahir ? je réplique. Tu as entendu ce qu'il ose te dire, de quelle manière il ment à ton sujet ?

— Je… ne… mens… pas ! articule avec peine Yarenan, dont les doigts, repliés telles les serres d'un aigle, me griffent l'avant-bras.

— Je ne te crois pas, je réplique.

Je sens les Ombres s'éveiller en moi, ma magie se répandre dans tout mon être.

— Tu vas me dire tout ce que tu sais, je lui glisse à l'oreille, et ensuite je t'expédierai dans le Mictlan. L'Obscur te réserve un traitement de faveur, tu sais. Tu vas payer pour toutes les âmes que ton dieu retient prisonnières !

La terreur que je vois briller dans les yeux de Yarenan m'arrache un frisson de plaisir. J'entends vaguement des voix familières – Ixchel, Ashur – crier mon prénom, mais je n'en tiens pas compte. Je tiens enfin ma proie, celui qui m'a dérobé Nawi, qui a tué des innocents, le complice volontaire d'un dieu sanguinaire.

— Parle ! j'ordonne en desserrant d'un cran l'étau dans lequel je le retiens prisonnier.

Une bourrasque glacée, venue de nulle part, nous percute violemment. Sous l'effet de la surprise, je relâche Yarenan, qui se met à ramper le plus vite possible. Le vent hurle à mes oreilles, la terre tremble sous mes pas. Mais rien ne peut m'arrêter : je tombe sur le Grand Prêtre tel un jaguar affamé. Et Carme, qui a atterri souplement à quelques pas de là, semble toute disposée à m'aider.

Je lève mon poignard et…

— Arrête !

La voix d'Ashur, magnifiée par sa magie de l'Air, vibre d'un écho insupportable à mes oreilles. Je m'entends crier de douleur, Yarenan pousse une plainte.

Soudain, tout s'interrompt.

Le vent retombe, disparaît. La terre retrouve sa stabilité.

Je lève la tête vers Ashur, qui se tient à une dizaine de pas de moi. Je ne comprends ni son intervention ni l'air absolument dévasté qui s'imprime sur ses traits. Accoudée à la rambarde, Ixchel reprend son souffle. Je devine qu'elle a voulu me protéger et qu'elle est en train de payer ses efforts.

— Arrête, Zina.

C'est une supplique si ténue que je pourrais presque la manquer, si le silence qui nous enveloppe soudain tous les cinq n'était pas aussi absolu.

Je secoue la tête.

— Pourquoi ? je réplique. Tu n'as pas entendu la manière dont il te calomnie, dont… ?

— Il a raison ! crie Ashur.

Yarenan se met à rire, d'un rire brisé où n'entre aucune joie, alors que je fixe sans comprendre celui qui fait battre mon cœur.

Celui en qui j'avais mis ma confiance.

— Quoi ?

— Il a raison, répète Ashur, son regard sombre rivé au mien. Je suis aussi coupable que lui.

Non. Tout mon être se rebelle face à un tel aveu.

Ce n'est pas possible, pas lui, pas celui que…

Mais avant que je puisse articuler le moindre mot, j'entends des bruits rapides de pas, des ordres brefs, prononcés d'un ton rapide. Ixchel crie, Carme glapit. Je veux me relever, mais c'est trop tard : des gardes déboulent par l'entrée principale de la salle, se déploient en un arc de cercle, armes à la main.

— Rendez-vous, crie le chef de l'escouade, ou tout le monde y passe !

Ixchel se débat de toutes ses forces, veut me dire quelque chose, mais sa voix s'étrangle. Carme feule face à la lance qui la vise directement.

Je lâche mon poignard, lève les mains en l'air.

Je viens de perdre la bataille.

Chapitre 56

Je m'étale de tout mon long sur le sol froid de la cellule. La porte, taillée dans un bois solide, se referme avec un claquement sec dans mon dos. Je suis plongée dans les ténèbres. Je me relève à tâtons, explorant du bout des doigts la geôle où je passerai sans doute mes derniers instants. Une tâche rapidement menée à bien : elle ne comporte aucun mobilier, aucun objet, pas même une écuelle d'eau. Il y a juste assez de place pour que j'étende mes jambes. Non que j'en aie envie : je me recroqueville dans un coin, enserrant mes genoux de mes bras. La douleur pulse le long de mes côtes, de mon visage, de mes épaules ; je n'ai pas échappé aux coups, de poing d'abord, puis de pied, qui se sont abattus sur moi quand les gardes m'ont mis la main dessus. Le sang et la salive des hommes qui m'ont craché au visage se sont mélangés en une mixture infâme, souillant ma peau, mes cheveux.

Ce n'est rien cependant face à ce que je ressens à l'intérieur de moi-même.

« *Il a raison.*

Je suis aussi coupable que lui. »

Je ferme les paupières. Je laisse les larmes couler, les sanglots ébranler ma poitrine, m'écorcher la gorge. Carme m'a toujours enseigné que pleurer était un moyen naturel de soulager sa peine, de rétablir l'équilibre troublé par ce qui nous chagrine, ce qui nous afflige. Dans les premiers temps qui ont suivi la mort de Nawi, je ne voulais pas y céder pourtant.

Jusqu'à ce que ma tante me prenne à part :

« *Ce que tu vois comme une faiblesse est une force. Tu vis un deuil, Zina, comment pourrais-tu le gérer si tu refuses de l'exprimer ?* »

Elle avait raison.

Sauf qu'ici j'ai beau laisser mes larmes couler, j'ai toujours aussi mal.

« *Je suis aussi coupable que lui. Aussi coupable même que Cendis, qui ne mérite pas ce prénom d'ailleurs.* »

Du début à la fin, ces deux êtres m'ont trompée et abusée.

Comment ai-je pu être à ce point idiote pour leur faire confiance ?

À peine me suis-je posé la question que je me rappelle nos échanges : la conversation entre Ashur et moi dans le jardin, le rêve éveillé avec Cendis…

« *Méfie-toi des apparences.* »

Désiraient-ils vraiment m'aider ? Ou voulaient-ils juste m'utiliser à des fins que j'ignore encore ?

Le Flamboyant désire la clé, c'est évident, mais Ashur ?

Son ton suppliant, quand il a prié Yarenan de lui donner ce Livre des Morts, me revient en tête. Il n'y avait aucune trace de duplicité, de tromperie dans ses mots.

Pas plus que lorsque nous avons fait l'amour.

J'ai déjà vécu des relations charnelles, où seul régnait le désir, aussi vite assouvi qu'il s'était éveillé. Ce n'est pas ce que j'ai vécu avec Ashur. Là où auparavant, je ne voyais que des impasses, des voies sans aucun avenir, il m'a montré le début d'un chemin que nous pourrions parcourir à deux.

Je crispe mes doigts dans mes cheveux, tirant dessus jusqu'à ce que la douleur me devienne insupportable.

Un claquement me réveille en sursaut. J'ai dû m'assoupir. Je me frotte les yeux, même si je n'y vois toujours rien.

Une brusque inspiration me parvient soudain.

Il y a quelqu'un d'autre. Pas dans ma cellule – elle est bien trop petite pour contenir deux personnes – mais sans doute dans celle juste à côté de la mienne. Je songe soudain à Ixchel, à Carme et je bondis sur mes pieds.

La personne qui se trouve de l'autre côté du mur a dû m'entendre car j'entends :

— Il y a quelqu'un ?

Une voix mâle.

Une voix que je reconnais tout de suite.

Je demeure immobile.

— Zina ? Zina, c'est toi ?

Je me mords la lèvre pour ne pas lui répondre.

— Zina, je t'en prie, dis-moi que c'est toi. Dis-moi que tu vas bien.

Un son sarcastique m'échappe. Un profond soupir me parvient en réponse, puis un coup sourd sur le mur mitoyen de nos cellules.

— Je t'en prie, Zina… Je t'en prie, je deviens dingue !

Une série de coups sourds résonne.

— Tu espères la démolir de cette manière ? je réplique. Ou c'est juste pour passer le temps en attendant que papa te délivre ?

Ashur ignore complètement ma pique.

— Est-ce que tu vas bien ?

Je retrouve l'inflexion caressante qui a fait fondre mes défenses comme neige au soleil quand nous nous sommes rencontrés, quand nous nous sommes parlé pour la première fois. Face à mon silence, Ashur ne désarme pas :

— Je t'en prie, j'ai vu comment ils t'avaient traitée. Dis-moi qu'ils ne t'ont pas…

— Qu'ils ne m'ont pas quoi ? je l'interromps, incapable d'en supporter davantage. Blessé comme toi, tu l'as fait ? Non, *eux* n'ont pas ce pouvoir.

Je ravale les larmes qui menacent encore. Inutile de m'humilier davantage – j'en ai déjà beaucoup trop révélé.

— Je suis désolé, souffle-t-il en un murmure qui me parvient cependant aisément.

Il doit y avoir un conduit d'aération entre nos deux cellules.

— Je ne voulais pas… Je sais que tu ne me pardonneras pas ce que je t'ai tu, mais…

— Assez.

Je l'ai voulu comme un ordre, il résonne comme une prière. Je grince des dents.

— Je n'ai que faire de tes excuses, je continue, en espérant que mon ton soit assez convaincant.

Si je crois cependant dissuader Ashur d'entrer en contact avec moi, c'est mal le connaître.

— Tu voudras peut-être de mes explications ?

— À quel sujet ?

— Ce qui se passe avec le Rempart et la fleur fantôme. Je… je n'étais pas là quand ils ont tué ta sœur, mais j'ai été suffisamment impliqué pour deviner ce qui lui est arrivé.

Je ne prête pas attention à la rancœur que j'entends dans sa voix. Mon cœur bat plus fort à l'idée que quelqu'un, enfin, puisse me livrer ce que j'attends depuis si longtemps. D'un autre côté, comment être sûre qu'il ne va pas encore me mentir par omission ? Comment oser lui faire confiance ?

— Je te promets que je ne te mens pas.

— J'ai déjà entendu ça, je rétorque.

Et je me hais en ce moment car, en dépit de tout ce que j'ai subi par sa faute, une partie de moi-même ressent sa douleur comme si c'était la mienne. Le lien entre nous ne s'est pas totalement rompu.

— Laisse-moi une chance de rééquilibrer les choses entre nous. Je vais te livrer tout ce que je sais et puis tu jugeras, d'accord ?

Je voudrais lui demander de quelle manière je suis censée juger des choses dont je n'ai aucune connaissance. Néanmoins, tout ce qui sort de ma bouche, c'est un « d'accord ».

J'ai trop envie qu'il me partage ce qu'il sait.

Surtout, j'ai trop envie de le croire, *lui*.

Il demeure un long instant silencieux et j'ai peur qu'il n'ait changé d'avis. Quand Ashur reprend la parole, il est visible qu'il cherche ses mots.

— Que sais-tu à propos du Rempart ?

Je hausse les épaules.

— Ce que tout le monde connaît, j'imagine. Quand l'héritier d'Apatli a été enlevé enfant par les Mézétains qui l'avaient attiré sur leur territoire sous un faux prétexte, l'empereur…

Je passe outre le fait que ce mot se bloque dans ma gorge. Il y a déjà longtemps que j'ai perdu tout respect et toute estime pour cet homme.

— … a prié le Flamboyant de protéger son territoire. Le dieu a répondu en créant le Rempart, une barrière infranchissable qui nous protège de nos ennemis.

Je me tais quant à ce que L'Obscur a bien pu me dire à ce sujet quand j'ai pénétré dans le Mictlan. Ashur éclate de ce même rire brisé que j'ai déjà entendu quand j'ai surpris son entretien avec Yarenan.

— Une belle légende.

— Qu'est-ce que tu essaies de me dire ? Que le Rempart n'existe pas ?

— Si, mais… Nul obstacle physique n'est infranchissable. Peu importe la forme qu'il prend – un mur, une barrière d'épines géantes, des récifs sous-marins… Nos ennemis trouveront toujours le moyen de les contourner.

Je fronce les sourcils.

— C'est bien pour cette raison que nos guerriers défendent le Rempart, n'est-ce pas ?

— Non.

Avant que je puisse l'interrompre, Ashur reprend d'un ton qui me donne envie de le serrer dans mes bras, et je me hais encore plus d'avoir cette impulsion à son égard.

— Nous ne sommes pas assez nombreux pour nous défendre face aux Mézétains, surtout depuis qu'ils ont conquis d'autres royaumes. Leur appétit est sans limites et ils enrôlent de force les hommes en âge de porter des armes.

Il hésite avant de lâcher :

— Nos espions ont aussi découvert qu'ils font travailler de force les mages des nations qu'ils ont conquises.

Un frisson me court dans le dos à cette idée.

— Nous ne pourrions pas leur tenir tête, continue-t-il, surtout depuis tout ce temps, avec nos propres guerriers.

— Mais alors qui…

La réponse me vient en un éclair.

Les âmes des morts que le Flamboyant retient prisonnières, les empêchant de connaître le repos.

Le Mictlan vidé de ses habitants.

Je n'ai même pas conscience d'avoir poussé un cri.

— Il a…

— Quand Nurbek a été enlevé, mon père a refusé d'entrer en négociation avec les Mézétains.

— Mais… c'est faux !

— Non, c'est vrai. Je sais qu'il a propagé tous les bruits contraires, mais je te jure sur ce que j'ai de plus cher…

Il déglutit de manière audible.

— … que c'est vrai.

— Ça n'a aucun sens ! Nurbek était son seul héritier. Pourquoi n'aurait-il pas voulu le récupérer ?

— Parce qu'il ne pensait pas qu'il le reverrait tel que lui le voulait, répond Ashur d'une voix atone. Il songeait que tout contact avec les Mézétains, aussi bref soit-il, souillerait irrémédiablement Nurbek.

— Tu es en train de me dire qu'il n'a même pas essayé de négocier sa liberté ?

J'en reste ébahie. Quel parent condamnerait son enfant de cette manière ?

— Oui. À la place, il est devenu obsédé par l'idée de sa propre mortalité. Une idée qui le poursuivait depuis qu'il était monté sur le trône… Ma mère…

Sa voix se brise sur ces mots. Je serre les poings, j'enfonce mes ongles dans mes paumes. Je ne peux pas ressentir de compassion pour lui à cet instant. Je ne peux pas.

— Ma mère le savait. Elle était son amante depuis longtemps, elle a recueilli ses confidences. Quand Nurbek a été enlevé, Apatli a décidé qu'il ne pourrait plus confier son empire à un quelconque héritier.

— Pourquoi avoir déclenché l'Ayotl, alors ? S'il ne voulait plus d'enfant mâle ?

— On vous a fait venir ici uniquement parce que le Flamboyant réclame toujours plus de sacrifices pour maintenir le Rempart et son emprise sur les âmes des défunts. Du moins, c'est ce que prétend l'empereur.

Je demeure silencieuse. Quelque chose cloche dans les explications d'Ashur. Si c'était le cas, jamais le Flamboyant n'aurait cherché à me sauver la vie. Jamais il ne m'aurait aidée lors des épreuves ou quand les soldats m'ont coincée chez Nasqui. Je me souviens des ailes de feu qu'il a fait naître au bout de mes doigts et je frémis.

— Zina ?

— Je suis là, je me hâte de dire, l'esprit fourmillant de questions non résolues. Comment le Flamboyant s'y prend-il pour asservir les âmes des morts ? Tu le sais ?

— La fleur fantôme, répond Ashur, toujours de ce même ton atone. D'après la légende, la fleur aurait été donnée à la déesse lune quand elle est née. C'était l'emblème de son pouvoir. On en tire une potion. Quiconque la consomme devient dépendant.

— De la fleur fantôme ou du Flamboyant ? je demande.

— Les deux, à présent que le Flamboyant a volé son pouvoir à la déesse lune répond-il.

Une boucherie – le mot qu'avait mentionné Nasqui. Elle était encore en deçà de la vérité. Ce n'était pas assez de tuer ma sœur, il fallait en plus l'exploiter par-delà la mort. La fureur me fait trembler des pieds à la tête.

Je comprends mieux pourquoi les apprentis de la Terre tombaient comme des mouches, pourquoi le quartier des docks de Chilris s'était révélé désert, pourquoi enfin Nasqui vivait dans une telle terreur, sans même savoir ce qu'elle redoutait vraiment.

— Et toi, tu as contribué à tout ça, je murmure dans le silence feutré de nos cellules.

Cette fois-ci, Ashur ne trouve rien à répliquer.

Chapitre 57

Le désespoir menace de me faire sombrer dans un gouffre qui paraît sans fond, comme celui du Mictlan. Je me force à en sortir, cependant. Nawi compte sur moi, sans parler des vivants que je peux toujours sauver : Carme, Ixchel. Je ne peux pas les laisser à la merci de cet empereur, qui voudrait défier la mort.

— Je t'ai entendu parler du Livre des Morts avec Yarenan.

Le simple fait d'adresser la parole à Ashur sans hurler ma rage, ma douleur qui pulse en moi telle une bête sauvage, requiert un immense effort.

Il émet un ricanement.

— Ce sale escroc de Grand Prêtre…

Je me mords la langue pour ne pas répliquer que Yarenan, au moins, a eu la décence de ne jamais me tromper sur ce qu'il était.

— Il m'a fait croire qu'il le détenait alors qu'il n'en possède qu'une moitié, poursuit Ashur avec un soupir.

— Pourquoi ce Livre serait-il divisé en deux ?

— Sans doute par ce qu'il contient. Ce n'est qu'une légende, selon certains, mais il détiendrait un chant qui éveillerait les guerriers trépassés.

— Et tu voudrais utiliser ces guerriers pour remplacer les âmes des défunts condamnés à défendre le Rempart, je lance.

— Oui. Nous n'aurions plus à sacrifier les habitants de l'empire.

— C'est que tu évoquais tout à l'heure, n'est-ce pas ? Quand tu parlais d'un empire qui dévore ses propres enfants pour mieux se sauvegarder ?

Il souffle un « oui » pitoyable. En dépit de tout ce que je peux éprouver à son égard à cet instant, quelque chose en moi ne peut s'empêcher de ressentir de l'empathie.

— Admettons que Yarenan ait détenu l'autre moitié du Livre. Comment aurais-tu pu libérer d'abord les esprits des morts piégés dans une servitude éternelle par le Flamboyant ?

Ashur demeure silencieux. J'ouvre déjà la bouche pour insister quand il finit par répondre, d'un ton las :

— Zina… Je n'ai aucune idée de la manière dont il faudrait s'y prendre pour libérer les esprits du Rempart.

— Je ne te crois pas.

Les mots ont jailli de ma bouche avant même que j'y songe.

— Peu importe, réplique Ashur. C'est la vérité. Je sais ce que tu peux penser en ce moment…

— Ça m'étonnerait !

— Mais j'ignore comment libérer ta sœur, continue-t-il sans s'émouvoir de mon interruption.

Je demeure, le cœur battant. La vague amère du désespoir qui avait un peu reflué, me laissant souffler, menace de me submerger à nouveau.

Non, je ne parviens pas à croire que ce soit là la seule réponse que je puisse obtenir !

— Ce Livre, tu ignores ce qu'il contient ? Mis à part le chant pour réveiller les guerriers disparus ?

— Zina, je vois où tu veux en venir…

— Donc il pourrait très bien mentionner le moyen de libérer ma sœur sans que tu en saches rien !

— C'est vrai, admit-il. J'ai seulement entendu parler de ce chant par pur hasard, par un adepte du Feu qui a eu la langue trop bien pendue sur le Rempart.

— Laisse-moi deviner : il est mort depuis.

Son silence vaut toutes les confirmations du monde. Un sanglot me monte à la gorge et, en dépit de tous mes efforts, éclate hors de ma bouche.

— Zina ?

Un bruit sourd sur la paroi qui sépare nos geôles, plus léger cependant que les coups de poing de tout à l'heure.

— Zina…

De nouveau, cette voix caressante, d'autant plus dangereuse car une infirme partie de moi-même ne voudrait rien tant que me réfugier auprès de lui. Oublier où nous sommes enfermés, ce qui nous attend quand la porte de notre prison s'ouvrira à nouveau, oublier tout ce qui n'est pas lui et moi.

Sauf qu'il n'y a plus de lui et moi.

Il n'y en a jamais eu.

— Je ne voulais pas te blesser. Je ne voulais pas… Tu te souviens de notre conversation, après que tu es enfin descendue de cet arbre ?

— Tais-toi…

— Je t'ai presque suppliée de partir, de t'enfuir d'ici. Je ne savais presque rien de toi, et encore moins ce qui t'amenait à participer à l'Ayotl…

— Tais-toi !

— Je pouvais voir cependant que tu cachais quelque chose. Et j'avais déjà peur pour toi, bien plus que je n'aurais dû l'éprouver pour une quasi-inconnue. Tu sais pourquoi ?

— TAIS-TOI ! je hurle de toutes mes forces.

Ce n'est pas suffisant pour qu'Ashur soit réduit au silence.

— Je suis tombé amoureux de toi dès que je t'ai vue.

Il éclate d'un rire rauque.

— Toi qui risquais d'être sacrifiée d'un jour à l'autre. Je pensais que j'étais déjà assez puni comme ça. En définitive, pourtant, ce n'était qu'un détail : quand j'ai compris qui tu étais, ce que tu étais venue faire ici…

Un soupir à en faire trembler les murs.

— … j'ai su alors ce que « damnation » voulait dire.

Je ne trouve rien à répondre. Je cherche à tâtons dans l'obscurité le coin où je m'étais réfugiée tout à l'heure. Je finis par le trouver et m'y recroqueviller, les mains sur les oreilles. Résolue à ne plus entendre un seul mot qui sortirait de la bouche d'Ashur.

Le bruit d'une barre que l'on retire de son logement me fait tressaillir. Le sommeil a dû de nouveau m'emporter dans ses filets. Je me relève juste à temps pour voir la porte de ma geôle s'ouvrir. Une haute silhouette se dresse dans l'encadrement. Elle ne porte qu'une seule torche, mais la lumière soudaine m'amène des larmes aux yeux. Je cligne rapidement des paupières pour les chasser.

— Lève-toi !

Je me dépêche d'obéir, le cœur battant. Dès que je suis à sa portée, un robuste guerrier de l'Aigle m'attrape le bras. Dans son regard brille une joie perverse. Il serre assez fort pour couper la circulation du sang. Je pince mes lèvres l'une contre l'autre : je ne lui donnerai pas la satisfaction de m'entendre me plaindre. Il appuie encore davantage, puis, déçu que je ne manifeste pas d'autre réaction, me propulse en avant avec une force qui me fait trébucher.

— Avance ! On ne fait pas attendre l'empereur.

Au bout d'un long couloir taillé à même la pierre, je déboule soudain dans une vaste salle circulaire. Elle ne possède aucune trace du faste que l'on pourrait s'attendre à trouver dans le palais impérial : aucune décoration sur les murs, sur le sol ou au plafond en voûte, si haut qu'il se perd dans la pénombre en dépit de la lumière diffusée par les nombreuses torches qui n'émettent aucune fumée.

Devant moi, une arène recouverte d'un sable blond, qui ne provient certainement pas de Chilris. Son importation a dû coûter une petite fortune. Au-delà, de vastes gradins circulaires sur lesquels les membres de la très honorable cour ont pris place. Toute l'attention se braque sur moi dès mes premiers pas. Une barrière de gardes me sépare de l'assistance. Les plus curieux se relèvent de leur siège pour mieux me voir, sans prêter attention aux protestations de leurs voisins derrière. Je retrouve sur leurs expressions le même empressement morbide, la même curiosité dénuée de toute empathie que j'ai déjà pu remarquer lors des épreuves de l'Ayotl.

Paradoxalement, cela réussit à me détendre. J'ai déjà fait face à ce public, à son empereur, assis juste en face de moi sur une petite estrade de jade, marquant ainsi son statut à part. Plus rien de tout cela ne m'impressionne.

Apatli me dévisage, l'expression indifférente, hormis pour la lueur malsaine qui règne dans ses prunelles sombres. Je sais ce qu'elle cache à présent. Je le contemple avec dégoût, et pas seulement pour sa spectaculaire déchéance physique : ses traits se sont encore creusés, son dos se voûte et même à cette distance, je peux sentir la puanteur qui émane de lui.

— Qu'on amène les prisonniers !

Une porte à l'intérieur des gradins s'ouvre soudain. Elle a été si bien taillée dans la pierre noire que je ne l'avais même pas distinguée. Mon cœur se contracte douloureusement dans ma poitrine quand je reconnais directement les deux silhouettes qui sont poussées en avant, sans aucune délicatesse, par les gardes les entourant.

Ixchel.

Carme, qui a repris figure humaine.

La joie de les savoir vivantes le dispute à l'appréhension de ce qui nous attend toutes les trois.

Carme a juste le temps de me décocher un regard, où je lis toute sa défiance, avant que les guerriers les entourent, rompant tout contact entre nous. J'observe ces hommes lier ma tante et mon amie dos à dos autour d'un poteau planté là dans ce seul but, de la même manière qu'ils ont procédé pour Ollantay. Aucun bûcher ne les engloutira, elles, cependant. Je me le promets.

Une autre porte s'ouvre, cette fois-ci sur la gauche. Mon cœur manque un battement quand Ashur y apparaît.

Contrairement à Carme et Ixchel, son visage porte les marques de fraîches ecchymoses. Tout son être exprime le désespoir qui doit le parcourir alors qu'il se laisse lier à l'autre poteau, installé juste en face de celui auquel Carme et Ixchel sont ligotées.

— Bien, déclare Apatli, avec un ton d'immense satisfaction. À présent, nous allons pouvoir commencer !

Chapitre 58

— Comme vous le savez tous et toutes, commence-t-il, cette *Ixquen*…

Il me désigne d'un geste las de sa main, comme si ce simple geste lui coûtait une énergie folle. Je soutiens sans difficulté les regards qui se posent sur moi : ils ne représentent rien. Mon regard se focalise sur Ixchel et Carme.

Sans pouvoir s'empêcher de se poser de temps en temps sur Ashur. Il garde la tête baissée. Sa nuque ployée, ses mains tendues à ses côtés, ses paupières fermées, tout en lui révèle la résignation entière et totale. Comme s'il avait déjà abandonné toute idée de lutte, n'attendant plus que l'issue fatale que l'empereur nous réserve.

Je devrais me réjouir de voir celui qui m'a trahi aussi défait.

Je ne m'attends pas à la colère qui flambe dans mes entrailles. L'Ashur que j'ai appris à connaître semble avoir déserté les lieux, ne laissant que cette pauvre imitation en lieu et place. Je serre les poings, me retenant de justesse de lui crier de se réveiller, de redresser la tête.

— … a voulu tous et toutes nous trahir dans le plus infâme des complots, continue Apatli, éveillant un concert d'exclamations choquées.

Cette fois-ci, je ne me retiens pas de lever les yeux au ciel, dans une démonstration de sarcasme assez flagrante pour que certains n'en manquent pas une miette.

— Comment ose-t-elle… ?

— Inouï !

D'autres me pointent du doigt, ricanant ouvertement. L'éclat aussi vif qu'éphémère de pièces changeant de mains ne m'échappe pas : même ici, dans ce lieu sans aucune commune mesure avec le luxe auxquels ils sont habitués, les membres de la très honorable cour se comportent comme le dernier des joueurs, prenant des paris sur tout et sur rien.

La seule issue certaine, c'est qu'aussi bien moi que Carme, Ixchel ou Ashur allons mourir.

Du moins, si les vœux d'Apatli sont respectés.

Le mouvement d'une silhouette dans les gradins attire soudain mon attention : là-bas, sur le dernier gradin, bien loin de la lumière à laquelle il est habitué, est assis Yarenan. De chaque côté du Grand Prêtre, plusieurs places vides.

Une démonstration éclatante de la disgrâce dans laquelle il semble être tombé.

Je vois ses yeux s'agrandir soudain quand son regard se pose sur moi.

Je lui décoche un léger sourire avant de lever la main sur le collier de jade qui n'a pas quitté mon cou.

Un tic nerveux agite sa mâchoire. Il doit me considérer comme la meurtrière d'Itay. Qu'il le croie donc : je ne veux pas prendre la peine de le démentir.

— À présent que nos valeureux guerriers ont enfin mis la main sur elle, déclare Apatli, et avant de procéder à sa mise à mort au temple pyramide de notre glorieux Flamboyant, nous avons pensé qu'elle pourrait nous procurer un dernier divertissement.

Il marque un temps de pause puis ajoute :

— Après tout, l'Ayotl comporte trois épreuves et elle n'en a passé que deux.

Des applaudissements enthousiastes retentissent, soulignant la sagacité de leur maître à tous. L'ombre d'un sourire plisse les lèvres d'Apatli.

— Nous aimerions savoir qui en premier cette *Ixquen* désirerait sauver : de ses amies…

Il désigne d'une main Carme et Ixchel.

— … ou de celui qu'elle a réussi à séduire. Ma propre chair.

Tous les regards pivotent vers Ashur.

C'est plus que je ne peux en supporter.

— Et de quoi voudrais-je bien les sauver ? je déclare haut et fort, interrompant le cours des rumeurs dans les gradins. N'allons-nous pas être mis à mort pour alimenter les défenses de votre Rempart ?

Un silence de quelques instants.

Soudain, je vois des adeptes du Feu sortir des portes ouvertes.

— Silence ! gronde Apatli, me foudroyant du regard. Si l'*Ixquen* ne veut pas que le Flamboyant brûle ses complices jusqu'à l'os…

Des mains ouvertes des adeptes du Feu émergent des liens pulsant d'une lumière blanche, de la même couleur que les pétales de la fleur fantôme. Tout le corps de Carme se raidit quand ces liens se nouent autour d'elle. Ixchel émet un hurlement qui me déchire le cœur.

Ashur, lui, n'a aucune réaction. Comme si tout lui était égal.

J'ai envie de lui balancer le sable de l'arène à la figure.

La lueur malsaine dans les prunelles d'Apatli s'agrandit en constatant le choix impossible auquel je suis confrontée.

Il garde le silence encore quelques instants, avant de porter la main à un fourreau qui pend à sa ceinture. Il en sort une arme : un poignard long et effilé, à la lame légèrement recourbée.

Il se lève, balance la lame en contrebas. Elle échoue sur le sable, à quelques mètres de moi.

Mes poings se crispent en imaginant ce que je pourrais faire avec ceci en main.

Mais la seule présence des adeptes du Feu cernant Carme, Ixchel et Ashur m'en dissuade.

— Je vois que nous avons compris, murmure l'empereur en un souffle qui atteint mes seules oreilles, et je devine que des adeptes de l'Air sont aussi à l'œuvre dans la pénombre épaisse régnant derrière le trône.

Puis, s'adressant de nouveau à son public adorateur :

— Le premier que l'*Ixquen* sauvera en le désignant de ce poignard connaîtra une mort rapide et sans douleur…

« Menteur ! » ai-je envie de m'exclamer. Le trépas sera peut-être immédiat, mais l'âme du défunt, elle, connaîtra la servitude éternelle, condamnée à défendre un empire qui préfère dévorer ses propres enfants que combattre l'ennemi.

— Les autres seront brûlés vifs en même temps que l'*Ixquen*, demain à la première lueur.

Nouveaux applaudissements, plus nourris cette fois. Comme si tout le monde se réjouissait d'assister à notre mise à mort.

Peu leur importe, au fond, que je participe à l'Ayotl ou que je lutte pour ma survie et pour celle des êtres qui me sont chers, tant que je leur offre de quoi divertir leur existence oisive.

Et le pire, sans aucun doute, est cette adoration aveugle qu'ils vouent à Apatli. Un aveuglement né de la peur ? Ou involontaire ? Cela m'indiffère.

Je serre les dents alors que je considère les choix qui me restent : me plier à cette comédie ignoble ou désobéir et voir périr ceux que j'aime.

Je jette un coup d'œil à Carme et Ixchel. Mon amie tremble de la tête aux pieds. Ma tante tente de la rassurer en lui parlant tout bas.

Toute mon attention se reporte alors sur Ashur. Il relève la tête, comme s'il avait senti le dilemme qui m'agite.

Cette lueur résignée dans ses prunelles, cet air suppliant sur son visage…

L'ombre d'un sourire sur ses lèvres pleines.

Ses lèvres que j'ai tant aimé embrasser.

Est-ce vraiment pour une chose aussi futile que tu veux te battre ?

La réponse me vient en une fraction de seconde : oui.

Je sais que ce que j'ai ressenti – ce que nous avons ressenti – et ce n'était ni dérisoire ni éphémère.

Dans les gradins, on s'agite devant mon hésitation. Apatli tranche le silence d'un ton implacable :

— Nous attendons !

Les adeptes du Feu qui surveillent les otages resserrent leurs liens ; j'entends Ixchel crier. Des larmes non écloses brillent dans les prunelles d'Ashur.

Nos regards se croisent. Ne se lâchent plus. Il me supplie encore en silence, je secoue la tête d'un geste que j'espère discret.

Non, je ne te sacrifierai pas. Je ne permettrai pas que tu reçoives l'absolution par la mort. Que ta culpabilité soit effacée sur le bûcher. Je vais te donner ce souffle de vie que tu sembles renier. Tu devras vivre avec le poids de ce que tu as fait, de ce que tu as laissé commettre.

Je détourne la tête, regarde en face Apatli, cet être décati, perverti par ses ambitions démesurées. Soudain, une silhouette se dessine derrière lui. Quelqu'un que je reconnaîtrais entre mille. Cendis – ou plutôt le dieu soleil en personne. Celui qui ne m'a pas encore livré toutes les réponses que j'attends.

Soudain, je sais exactement comment me sortir de ce dilemme.

Je prends une profonde inspiration avant de lever les bras. Mon estomac n'est plus qu'un sac de nœuds, pourtant mes doigts ne tremblent pas quand je défais l'attache qui maintient la clé d'obsidienne autour de mon cou.

Elle se balance doucement au bout de sa chaîne alors que je la brandis à la vue du dieu. Que je la lui montre ostensiblement, déchirant le voile qui l'avait maintenue invisible jusqu'ici.

— Et si je changeais les règles du jeu ? je déclare haut et fort.

Chapitre 59

Un *pop !* discret retentit à mes oreilles.

Les adeptes de l'Air viennent de nous isoler, le Flamboyant et moi, dans une bulle qui nous isole du reste de l'assemblée. Je m'efforce de contrôler l'expression de mon visage : si je veux que mon ébauche de plan fonctionne, je ne peux pas trahir mes véritables sentiments.

Le dieu fonce vers moi, toute son attention focalisée sur ma personne. Des tremblements me prennent et j'ai honte de l'admettre, tous ne sont pas nés de mon angoisse.

Se voir l'objet du désir d'un dieu, même si c'est une illusion, réveille des sensations que je me suis efforcée de réprimer jusqu'ici.

Il s'arrête à quelques pas de moi. Quand il prend la parole, sa voix trahit une surprenante nostalgie :

— Donc, voilà où elle était passée. (Il secoue la tête.) Je m'en doutais.

Je me mords l'intérieur de la joue pour ne pas répliquer. La paroi de la bulle qui nous entoure se resserre autour de nous deux. Elle se transforme également : de translucide, elle devient légèrement ambrée. Le reste de la salle, le public présent, Carme et Ixchel, Ashur, l'empereur, tout m'apparaît brouillé.

— C'est pour ça que tu m'as sauvé la vie à plusieurs reprises ? Pour cette raison encore que tu t'es dissimulé sous une fausse identité ?

Ses prunelles s'illuminent d'un feu que je commence à bien connaître.

— Au début, oui, avoue-t-il d'un ton tranquille. Des années que je recherchais cet artefact et voilà qu'on me l'apporte sur un plateau. J'ai perçu son énergie dès que je t'ai vue. Quand tu as refermé la main dessus.

Ses doigts frôlent le dos de ma main en un geste doux, qui me paraît pourtant des plus intimes.

— Tu m'as facilité la tâche aussi, me souffle-t-il en un murmure rauque. Tu m'as pris pour un simple esprit du Feu et je ne t'ai pas détrompée.

Les propos de ma mère – de L'Obscur – me reviennent en mémoire.

« Les dieux ne sont que des esprits ayant passé un pacte avec les mortels. »

— C'est ce que tu es, non ? je lance, d'un ton empli d'une audace que je suis bien loin de ressentir. Un simple esprit.

Sa mâchoire est soudain agitée d'un tic nerveux.

— Je suis un dieu.

J'émets un ricanement.

— C'est ce qui a justifié de te mettre entièrement au service d'Apatli et de ses demandes ? De créer le Rempart, d'emprisonner les âmes des morts, de demander… ?

Ma voix se brise sur ces mots. Une émotion impossible à juguler bouillonne dans tout mon être. Le dieu plonge son regard dans le mien. Il me paraît tellement humain, en cet instant, pourtant. Dans ses iris ambrés je lis du regret, du remords.

De la vulnérabilité.

— Tu as raison.

Je ne m'attendais pas à cet aveu.

— C'est pour ça que je me suis attaché à tes pas. Pas seulement parce que tu possédais la clé… mais bien parce que tu me fascinais.

Il lève la main. Son pouce touche la ligne de ma mâchoire en une caresse éphémère, qui réussit pourtant à enflammer mes sens.

— Je voulais obtenir bien plus que ce que tu avais autour du cou. Je désirais…

Il hésite, puis :

— Je désire.

Deux mots qui suffisent à me troubler.

— Je désire ta confiance. Ton affection. Tes doutes, tes soucis, tes rires également. Tous tes moments de joie ou d'affliction.

Il ne me lâche pas du regard.

— Tout ce que tu voudras me donner.

— Et que pourrais-je bien vouloir donner à celui qui m'a pris ma sœur ? je réplique.

Car je n'oublie pas ce qu'il est, en dépit de mon cœur qui bat la chamade, de mes jambes qui tremblent, de cette sensation qui me consume lentement, gagnant tout mon être.

— Celui qui m'a pris mes parents…

— Je n'ai jamais touché à un seul de leurs cheveux, gronde-t-il, une lueur sauvage dans ses yeux. Je veux bien reconnaître mes torts, mais ne m'impute pas ceux des autres !

Je refuse d'être intimidée, cependant.

— Soit. Et pour ceux que tu continues à utiliser ?

Le Flamboyant demeure silencieux un instant.

— Tu as conscience que, si je les relâche, la voie sera ouverte pour les ennemis de cet empire ?

— Je refuse d'entrer dans une joute politique avec toi ! je clame soudain, exaspérée. Si tu veux autant de choses de ma part comme tu le prétends, commence par me dire s'il existe un moyen de libérer Nawi !

— Je le peux, oui, finit-il par répondre au bout d'un moment. Je l'ai toujours pu. Mais il y aura un prix à payer.

— N'y en a-t-il pas toujours un ?

Il resserre doucement son étreinte sur ma mâchoire. Se penche vers moi. Le souvenir de notre baiser incendie ma mémoire.

— Deviens ma reine.

La surprise m'arrache un « quoi ? ».

— Deviens ma reine, répète-t-il dans un souffle qui me brûle les lèvres. À nous deux, Zina, avec nos puissances combinées… nous pourrions incarner la solution.

Mon souffle se bloque dans ma gorge, bien malgré moi. La beauté du dieu est à la fois fascinante et terrible à contempler.

— Je ne… je ne comprends pas.

Son parfum m'entoure, inonde mes sens.

— Deviens ma reine, Zina.

Je ferme les yeux. Des images érotiques dansent sur l'écran de mes paupières : moi nue, enserrant de mes cuisses ses hanches, ses mains sur mes seins, sa langue sur ma peau, son sexe dressé titillant mon intimité…

Tout mon corps est en feu, fourmille d'une énergie qu'il semble être le seul à pouvoir combler. Le désir vient trop fort, trop vite. Il me fait tourner la tête, il me blesse autant qu'il m'enflamme.

— Ne ressens-tu pas, autant que moi, cette énergie qui nous lie ? Ce feu qui nous brûle tous les deux ? Crois-tu que c'est là simple désir ?

Son ricanement est une musique à mes oreilles.

— Nous sommes faits l'un pour l'autre, Zina. C'est le destin qui nous a mis en face l'un de l'autre. Fais-moi confiance.

Un gémissement m'échappe.

Je tremble de la tête aux pieds alors que les visions tourbillonnent dans mon esprit, de plus en plus vite, de plus en plus fort, chacune me montrant plongée dans la plus infernale des étreintes, qui me donne envie de m'abandonner là, tout de suite.

Quand le dieu pose son autre main sur mon épaule, je ne résiste plus à la tentation de me blottir contre lui.

— Je te veux, susurre-t-il contre ma joue.

Une langue avide court sur mon visage. Caresse mes paupières, mon nez, mes lèvres entrouvertes. Elle s'insinue dans ma bouche avec une audace insolente. Certaine de sa bienvenue. Je réponds de manière frénétique à ce baiser. Quand il rompt enfin le contact entre nous, je suis à bout de souffle.

Ses yeux accrochent les miens. Tout un monde de promesses dans ses prunelles.

— Tu es tellement délicieuse…, chuchote-t-il.

Je me colle à lui, oubliant toute retenue. J'ai tellement envie de lui que j'en ai mal. Tout ce que je veux, c'est qu'il me possède.

Entièrement.

Et quand sa main s'insinue sous ma tunique, d'un air de propriétaire inspectant sa dernière acquisition, écartant mes cuisses, glissant deux doigts dans mon intimité gonflée de sang, je pousse un râle.

L'haleine brûlante du dieu dans le creux de mon cou. Ses dents sur ma peau.

Sa main entame un va-et-vient, qui s'accélère rapidement. Je me raccroche à ses épaules, j'enfonce mes ongles dans sa chair, je le mords à mon tour. J'essaie en vain d'étouffer les cris qui m'inondent la gorge.

Quand son autre main se pose sur mes fesses, pinçant la chair offerte jusqu'à ce que plaisir et douleur se confondent, je me sens partir.

Le seul mot que je connais désormais, c'est « encore ».

Il halète, lui aussi, un grondement inhumain dans sa gorge qui vibre de manière délicieuse contre ma peau.

— Je t'ai voulue depuis le début…

Je tends mon visage vers le sien, quémandant un baiser qu'il me refuse. Je gémis en réponse. Je voudrais tellement qu'il remplace sa main par…

Comme s'il avait lu dans mes pensées, il souffle, ses lèvres frôlant les miennes :

— Je pourrais te prendre là, tout de suite…

Je tremble, je le supplie, je suis si proche… Il accélère encore le tempo de sa main en moi alors qu'il frotte son sexe en érection contre mon ventre.

— Tu ne songerais qu'à moi, gronde-t-il.

Une vérité qui s'impose dans mon esprit. Je me vois contre lui, sous lui, sous ses mains qui me dominent entièrement, mon corps soumis à son désir, et son nom seul sur mes lèvres.

— Tu serais à moi…

Il lèche ma gorge, mon épaule. Sa main empoigne l'encolure de ma tunique, tire d'un coup sec, dévoilant ma poitrine. J'enserre son cou de mes bras, je presse mes seins contre sa bouche gourmande.

Mon plaisir atteint des sommets dont je n'avais même pas idée. Je suis si proche de l'extase, tous mes muscles tremblent, la sueur me coule dans le dos, mon cœur bat si vite que si je subis encore un instant de cette irrésistible torture, je vais défaillir.

Et pourtant, je ne cesse de réclamer « encore ».

Son bras libre s'enroule autour de ma taille, me soulevant de terre. Mes jambes s'accrochent à ses hanches, je me frotte contre lui avec la dernière indécence. J'ai le temps de m'en rendre compte avant que cette notion même me déserte. Je ne connais plus rien d'autre que lui. Ses doigts quittent enfin mon sexe, et je sais avec une certitude qui me fait trembler d'excitation qu'enfin je vais être sienne.

Totalement.

Complètement.

Il va me posséder et je vais aimer ça.

Il donne un dernier coup de langue sur mon sein, arrachant un gémissement de ma gorge irritée.

Relève le visage vers moi.

Une expression indéchiffrable sur ses traits. J'y lis de la détermination, de l'envie, mais aussi une étrange vulnérabilité. Le temps s'arrête autour de nous. Nous demeurons immobiles, dans cette danse qui nous emporte si loin.

Faits l'un pour l'autre.

— Tu seras ma reine, me souffle-t-il. J'effacerai jusqu'au souvenir de toutes les étreintes que tu as déjà connues…

Une douleur brève dans mon esprit. Obstinée, elle se fraie un chemin jusqu'à moi, refusant de se noyer dans le désir qui me sature de toutes parts.

Une voix qui refuse de se taire.

Me murmurant un nom que j'entends, en dépit des plaintes qui s'échappent de mes lèvres.

Ashur.

Je me crispe soudain dans les bras du dieu.

Il remonte sa tunique, et je sens son sexe humide contre la peau sensible de ma cuisse.

— Laisse-moi faire, râle-t-il contre ma bouche.

Il appuie sur le bas de mon dos. Nos corps plaqués l'un contre l'autre.

— Et donne-moi la clé.

La clé, qui se balance toujours à mon poignet.

Je me rappelle ma promesse à L'Obscur.

Si je lui donne la clé, le pacte qui nous relie, elle et moi, prendra fin.

Tout me revient avec une netteté, une précision qui me foudroie sur place.

Je m'entends pousser un cri déchirant.

Au même instant, je frappe le dieu à la gorge de toutes mes forces. Il pousse un cri, desserre son étreinte. Me laissant juste assez de champ libre pour que j'écrase mon poing sur ses côtes. Il me lâche, je manque de tomber, me rattrape de justesse. Je m'éloigne avec précipitation, les sens encore en déroute alors que l'horreur de ce que je m'apprêtais à faire me percute de plein fouet.

J'étais sur le point de…

La honte, la culpabilité, la fureur me submergent en une tempête qui me ravage.

Qui me donne de la force, aussi.

— Menteur, je gronde.

Un filet de sang coule sur sa lèvre inférieure. Même dans cet état, il est d'une beauté ravageuse. Il me décoche un sourire de jaguar en chasse.

— Non. J'étais sincère. Je le suis toujours. Viens à moi.

Une lueur se rallume dans ses yeux, qu'à ma grande confusion je commence à reconnaître.

— Et crois-moi, tu aimeras chaque seconde.

Je serre les dents. Une pulsion de désir entre mes cuisses. J'ai tellement honte.

— Je ne te crois pas.

Chapitre 60

D'un geste ample, il se saisit de la lame qu'Apatli a projetée dans le sable de l'arène, il y a de ça une éternité. Les joues brûlantes, je hasarde un regard vers la bulle qui nous isole toujours du reste de la salle. Ont-ils vu ce qu'il vient de se passer ? Mon cœur se brise en songeant à Ashur. S'il a assisté…

— Ils n'ont rien aperçu.

— Arrête de lire dans mon esprit !

Le dieu éclate de rire avant de se lécher les lèvres d'un geste obscène. Mon visage me brûle quand il porte la main, cette main qui, il y a un instant encore, s'enfonçait en moi, à sa bouche. Tétanisée, j'observe sa langue danser sur sa peau.

— Que…

— Tu fais partie de moi, à présent, Zina.

Mon nom sur ses lèvres – une souffrance autant qu'un plaisir.

— Tout comme je fais partie de toi. Même si l'un de nous finit par tuer l'autre, un lien indéfectible nous unit.

— Non, je murmure, non !

Je ne peux pas – je ne veux pas contempler ce qu'il vient de me révéler. Une idée bien trop horrible pour que je n'y perde pas ce qu'il me reste de santé mentale.

Le dieu me contemple un instant, son expression verrouillée à double tour.

Il jette la lame à mes pieds.

— Un combat est un combat, non pas un sacrifice. Nous nous battrons à la loyale.

Comme s'il pouvait exister une quelconque égalité entre nous.

Je m'empresse de ramasser l'arme offerte. J'oublie la sueur qui me colle à la peau, ma tunique à moitié déchirée, qui ne dissimule plus grand-chose, j'oublie les mille et une sensations contradictoires qui m'assaillent.

J'attends le premier assaut.

Qui ne tarde pas à venir.

J'ai à peine le temps d'apercevoir le dieu créer du bout de ses doigts une lame de feu que je sens déjà la morsure de ce dernier sur ma cuisse. La douleur m'arrache un cri, je réplique d'une manière si désordonnée que je me sens rougir de honte. Heureusement que Carme ne peut pas voir ce combat – ni ce qui a précédé.

— Aurais-tu envie de changer d'avis ? me lance le Flamboyant. Il en est toujours temps, tu sais…

Sa main frôle ma nuque en une caresse sensuelle. Je virevolte, j'abats ma lame… dans le vide. Il est déjà loin, se moquant de mes efforts.

Je prends conscience que je ne pourrai jamais l'atteindre de cette manière. Il est trop fort, trop rapide, sa puissance dopée par les âmes des morts qu'il tient sous son emprise. Si seulement j'avais conservé assez de présence d'esprit pour le tuer quand je l'avais sous la main – littéralement.

Faits l'un pour l'autre.

Il faut que je parvienne à le troubler, comme j'ai pu le faire quand il m'embrassait à pleine bouche. Sans pour autant cette fois tomber sous son emprise.

Je serre plus fort la chaîne soutenant la clé autour de mes doigts alors qu'une idée me vient.

— Pourquoi m'offrir d'être ta reine ? Alors que tu as volé le pouvoir de la déesse lune ? N'était-elle pas ta reine aussi, auparavant ?

Le visage du dieu se fait tempête sur le point d'éclater.

— Tu ignores à quelles forces externes cet empire est confronté, Zina.

Un pas en avant de sa part.

J'en fais de même.

Mon cœur bat la chamade dans ma poitrine.

— Tu penses que je suis incapable d'en prendre la mesure ? continue-t-il. Les Mézétains ont englouti au sein de leur armée des mages venant de nations lointaines…

Exactement ce qu'Ashur m'avait révélé. J'ignore le pincement au cœur à l'évocation de son nom et je réplique :

— C'est tout ce que tu as trouvé, pour justifier de dévorer le peuple qui vous vénère ? Je pensais que tu étais un dieu…

Un éclat de vulnérabilité brille de nouveau dans ses yeux.

— Tu penses que je suis le seul dieu dans cet univers ?

La surprise me cloue sur place, autant que cette expression fragile qui emplit, le temps d'un battement de cœur, le visage divin.

Il crache presque chacun de ces mots, comme si cela lui coûtait un effort surhumain.

— D'autres forces rôdent en ce monde et si je ne leur résistais pas, utilisant ces moyens que tu qualifies d'inhumains, il y aurait longtemps que l'empire paheli ne serait plus que poussière, sa mémoire effacée du souvenir des hommes.

— Non, je réplique d'emblée. Je ne te crois pas. Tu veux me faire peur. T'absoudre de t'être soumis aux quatre volontés d'Apatli…

— Je ne me justifie de rien du tout, déclare-t-il d'une voix grondante, qui éveille un trouble chez moi, me picotant les reins. Je te dis ce qui est. Vas-tu refuser encore longtemps de voir la réalité en face ?

Nous nous faisons face tels deux combattants, nous qui avons failli être amants. Non, je corrige aussitôt : nous l'avons été. Même si je n'étais définitivement pas dans mon état normal.

Le dieu s'est immobilisé sur place et j'en profite pour avancer. Encore un pas. Il se tient presque à ma portée.

— Si je n'avais pas volé la fleur fantôme à la déesse lune, si je ne l'avais pas utilisée à mes propres fins, murmure-t-il d'un ton aussi ardent que lorsqu'il me soufflait dans le creux de l'oreille, Pahel n'existerait plus.

À mon tour d'éclater de rire.

— Il n'existe déjà plus ! Regarde cet empereur, cette cour : vous n'êtes que des sangsues qui vous gorgez du sang des autres.

Encore un pas. Le dieu ne bouge plus, pétrifié, semble-t-il, par ce que je viens de lui asséner.

Je brandis dans sa direction mon poignard.

— Ils ne méritent plus aucun effort.

— Zina…

Mon nom dans sa bouche.

Une tentation à lui seul.

Je crie en réponse. Je fonds sur lui telle la panthère sur sa proie. J'entends des cris, des hurlements, mon nom répété en boucle alors que le dieu et moi tombons à terre, roulant au sol, pris dans notre élan.

Je lui donne le premier coup – entre les côtes.

S'il avait été un homme, il serait déjà mort.

Il pousse un rugissement de fauve, sa lame de feu glisse sur mon cou. La douleur m'arrache des larmes. Je ne me laisse pas distraire, cependant. Je dois rester concentrée, pour Nawi, pour toutes les victimes là-bas sur le Rempart, pour Carme, pour Ixchel, pour Ashur aussi, et même pour Yarenan, pour cette cour qui vit dans la terreur de ce dieu qui se tortille sous moi.

Ce dieu qui me foudroie de sa beauté, de sa puissance brute.

De cette supplique que je lis dans ses yeux.

Mais rien ne peut m'arrêter.

Je lui dérobe son poignard, je brandis haut la lame effilée, légèrement recourbée. Je m'aperçois qu'il aurait l'occasion cent fois de me frapper à son tour, mais ne le fait pas.

Un sourire se dessine sur ses lèvres.

Prise d'une inspiration soudaine, j'arrache le bandeau frappé de l'insigne du soleil qui ceignait son front. L'insigne de son pouvoir.

La lumière qui jaillit soudain m'aveugle.

Quand je rouvre enfin les paupières, je distingue ses lèvres qui articulent en silence deux mots.

« Ma reine. »

Puis le dieu disparaît, me laissant seule victorieuse.

Épilogue

Je contemple sans le voir l'espace vide sous mes yeux.

La bulle qui nous dissimulait, le Flamboyant et moi, disparaît avec un *pop !* assourdissant. Et je prends conscience du chaos qui règne dans la salle. Apatli, sur son trône, pousse des hurlements effroyables. Tous se pressent autour de lui, dont le visage arbore une angoisse sans nom. Mais je sais, au fond de moi, que rien ne peut aider l'empereur. Privé de l'énergie du Flamboyant, il vit ses dernières heures.

Il tombe à genoux sur le socle de son trône. L'odeur du sang me parvient. Et en filigrane de celle-ci : celle de la mort.

Apatli hurle, gémit, pleure, supplie un dieu qui lui a définitivement échappé.

Et tout cela, grâce à moi.

Les gardes ne savent plus quoi faire, pas plus que les nobles de l'assistance, aussi horrifiés qu'impuissants.

Un rire se fraie un chemin à travers mes lèvres.

Je ne peux t'offrir qu'une seule victime, Obscur, je songe, *mais celle-ci sera de choix.*

Quand le corps d'Apatli, parcouru de spasmes violents, s'effondre enfin, pantin dont on aurait coupé les ficelles, je ressens un immense soulagement… avant de sombrer dans l'inconscience.

Quand je reviens à moi, Carme et Ixchel sont toutes les deux agenouillées à mes côtés.

— Dépêchons-nous de nous en aller, gronde ma tante en me relevant de force.

J'obéis, l'esprit en déroute.

— Pour aller où ? souffle Ixchel, qui nous suit pied à talon.

La réponse me vient en un instant.

— Le Rempart.

J'ignore l'expression éberluée de ma tante.

— C'est là où se trouve Nawi.

Nawi ainsi que toutes les autres âmes emprisonnées.

Et je suis la seule à pouvoir les libérer.

— Zina !

Un cri derrière moi.

Ashur.

Remerciements les plus vifs

À Sarah Rigaud et à toute l'équipe de Chatterley.
À Angéline Ciréderf.
À Roxane Édouard.
À mon Cercle des Murmures.

Aux lecteur·ice·s, qu'iels aiment l'imaginaire, la romance, les deux ! Soyez les bienvenu·e·s dans cet univers.

Et enfin, aux flammes qui ne cessent jamais de briller à mon horizon.

Dernières parutions

J.L. Corolle
Malgré les épines

Caroline Coiraton
Rue Saint-Honoré, tome 1 – *Alma*

Okéanos S.
Games, tome 1 – *Le Croque-Mitaine*

Kate Stewart
The Ravenhood, tome 1 – *Flock*
The Ravenhood, tome 2 – *Exodus*

Pour en savoir plus sur l'actualité de Chatterley
vous pouvez consulter notre site Internet
www.editionschatterley.fr
et nous suivre sur les réseaux sociaux
Facebook : Editions Chatterley
Instagram : @EditionsChatterley
TikTok : @chatterley_editions

Composition et mise en pages
Nord Compo à Villeneuve-d'Ascq

Achevé d'imprimer en mars 2024

#lisez ! engagé
www.lisez.com
Pour plus d'information :
Imprimé sur du papier issu de forêts gérées durablement.

CHATTERLEY, 92 avenue de France 75013 Paris